徳間文庫

見えない橋

澤田ふじ子

徳間書店

目次

第一章　早春城画譜

一

北の山々がまだらに雪をのせていた。

美濃《みの》・大垣城《おおがきじょう》の三の丸御門をぬけ、西の京口《きょうぐち》御門をくぐる。

さらに総堀をわたる御門道に出ると、今度は伊吹山《いぶきやま》が真っ白にみえた。

お城下では梅が蕾《つぼみ》をふくらませており、この雪もほどなく消えるはずである。

伊賀袴《いがばかま》に草鞋《わらじ》をはいた岩間三良《さんりょう》の野羽織には、背中まで泥《どろ》がはねている。二十七歳のかれの顔には、さすがに疲労の色が濃くにじみ、八幡曲輪《はちまんくるわ》の屋敷にむかう足取りも重かった。

――今夜はやっとぐっすり眠れる。どこでどんなに歓待されても、わが家で寝るにまさる幸せはないわい。

岩間三良の胸裏に、自分を笑顔でむかえる加奈《かな》の端正な白い顔がすぐに浮んできた。

二人が郡《こおり》奉行内藤六太夫を媒酌人《ばいしゃくにん》として祝言《しゅうげん》をあげたのは一昨年の冬、天保《てんぽう》元年十一月。その直前まで三良は、勝手方掛（納戸役《なんどやく》）下役として、数代前から世襲してきた任務につき、城勤めにはげんでいた。

この年は秋になってから、前年につづいて諸国凶作の報が伝わり、史上〈天保大飢饉《ききん》〉といわれる飢饉は、同年からはじまっている。

天候不順を原因とする凶作は、大垣領内でも例外ではなかった。

八代大垣藩主戸田采女正氏庸《うねめのしょうじつね》が家督をついだのは、十八年前の文化十一年六月。当時は相当裕福だった藩庫も、揖斐川《いびがわ》の決壊や、江戸藩邸の費《ついえ》が消費生活の膨張から増大し、三良が亡父弥兵衛のあとを継ぎ、勝手方掛下役となった四年前には、藩の財政も極度に窮迫してきた。御用所では、借財と調達金の徴収に頭を悩ませる毎日となっていた。

大垣藩では、政庁を御用所という。

筆頭家老戸田縫殿《ぬいどの》をはじめとして家老が三人、城代が五人、用人（月番）が十人、かれらが御用所に詰め、藩政の采配《さいはい》をふっていたのである。

このなかで、用人は表用人と勝手方掛用人にわかれ、前者は藩士の人事や触示など、後者は俗にいうお納戸役として、藩主の財政をつかさどっている。

岩間三良は月番交代の用人三名をくわえ、総勢二十六人のお納戸役のなかで、代々の襲職を勘定に入れなければ新参者。御用所が藩士の扶持《ふち》を半分借上げときめ、人員削減に踏みきったとき、真っ先に目をつけられた。

「そなたはお納戸役についたばかりじゃが、幸いいまのところ養わねばならぬ家族がない。ご家老さまたちは、藩のご難渋を好転させる道は、農政に力をつくすよりほかに方法はないともうされている。家禄《かろく》の五十石三人扶持はそのまま、そなたに郡奉行のもとで郡同心をもうしつけられた。そなたは藩師範役月岡左一右衛門の高弟として、腕のほども家中屈指ときいておる。それがなにかと役にたつおりもあろうで、新しいお役目をありがたくお受けいたせ」

寺社町奉行与力生田《いくた》平内の娘加奈との縁談が早くから決まり、祝言の媒酌人を勤めることになっていた用人の佐藤彦左衛門から、お役替えをいわれたとき、三良は相手の顔を茫《ぼう》然《ぜん》と眺《なが》め上げた。

「三良、その目付きはなんじゃ。ご家老さまやご城代さま方が決められたお役替えに、なんぞ不服でもあるのか。なんなら永御暇《ながのおいとま》をたまわってもよいのだぞ——」

佐藤彦左衛門の言葉に、このとき三良は、うっと喉《のど》をつまらせた。

自分は子供のころから父弥兵衛にしたがい、茶道具や書画の取り扱いを学んできた。さまざまな美術品について、なんのために鑑識眼を養ってきたのか、本当はそれを彦左衛門に問いかけたかったのである。

大垣藩主は代々が茶湯《ちゃのゆ》を好み、勝手方掛用人が預る府庫には、歴代が蒐《あつ》めた名物道具や書画が、おびただしく蔵されていた。当代の氏庸は、財政窮迫のなかでも、家中や領民には内密で大枚六百両の金子《きんす》を払い、京都から中国・明《みん》代の画家張路《ちょうろ》筆の「寒山拾得観瀑《かんざんじっとくかんばく》図」を入手していた。

岩間三良は暇があると、府庫の棚《たな》に整然と並べられた書画の箱から、城中二の丸御殿の一画に構えられたお納戸部屋に、好みの一箱を取り出してくる。そこで絵を広げて見るのを愉《たの》しみにしてきた。

季節が変るたび、府庫に出入りし、御殿の書画を掛け替える。

虫食いはないか、また表装は痛んでいないかを調べ、土用には虫干しにも精を出した。

「好きこそ物の上手ともうす。わが家歴代のお役目、そなたにはうってつけじゃ」

父の弥兵衛は三良に家を継がせるとき、かれが茶道具や書画に関して記した手控えを改め、病床にもどりながら満足げにうなずいた。

あとは碁仲間生田平内の娘加奈との祝言を迎えるだけだと、いいたげな表情だった。

その父は、三良が役替えをもうし渡される半年前に没していた。

「ご用人さま、ご家老さまやご城代さまの仰《おお》せとあれば、仕方ございませぬ。岩間三良、お役替えをうけたまわりまする」

かれは喉を乾かせたまま、彦左衛門に平伏した。

「おお、それでは承知してくれるのじゃな。わしとてお役目に役立つそなたを、なにも郡奉行のもとにやりたくない。しかしご家老さま方から、将来見込みのある者には、地方廻《じかたまわ》りをいたさせ、領内のようすに通じさせておかねばならぬともうされると、わしもそなたを手放したくないとはいえぬでなあ。くれぐれもそこのところを忘れるではないぞよ。ついては生田平内の娘との祝言じゃが、今後の覚えを考えれば、わしより郡奉行の内藤六太夫に委《まか》すがよかろう。わしの口から六太夫に頼んでおいてつかわす」

このとき佐藤彦左衛門は、やれやれといった表情で微笑した。

禄高はそのままとはいえ、代々の当主が家職としてきたお納戸役を取り上げ、郡奉行の許《もと》にやるのは、さすがに最初から厄介《やっかい》と思っていたのだろう。

三良はお納戸役のなかで、なんとなく煙たがられていた。

それは父弥兵衛の一徹と三良自身の寡黙《かもく》にもよるが、かれが藩道場で腕を磨《みが》き、剣にかけては家中《かちゅう》で屈指の使い手として知られていたからであった。

「岩間の身のこなしを見ていると、わしはどうも殺気を感じてならぬ。あれにはなんのつもりもなかろうが、ともかく子供の時分から一筋にはげんできた道じゃ。自《おの》ずと身体に構えがそなわっておる。なにかの拍子に、いきなり一刀の許に斬《き》られてはかなわぬわい」

「この泰平の世に一刀流でもあるまいが、実のところわしも、三良のそばには近づきたくないのよ。柔和な眼《め》付《つ》きこそしており、同役のわれらにも態度は慇懃《いんぎん》じゃ。だがそれがまたわしみたいな臆病者《おくびょうもの》には、猫《ねこ》がいつ虎《とら》に変るやらと思うにつけ、恐ろしくてならぬ。なにしろまだ若いだけに、融通がきかぬからのう」

自分が預る下役のなかから、佐藤彦左衛門は、いわば不協和音を発する三良を除いたのであった。

将来見込みのある者には、地方廻りをいたさせ、領内のようすに通じさせておかねばならぬ——の言葉は、便宜上、かれが口から出まかせに吐いたにすぎなかった。

「藩のご重役衆からさようにもうされたら、お役替えもお受けいたさねばなるまいわなあ。ご領内の工合をつぶさに検分しておく。なるほど、これは将来藩政の一端を担《にな》うための、栄達への道ともいえる。廻村して百姓に農耕をすすめ、教化して年貢《ねんぐ》がとどこおらぬよう督励する。藩にはなにより大事なお役目じゃ」

加奈の父生田平内は、翌日、三良の訪《おとな》いを受けてこれをきき、膝《ひざ》を叩《たた》いて喜んだ。

そして郡奉行さまの媒酌も悪くはない、ご用人さまのご配慮はいきとどいておると独り悦に入り、頼もしそうに三良の顔を眺めた。

隣りの部屋では、加奈と妻の民栄《たみえ》が、酒肴《しゅこう》の用意をととのえ、自分たちの話にきき耳をたてているはずであった。

三良と娘加奈との婚約は、すでに四年におよんでいた。

碁仲間の岩間弥兵衛は、二人を夫婦にすると決めたとき、自分にはっきりいってのけた。

「わが家には、大目付番頭《ばんがしら》岩根帯刀《たてわき》の許に嫁いだ姉がいるものの、男子として生れたのは三良一人だけ。妻を早くに失い、わしは三良を柔弱にさせてはならぬと、厳しく育ててきたつもりでおる。その験《げん》があってか、月岡左一右衛門さまの道場でも、代稽古《げいこ》を仰せつかるほどの上手になりおった。家職の心得でも同じだ。三良の名は、人として最も大切にして生きる道を説いた経典『浄土三部経』にあやかり、真、善、美の三つが良かれと、わしが選んで付けた。三良が加奈どのを幸せにいたすのは疑いない。あれはなかなか目端《めはし》もきくでなあ」

弥兵衛の言葉が胸によみがえると、生田平内は自分の婿《むこ》となる岩間三良がいっそう頼もしくみえてきた。

「おい、酒の仕度はまだできぬのか――」

民栄と加奈にかける平内の声が弾んでいた。

「父上さま、さように急《せ》かれまするると、馳走《ちそう》の味が落ちまする。三良さまがお笑いになっておられるではございませぬか――」

艶《あで》やかな微笑をうかべ、加奈が部屋に現われたのはすぐだった。

彼女は平内たちの話をきいていたとみえ、常にもまして笑みをあふれさせ、運んできた盆からすぐ銚子《ちょうし》を取り上げた。まずおひとつと三良に酒をすすめた。

歳は三良が五つ上、彼女には兄平蔵がいた。

二人の婚約は父親たちが決めたものの、三良と加奈の仲は両家の深い付き合いのなかで進み、相思相愛の仲だといえた。

「わたしはさほど男前ではないが、背丈や顔ともまあ人並みだと思うている。加奈どのを妻に迎えられたら、そなたを幸せにいたすため、前にもましてお役目にも道場での修行にもはげむつもりじゃ。お役替えを自分の転機といたし、わたしは望みをもっと大きく持ちたいと考えはじめておる」

かれの目標はやがて藩政にも参与することだった。

加奈と祝言をあげて世帯を持てば、二人で築くべきものがあり、確かに見えてくるものがあるだろう。

それは生れてくるわが子の成長であり、家中における栄達なのかもしれない。二世《にせ》を誓うほどの夫婦なら、大小に関《かか》わりなく、二人でともに見えるものが描けるはずである。彼女は良妻賢母になる性格をそなえ、役替えの直前、すでに身体《からだ》を熱く重ねていたが、三良には何事も従順な女性であった。

いまごろ加奈は自分が好物の魚を焼き、七日ぶりの帰宅を待ちこがれているはずだ。

三良はまた胸裏に加奈の笑顔をうかべた。

かれの重い足がにわかに速くなり、八幡曲輪の近くまでやってきた。

陽は西に傾きかけたが、日没までには半刻《はんとき》（一時間）ほどある。

「何卒《なにとぞ》、お願いもうします」

まだ幼さを残した声が、何事か必死に頼んでいるのをきいたのは、そのときだった。

声は総堀を前にした長屋門からひびいていた。

「ならぬといったらならぬ。百姓の小倅《こせがれ》が、藩の御用絵師田中洞慶《どうけい》さまに絵の指南を仰ぎたいとは、とんでもない願いじゃ。くどいにもほどがあるわい。早く退散いたさねば、町奉行所から役人を呼んでくれるぞよ」

叱咤《しった》の声とともに、長屋門から小さな姿が荒々しく転がり出てきた。

だが粗末な服装《みなり》をした少年は、声に従って辞するようすはなく、道に両手をつかえた。

「わしはどうしても御用絵師の田中洞慶さまにお目にかかりてえ。どうぞ取りついでくだせえ。何卒、お願いじゃ」

かれは叱咤にもたじろがず、長屋門にむかい懇願した。

「ばかばかしい、百姓の小倅のくせに、自分をなんだと思うているんじゃ。主《あるじ》の洞慶さまに取りついだら、わしが強いお叱《しか》りをいただくわい。早く去《い》ねといったら去なぬか。この餓鬼《がき》、痛いめにあいたいのか――」

長屋門の屋敷に仕える門番が現われ、威丈高に少年にわめき散らした。

「小父《おじ》さん、なんとか取りついでくだされ。この通りじゃ」

少年は十三、四歳。相手の叱声に抗して、なおも幾度も頭を下げつづけた。

長屋門から蹴《け》り出されたとき、片方の草履がぬげたのか、左は裸足《はだし》、草履はかれのかたわらで裏返しになっていた。

腰の後ろに小さくふくらんだ布包みが結ばれ、頭の子供髷《まげ》は白く埃《ほこり》まみれだった。

粗末な膝切りには、ところどころ継ぎが当り、誰の目にも一見して樵《きこり》か百姓の子供に映った。

「おのれは、わしが何遍もうしたらわかるんじゃ。駄目《だめ》だといったらどうしても駄目じゃわ。この家《や》の洞慶さまは、ご領主さまに直々絵をご指南いたされるお絵師、おのれみたいな小汚い童《わっぱ》を、同じに扱われるか。子供でも少しは思案してみるがよい。阿呆《あほ》たれが――」

「そうしたら小父さん、わしを洞慶さまのご門人衆でもいいから、お目にかからしてくんさい。ご門人衆ならよかろうがな」

少年は門番の言葉にもひるまなかった。

むしろどうしても相手に食いつき、言質《げんち》をとりつけたい迫力がうかがわれた。

「この餓鬼、子供だと思うてわしが手加減すれば、ご門人衆に会わせろだと。ああいえばこういい、こういえばああいい、おのれはまことにしぶとい童じゃのう。こうなれば、わしもいよいよ覚悟をみせてくれる」

三十歳前後の門番は、右手に持った紙筒をいきなりぐしゃぐしゃに丸め、びりっと引き裂いた。つぎに足許に叩きつけ、土足でぎりぎり踏みにじった。

「あっ小父さん、それはわしが洞慶さまに見ていただくため、精魂こめて描いてきた絵じゃ。大人やったらそれほど酷《むご》い仕打ちをしてもええのか――」

悲鳴に似た声が、少年の口から迸《ほとばし》り、土下座していたかれは、腰を半ば浮かせた。

「な、なんじゃと――」

少年の気迫に驚いたのか、門番は身体の動きを止め、目を大きくみはった。

田中洞慶は大垣藩お抱えの御用絵師。名を美方《よしかた》といい、初めは洞松、また洞昌とも号した。

父は家中画師の田中洞意。洞慶は最初、雑用を果す詰組勝手番席となり、つぎに坊主《ぼうず》頭《がしら》（茶頭）に格上げされ、二十俵を授けられた。かたわら医をもって仕え、三俵を加増された。天性処世の術にたけ、藩主戸田氏庸にしたがい江戸に出府して、絵を「浜町狩野《かのう》家」八代の洞春陽信に学んだ。

浜町狩野家は探幽《たんゆう》養子の洞雲益信が、奥絵師三家の中橋（宗家）、鍛冶橋《かじばし》、木挽町《こびきちょう》の三家を補《たす》けるため設けられた狩野画派の支流。洞春の弟子として、江戸の奇矯美《ききょうび》を描いた河《かわ》鍋暁斎《なべぎょうさい》が知られている。

二年後、法橋《ほっきょう》に叙せられ、江戸から国許にもどった洞慶は、もはや立派な狩野派の絵師。すぐに大垣藩の御用絵師として、藩主氏庸や家中の要職の絵の指導に当った。かれは絵好きの氏庸から特に屋敷をあたえられ、門人は数百人におよんでいた。

それだけに、洞慶の許に入門を乞《こ》う人々は多かったが、かれらはいずれも家中の士か裕福な町人、または名主《なぬし》百姓の子弟にかぎられた。洞慶屋敷の門番にすれば、一見して貧乏とわかる水呑《みずの》み百姓の子供が、主に面会をもとめてくるのがそもそも意外であった。

主にたずねるまでもなく、高弟の一人にうかがいをたてるだけで、言下に叱責をくらうに決っていた。

相手の熱意にほだされ、紙に描いた絵を一旦《いったん》は預ったものの、そのあと子供が、洞慶さまに会わせてくれと無遠慮にいい出したため、門番は困惑のあまりついに腹をたてたのである。

「ご門番の小父さん、どうしたんじゃ」

少年の声が、驚きの目をしたかれの怒りを誘った。

「ば、ばかたれ。おのれはわしを嬲《なぶ》るつもりか」

門番はいつも帯の背中に差しこんでいる二尺の手棒をつかみ出した。

「小父さん、わしをその手棒で叩《たた》く気か。どうしても追っ払うんじゃな――」

「そうでもせねば、おのれは去ぬまい」

「ち、畜生、わしを洞慶さまや高弟衆に取りつがん気だな。どけちな小父さんなんか、犬に食われて死んじまうがええ。わしを案内せんのやったら、なんでわしの絵を破いて踏みつけにしたんじゃい。いまにみていろ。その足に罰《ばち》が当り、きっと歩けぬように腫《は》れてしまうぞ。小父さん、もうええ。わしは小父さんなんかに頼みやせん。ほかの小父さんに言うてみるわい」

こうなれば、もうかれに遠慮はなかった。両眼を鋭く光らせたまま、腰を上げて門番の動きをうかがい、ぬげた草履を手でさぐった。

「おのれ、いわせておけば憎らしい雑言を吐きくさりおって」

門番が二尺の手棒を振り上げた。

少年にむかい、本当に撲《なぐ》りかかる気配がうかがわれた。

「ま、待てまて。待つのじゃ」

岩間三良は長屋門の手前で立ち止り、二人のやり取りをうかがっていた。

およその事情に察しをつけ、門番をたしなめるため声高にいい、足を速めた。

「畜生、おぼえてやがれ——」

少年は伊《い》賀袴《がばかま》姿の三良を一瞥《いちべつ》するなり、家中の侍が早くも現われたと思ったのか、憎しみにあふれた視線と声を、門番と三良に浴びせつけた。

脱兎《だっと》の速さで八幡曲輪《はちまんくるわ》の方にむかい、逃げ去っていった。

かれが畜生とわめいたとき、両眼からふくれあがっているものに、三良は強く胸を打たれた。

絵師田中洞慶の門に、教えを乞いにきた少年の切実な気持が、痛いほど感じられたからである。

貧乏な百姓の子、服装が粗末で束脩《そくしゅう》（月謝）が払えそうになければ、志や才能があっても、なにも学べないのか。怒りに似たものが、三良の胸を波立たせた。

あんな少年でも努力する気持があれば、その望みをかなえられる庶政を行なう。妻の加奈と力を合わせ、少しでも世の中をそんなふうに変えたかった。

「これはこれは岩間の若旦那さま。よいところでお声をかけてくださいました」

三良に向き直り、低頭した門番を眺《なが》めると、かれは田中家の顔見知りであった。

洞慶は役目柄《がら》、お納戸衆とも親しくしており、門番の佐七は、洞慶の供でときどき城中にも姿をみせていたのである。

「話の大方はきいたが、あの童、年頃《としごろ》に似合わず、なかなか血気盛んな奴《やつ》じゃな」

「へえ、全く手こずりました。でも岩間の若旦那さまがお声をかけてくださらなければ、年甲斐《としがい》もなく、この手棒で叩くところでございました」

門番の佐七は、苦笑して礼をのべた。

「叩かれれば痛かろうが、わしの見たところ、あの童はそれくらいの仕打ちでは引き退《さが》らぬ。最後にもうしていた通り、あの勢いでまたやってくるぞ」

「さようでございましょうか――」

「洞慶さまのお叱りを覚悟して、いっそどうして取りついでやらなんだのじゃ」

三良は無理とわかりながらも、佐七を責める口調でただした。

田中洞慶は金持ちや権力者には追従するが、家中の侍でも下士には冷たく、貧乏人にはましてだと仄聞《そくぶん》している。

大垣藩では、藩士の身分を大きく二つに分けていた。侍と足軽・中間《ちゅうげん》であった。侍はさらに知行取りと切り米取り（蔵米取り）に分けられる。知行取りとは、禄高《ろくだか》二百石とか五十石とか石高で示される武士。切り米取りは、何俵何人扶持《ぶち》、または何石何人扶持で示される武士を指し、同じ藩士でも身分や扱いにいちじるしいひらきがあった。

岩間三良は禄高五十石三人扶持の軽輩だが知行取り、家中では譜代衆として上士の扱いをうけていた。

「若旦那さま、わたくしとてさように思わぬでもありませんでしたが――」

佐七はここでちょっと言葉を濁した。

「なにしろあの服装《みなり》や格好では、どうにもならぬともうすのじゃな」

「へえ――」

「あの童、よほど口惜《くや》しかったとみえ、わしの姿を見て逃げていくとき、眼に涙を浮かべておった。まだ若年《じゃくねん》ながら、それほど描絵《かきえ》に執心しているのかと思えば不憫《ふびん》じゃ。わしも迂闊《うかつ》に声をかけたものよ。栴檀《せんだん》は二葉より芳《かんば》しともうすでなあ。あの憎まれ口をたたく気迫には、栴檀の匂《にお》いが感じられる」

三良はしみじみとした声をもらした。

梅檀は発芽の二葉のころから芳香を放ち、英雄、俊才など将来大成する人物は、幼いときから人並みはずれたところがうかがえる。

自分の姿を認めるなり、敏捷《びんしょう》な野良犬みたいに逃げた少年に、三良は「襤褸《らんる》を被《き》て玉を磨《みが》く」の古語をふと思い出した。

「梅檀は二葉より芳しともうされまするか。お役替えはされましたが、お納戸役を勤めておいでになりました岩間さまの若旦那さまが仰《おお》せなら、それに相違ございますまい」

「ありていにもうせば、洞慶さまの高弟衆のなかに、どれだけの絵を描く者がいる」

京口御門の方から数人の裃《かみしも》姿がきたため、三良は怒りの声をひそめた。

かれと佐七が立ち話をするのを、かれらは訝《いぶか》しそうに眺め、通りすぎていった。

「ところであの童、ご領内のどこの者だ。ここへ訪れたのは初めてではなかろう」

「へえ、十日ほど前にやってきたと、朋輩《ほうばい》の中間がもうしておりました」

「おぬしは初めてなのか」

「もうされる通りでございまする」

佐七は、自分が手で破り、丸めて踏みにじった紙片を拾い上げ、皺《しわ》をのばして描絵に眼を這《は》わせる三良に、小声で答えた。

絵は墨筆で二枚。一枚には桜の大樹が描かれており、あとの一枚には、山鳥と猿、人物が素描されていた。

略筆だが、いずれの絵も描線が生き、平凡ではなかった。

「そなた、わしはご領内のどこの者かとたずねておる」

「へえ、しっかりはききもらしましたが、なんでも根尾谷筋の平野村の者で、名前は確か小平太とかもうしておりました」

「根尾谷、平野村の小平太か――」

岩間三良は口のなかで小さくつぶやいた。

根尾谷は大垣藩領。平野村は濃尾《のうび》平野最北の本巣《もとす》郡日当《ひなた》に隣接する山間の村。重畳とつづく山々の間に、天神堂《てんじんどう》、能郷《のうごう》、板所《いたしょ》など二十七カ村が点在する根尾谷筋の南玄関ともいうべき場所に営まれていた。

東に揖斐川の上流となる根尾川が流れ、板所村に根付いた薄墨桜は有名。小平太が描いた桜の大樹は、薄墨桜そのものだった。

根尾谷筋二十七カ村は三良の見廻り地。郡奉行所の棚《たな》に積まれる「大垣藩地方《じかた》雑記」平野村の条には、大垣藩領二十八石七斗、戸数十一戸、老若男女五十七人と記されている。

同村から岐阜城下まで約八里半、大垣城下までになれば、九里半ほどもある。いまから傷心の空き腹をかかえ、遠い道を村にむかう小平太の気持を考えると、三良の胸が疼《うず》いてきた。

「あいつ、いまから根尾谷の村にもどるつもりか。それともどこぞで野宿をいたすのかもしれぬ。夜歩きいたせば凍え、山犬にでも襲われるぞよ」

夜歩きの心配は、三良が小平太に好意と興味を抱いた証拠。かれは早くも小平太に改めて会ってみる気になっていた。

そのころになり、三良の胸のなかに、再び加奈の顔がなつかしく甦《よみがえ》ってきた。

二

花鋏《はなばさみ》の音がひびいている。

初め岩間三良は、夢うつつで鋏の音をきき、つぎには次第に意識をはっきりさせてきた。

夢の中でかれは、両側に峨々《がが》と山がそびえる杣道《そまみち》を歩いていた。

だが歩けども歩けども人家はなく、灰色に閉された空から、ときどきけたたましい女の哄笑《こうしょう》が起った。

郡奉行は領内の行政、司法、監察の三つに当り、奉行内藤六太夫の下には、代官、代官手代、郡代、郡同心が配されている。

三良たち郡同心は総勢三十四人。御用所の一棟に設けられた郡役所から、小頭に指示され、担当地域の廻村に出かける。

お城下に近い見廻《みまわ》りは日帰りで果せるが、若くて元気な郡同心は、やはり遠隔の地を担当させられるのが常であった。

「おぬしには同役二人とともに、根尾谷筋二十七カ村を見廻ってもらいたい。いずれの村々も険しい山間にあり、見廻りは容易ではない。だが根尾谷筋の村々は、当藩には段木《だ》を供する大切な土地、おろそかにはできぬ。郡同心ともなれば、一度は全村を見廻らねばならぬ」

郡同心小頭の古沼靭負《ゆきえ》がしかめ面で命じた。

根尾谷筋二十七カ村は耕地が少なく、村民たちは段木と名付けられた薪《たきぎ》を伐《き》り、それをお城下に運んで生計をたてていた。

大垣藩の御用所には、「段木御用掛」が設けられており、根尾谷の村々にかぎり、年貢《ねんぐ》は段木や炭俵で納められた。

また村民たちは紙すき、下駄歯作りを行なうほか、三椏《みつまた》、楮《こうぞ》、漆などを採集し、漆は能《の》登《と》の輪島まで運んでいた。根尾谷筋最奥の大河原は越前《えちぜん》との国境に近く、隣りの越波《おっぱ》には藩の流罪所《るざい》が構えられ、家中の武士でも、ここまでは容易に近づかなかった。

岩間三良に根尾谷筋の村廻りが課せられたのは、お城下にはめったに滞在しない暮しを、強《し》いられることでもあった。

一度の村廻りは七日間と定められ、その間はお城下にもどれない。出かけた先々の名主百姓か村役の家で泊る。

一夜を明かした村からつぎの村へ、伊賀袴をはいた三良の見廻りは、孤独で果てしなく、けたたましい女の哄笑は、かれの一面では虚《むな》しいお役目を嘲笑《あざわら》っているとしか思えなかった。

——わしにはやがて藩政に参与する大望があり、妻の加奈とともに描く夢がある。これはわしたち夫婦に課せられたほんのしばらくの試練、なんの苦労があろうぞ。

三良は山に囲まれた灰色の空を見上げ、女の哄笑に耐えた。

それは鬼女か山姥《やまうば》のものにちがいなかった。

大きな笑い声が山々に谺《こだま》し、深い谷をゆるがした。

その哄笑がやがて鎮《しず》まり、静寂がきたとき、花鋏の音が三良の眠りを、今度は覚ましたのであった。

——いったいあの音はなんだろう。

混濁していたかれの意識は、音が鳴るたび、それは加奈が花を活《い》けるため花鋏を使う音だとききわけ、平静にもどった。

枕《まくら》から頭をもたげ、居間の外をうかがう。

白い障子戸に、加奈の姿が映っていた。

「おい加奈、いま何時《なんどき》じゃ――」

かれは信楽《しがらき》の壺《つぼ》に花を活けている妻の影に問いかけた。

全身がひどく怠《だる》かった。

「は、はい。お目覚めになられましたか。先ほどお城中の太鼓が九つ（正午）を告げました」

加奈は花鋏を膝元《ひざもと》に置き、三良が横たわる居間の障子戸を両手で開けた。

脂粉の香とともに、鬢付《びんつ》け油の匂いが、三良の鼻孔を妖《あや》しくゆるがした。

昨夜、豊満な腰をはずませ、三度も喜悦の頂にのぼりつめた加奈が、きりっと帯を結び、澄ました顔で両手をついている。

彼女の身体《からだ》をせめ、息も絶えだえにさせた三良には、驚くほど平静な顔付きだった。

かれは意外な思いを隠したまま、加奈の顔を眺めた。

「あなたさま、いかがなされました」

声にも淫《みだ》らさはなかった。

昨夜とはまるで別人、貞淑な妻がそこに坐《すわ》っていた。

「いやどうもいたさぬ。いま目覚めたところじゃ」

「さようでございまするか。それではすぐにお仕度を――」

彼女はすっと居間に入ってくると、部屋の隅《すみ》に置いた衣装箱から、三良の普段着を取り上げ、かれの後ろにまわった。

今度は脂粉の匂いがさらに濃くただよってきた。

「そなたと祝言《しゅうげん》をあげて一年もすぎるが、連日、村廻りばかりいたし、夜をともにしてやれぬのが残念じゃ」

三良は昨夜の言葉を甦らせていた。

「いいえ、夜毎《よごと》睦《むつ》み合うより、日を置いておかまいくださるほうが、加奈には愉《たの》しみでございまする。ぞ、存分にいたされませ」

加奈はくぐもった声でいい、三良にしなだれかかった。

襦袢《じゅばん》の裾《すそ》が割れ、白い二つの脚がかれの愛撫《あいぶ》をもとめ開いていた。

それから一刻《とき》（二時間）ほど、二人は激しく睦み合い、彼女は三良の胸元に顔を埋めて眠りこんだ。

奔放に腰をふり、息をあえがせていた加奈が、いまはすずしい顔で身仕度を手伝っている。

「女子《おなご》とは、いや男女とは不思議なものじゃ」

三良はこころで自分にいいかけ、きものの袖《そで》に手を通し、加奈の手から帯をつかんだ。

「お顔を洗ってきてくださりませ。食事の用意をととのえまするほどに」

彼女の眼は、きのう三良の帰宅を迎えたときのように、妖しいほど艶《なま》めいてはいなかった。

勤めを終え、根尾谷筋からもどるたび、部屋には三良が好む花が活けられている。寝間の床にも侘助《わびすけ》が挿《さ》してあった。

「されば顔を洗ってまいる。昨夜はまことにぐっすり眠った。名主百姓や村役の家では、わが家のようにゆっくりいたせぬ」

加奈の微笑に一瞥《いちべつ》をあたえ、三良はせまい裏の井戸端に立っていった。

後ろに襷《たすき》をかけた加奈がつづいた。

彼女は夫の先にまわり、井戸に釣瓶《つるべ》を下し、水を汲《く》み上げた。

脚付きの桶《おけ》に、釣瓶の水をざっと傾けた。

「加奈、世話をかける」

「なにをもうされますやら」

両手で水を掬《すく》い、口と顔を洗う三良に、加奈が笑いかけた。

洗顔がすむと、手拭《てぬぐ》いが待っている。

これが世帯持ちの幸せというものであろう。

三良は顔を拭《ふ》き、加奈が台所に急ぐ後姿を送り、春の青空を見上げた。

梅の匂いがかすかに漂ってきた。

ついでに家の外をぐるっと廻ってみる。

八幡曲輪には赤坂口への道がのび、その北は御歩行町《おかちまち》、大小の屋敷が東の辰《たつ》の口御門までずっとつづいていた。

岩間家の当主たちが、代々、藩家から与えられてきた住居は、屋敷といえるほどの代物《しろもの》ではなかった。だがそれでも百七十坪ほどの広さで、隣家との間には生垣《いけがき》があった。

部屋は七部屋、広い土間に台所部屋、井戸のそばに一部屋をもうけた納屋がついている。

梅の匂いには子供のときから覚えがあり、それは赤坂口への道をのぞく裏庭に根を下した蒼古《そうこ》とした樹だった。

薄紅色の花をつけた梅の樹のかたわらで、寒菊が小さな白い花を可憐《かれん》に咲かせている。

早起きして洗濯をすませたのか、三良がきのうまで着用していた伊賀袴《いがばかま》や下着などが、物干竿《ざお》にほされていた。

かれは満足した顔で、ゆっくり台所部屋にもどってきた。

「あなたさま、いかがでございまする」

加奈が向き合わせた膳《ぜん》の一つに坐り、三良にたずねかけた。

「いかがとはなにがじゃ——」

「わたくしは、七日ぶりのわが家の居心地をたずねているのでございまする」

「そなたがわしの留守をしっかり守っていてくれるのと、戻ったときのあしらいがよいためか、七日間も屋敷を留守にしていたとは思えぬ心地よ。去年《こぞ》の梅が咲いたとき、そなたはこの家にきてまだ間もなかったが、今年は梅の花を愛《め》でる余裕もできたであろう。梅の匂いのなかで、そなたとこうして昼食をいただくのも身の果報じゃ。遅くまで寝こんでいてすまなんだ。そなた、さぞかし腹を空かせていよう」

三良は加奈が盆にのせて差し出した飯茶碗に手をのばした。

麦を加えた白い飯から、湯気が立ち昇っている。加奈は夫の三良が起きるまで、いつも食事を待っていた。

「あなたさま、わたくしのことなどさようにご斟酌《しんしゃく》くださいまするな。わたくしは郡同心岩間三良の妻、お留守をしっかり預り、主《あるじ》のもどりを指折り数えて待つ。それだけで幸せでございまする」

箸《はし》をそろえ、盛りつけた御飯に両手を合わせている加奈の言葉に嘘《うそ》はなかった。

「わしがお納戸役から郡同心に役替えになって、ほぼ一年と三カ月がすぎた。ご領内根尾谷筋のあらかたこそわかってきたが、まだまだこれからじゃ。そなたにも苦労をかける」

「なにを仰《おお》せられまする。鷹匠町《たかじょうちょう》の父がもうしておりましたが、郡役所の中で、あなたさまの評判はなかなかのものだそうでございますよ。お食事中にはばかられまするが、半年前、あなたさまがお奉行さまに提案された野廁《のかわや》は、これまで誰も思いつかなかった妙案。お城下に近い百姓衆が、たやすく肥料が得られると大変よろこんでいると、父が口をきわめてもうしておりました」

不作法を詫《わ》びたうえ、加奈は箸を止めていった。食事時、強いて野廁の話を出すほど、その好評がうれしかったのである。

郡役所で高く評価されることは、直接、そのまま夫の立身出世に結びついた。

三良が村廻りに出かけ、八幡曲輪の家を留守にする期間、用心のため加奈の実家から老僕の乙松《おとまつ》が岩間家に詰め、父平内も鷹匠町の家からときおり泊りにきていた。

「わしがお奉行さまに提案した野廁、それほど評判がよいのか――」

自分の発案だが、初めてきく話だった。

「はい、さようでございますとも。父や兄からも、そなたはよい夫を持ったといわれました」

「いやいや、役儀のためとはもうせ、そなたの父御《ててご》や乙松には面倒をかけ、重々もうしわけなく思うている」

「身内の心配、それくらいよいではございませぬか」

「いや、長い期間ともなれば大変じゃ」

「そのついでに、父はあなたさまの代りだともうし、存分にお酒を召しておりまする」

「酒の好きなお人だけに、気楽に飲んでいただかねばわしが心苦しい。飲んでいただけば、わしの肩の荷も少しは軽くなる」

三良は御飯の代りを加奈にもとめ、にこやかにいった。

かれが郡奉行の内藤六太夫に提案したのは、人の往来の激しい街道筋やご領内の主だつ地域に、野廁（公衆便所）を建てたらとの進言だった。

郡同心として村廻りをしていて、三良がまず感じたのは、山間の耕地がどこも痩《や》せ、肥料にめぐまれていない点だった。農業をいくら督励しても、土地が痩せていては収穫は少ない。人間の排泄《はいせつ》物は、百姓なら誰でも肥料として欲しがる。

主だつ往還に廁を設ければ、街道を行く人々は、路傍で勝手に排泄せず、藩が定めた野廁でゆっくり用を足すだろう。

それを郡奉行が郡方に分配させ、百姓たちに肥料として与えれば、収穫が高められるのではないかと提案したのであった。

「野廁とは妙なものを考えたものじゃ――」

最初、奉行の内藤六太夫は眉《まゆ》をひそめたが、やがてその顔を晴ればれとさせ、これは妙案じゃと膝を叩《たた》いた。

かれは御用所へただちに赴き、筆頭家老戸田縫殿はじめ、家老大高金右衛門、戸田治部左衛門に、岩間三良の提案を説明した。

「なるほど、きけばきくほどなかなかの案じゃ。無益な道端で用を足されることを思えば、風体も良く、意味があるわなあ。藩道場における腕前のほどは仄聞《そくぶん》いたしておったが、剣の腕前ばかりか岩間三良、農政にも一見識をそなえているではないか――」

次席家老大高金右衛門が、戸田治部左衛門に同意をもとめ、翌日、御用所に普請《ふしん》、寺社、町、勘定など各奉行が招集された。そしてただちに協議が行なわれ、お城下に十カ所、街道筋と主だつ道筋に、二十四カ所の野廁が普請されることになった。

建物は板葺《いたぶ》き、荒壁をぬっただけのものだが、街道筋と桑名《くわな》にむけ船が出る船町土橋の野廁は、数日後には汲み取りが必要なほどになり、郡奉行の内藤六太夫は家中で鼻を高くさせた。

「舅《しゅうと》どのから評判をきけば、郡同心としてわしの知恵も、いくらか役立っているものとみえる」

「いくらかではございませぬよ。野廁がこれからどれだけの収穫をもたらせますやら。あなたさまは今後、能吏として注目されるのは疑いございませぬ。さすればまた役替えのお沙汰《さた》が下され、ご加増も夢ではありませぬ。わたくしはあなたさまと夫婦になり、将来の暮しを思うたび、こんなふうになれば、またあんなふうであればと、あれこれよく考えるのでございますよ。子供が生れたらこう育てたいとも考えたりいたしまする」

昨夜、自分が発した嬌声《きょうせい》を耳朶《じだ》の奥に甦《よみがえ》らせたのか、加奈は顔に羞恥《しゅうち》の色を浮ばせた。

「加奈、わしとて村廻りをするかたわら、いつもそれを思うている。一人なら見えぬ橋でも、二人でなら見える橋もあろう。夫婦とは遥《はる》かむこうに大きな夢を抱き、ともに手をたずさえ、彼岸への橋を渡っていくものじゃ。その橋にも危ういところも、しっかりしたところもある。二つ合わせて一つの橋と心得ねばなるまい」

三良は穏やかに頬笑《ほほえ》み、加奈にいいきかせた。

「二人でなら見える橋——」

加奈は表情をなごませ、烟《けぶ》ったような目で遠くを見る顔つきになった。

「いかにも。二人でなら確かに見えるものがあるはずじゃ」

満足した顔で、三良は妻にうなずいた。

根尾谷筋の村廻りは郡同心三人が当り、七日役儀、二日は非番とされている。明後日、郡役所に出仕し、その足で本巣の地方《じかた》役所に立ち寄り、村廻りに出かける。

自分の留守中、この加奈なら立派に家を守っていってくれるだろう。

風の工合によるのか、梅の匂いが急に濃く鼻をかすめた。

三

城中の郡《こおり》役所はいつもざわめいている。

「ただいまから村廻りにまいりまする」

岩間三良は、郡同心小頭の古沼靭負に出立《しゅったつ》の挨拶《あいさつ》をすませ、役所の広い土間で片膝をつき、草鞋《わらじ》の紐《ひも》をむすんだ。

かれと入れ替り、同役の杉田市兵衛が根尾谷筋からもどってくるはずであった。

二人の引き継ぎは、本巣に構えられた地方役所で行なわれる。村で何事か突発した場合、村役人が郡役所に馬を走らせ急を告げるか、それとも狼煙《のろし》で城中に知らせることになっていた。

この一年、根尾谷筋では一度も変事は起らなかった。

草鞋の紐をむすび終えると、三良は立ち上り、かたわらに置いた塗り笠《がさ》に手をのばした。服装《みなり》は伊賀袴に野羽織、腰におびた両刀の柄《つか》に、柄袋はかぶせていなかった。

腹に巻いた肌付金《はだつき》を手で確かめ、かれはこれでよしと自分にいい、広い部屋のざわめきに土間から軽く一礼した。そして郡役所の長棟を出た。

城内の曲輪をまわり、東の大手門にむかった。

北の山々の雪が、三日前にくらべ、いくらか薄くなっていた。

大垣領の人々は、山深い根尾谷筋の雪が消えたのを遠くから眺《なが》め、はっきり春がきたと認める。それからすれば梅が咲いたとはいえ、春はまだ冬の尾を引き、足踏みしている感じであった。

三の丸御門をすぎ、御倉《おくら》の辻《つじ》を東に折れる。右手は大坂御留守居役向坂十太夫の屋敷、その向い側に、家老大高金右衛門と戸田治部左衛門の立派な長屋門が、築地《ついじ》をつらね並んでいた。

いかめしい大手門のかたわらには、軍《いくさ》目付組頭大瀬与左衛門が屋敷を構えている。

その脇《わき》の馬場で、三良は郡役所付きの乗馬を受けとった。

外は一の内堀、門番衆にうなずき、三良は擬宝珠《ぎぼし》を置いた大手門の橋を渡った。

大手門からまっすぐ東にのびる下魚屋町通りをすすみ、中町通りを左にまがって、辰《たつ》の口御門から総堀の外に出るのが、根尾谷筋にむかうかれのいつもの道筋だった。

大垣城下は西美濃の山地から流れてくる水に恵まれ、主だつ御殿は総堀と一の内堀、二の内堀、さらに本丸と二の丸御殿は、構堀《かまえぼり》で守られている。

総堀の内側に町屋が並び、南御門に近い船町土橋の界隈《かいわい》には、漆喰《しっくい》塗りの蔵がずらっと棟《むね》をつらねている。桑名や熱田《あつた》から揖斐川《いびがわ》と水門川《すいもんがわ》を利用して船で運ばれてくる荷物は、そのままお城下の商家までとどく仕組みになっていた。

「おい、おぬし、岩間三良ではないか――」

上魚屋町通りの四辻にきたとき、左に暖簾《のれん》を下げる研師《とぎし》の店から、きき覚えのある声が三良にいきなりかけられてきた。

総堀内の廓内《かくない》では、家老、上士といえども乗馬は許されない。馬の手綱をとったまま振りむくと、声の主は歩行横目《かち》の沖伝蔵だった。

歩行横目は家老、城代、大目付に属し、家士の監察に当っている。

「おお伝蔵、久しぶりだのう」

三良は足を止め、なつかしげな表情であとにもどった。

「久しぶりではないわい。その格好、今日はもう村廻りにまいるのか」

「七日勤めの二日非番、郡同心は城勤めとはちがうでなあ」

「それくらい、わしにもわかっておるわい。おぬしきのうは藩道場に現われ、若造たちに一汗かかせたそうだのう。わしにも声をかけてくれたら、それこそ久しぶりに手合わせをいたしたものを」

伝蔵は親しみをこめていった。

背丈は小柄《こがら》で色黒だが、眼が穏やかに笑っており、かれの顔には人柄のよさがあふれていた。

だがその伝蔵が木剣を持って相手に構えると、小柄でも猛禽《もうきん》のように猛々《たけだけ》しくなり、眼《め》付《つ》きも炯々《けいけい》となるのである。

三良とは十歳のときから月岡道場での同門、互いに好敵手として月岡一刀流を極め、師範役の左一右衛門から皆伝を許されたのも一緒なら、代稽古《げいこ》を命じられたのも同時だった。

月岡一刀流は、小太刀《こだち》で知られる京・吉岡流と小野派一刀流の流れを合わせてくみ、ほかの流派のように荒々しくなく、やはりどこか雅《みや》びをひめていた。

まず気合いが、相手を威嚇《いかく》するほどのものでなく、どちらかといえば、小鼓《こつづみ》を打つ掛け声に似ていた。

稽古に用いる木刀の長さは普通だが、非常の場合でも、敵を絶対に斬《き》り殺す刀術ではなかった。手首や足、また眼などを襲い、戦意を失わせるのを極意としていた。同門なら別だが、他の流派と剣を合わせると、相手は殺気をおさえた静かな構えと、迫力に欠ける気合いに、油断を生じさせる。だが動いたとみるや、敏捷《びんしょう》に急所を襲う太刀先は目にもとまらなかった。

わずかな隙《すき》をついた動きで、相手の戦意を一瞬にして殺《そ》ぎ、勝負をつける。これが月岡流の特徴だった。

差し料は相手を殺傷するために帯びるのではなく、あくまでも身を護《まも》る目的からで、「傷を与えて生かすのを良しといたし、殺生は外道の刀法なり」と皆伝書の第一に説かれていた。

勝つためには、何より敏捷な動きが重視された。

「久しぶりに手合わせか。そのあと町の居酒屋で一献《いっこん》を傾ける。それも考えぬではなかったが、歩行横目をいたすおぬしだけに、何かと忙しくしていると思うてな」

「忙しいのはお互いだが、先に声をかけてくれたら、少しぐらいの暇はとるわさ」

今朝、沖伝蔵は目付役所に出仕し、吟味役同心の若い同門の一人から、きのうの昼すぎ、郡同心につかれた岩間三良さまが道場にまいられ、一刻半（三時間）ほど門人衆に稽古をつけていかれたときかされたのである。

「さすがは沖さまと一、二を競われたお人、身のこなしや太刀さばきを拝見いたし、胸がすかっといたしました。目にも止まらぬ速さとは、きっとあれをもうすのでございましょう。わたくしも一手、ご教授にあずかりました」

若い吟味役同心は表情を輝かせて告げた。

大垣家中で岩間三良と沖伝蔵の二人は、竜虎《りゅうこ》とも月岡道場の双璧《そうへき》とも評判されてきた。

二人は撃剣の技を磨《みが》くため、腕こそ競うが、心を醜くしてまでそれを争わなかった。

腕の優劣より、心映えの良さに重きを置く関係をずっとつづけてきた。

十年ほど前のある夜更《よふ》け、二人が大手門に近い月岡道場から、三良は八幡曲輪の屋敷に、伝蔵は西代官町の屋敷にもどるため、下魚屋町筋で南北に別れかけた。

そのとき油問屋「春日屋《かすがや》」から、盗賊だとの騒ぎ声があがり、大戸の潜《くぐ》り戸《と》から身軽ないでたちの賊が四人、飛び出してきた。

大垣城下は治安がよく、かつてない盗賊騒ぎであった。

「伝蔵――」

「おお、逃がせば奴《やつ》らの害が他にも及ぶぞよ」

「斬るか――」

と問うより早く、伝蔵は南の船町に逃げる盗賊にむかって疾駆した。

かれは小柄だが足が速く、少し遅れた岩間三良が、月の光に刀がひらめくのを見て伝蔵に追いついたとき、四人の盗賊は数間置きにすでに倒れていた。いずれも左右の足を一撃され、道端でうめいていた。

伝蔵は疾駆しながら左右に走り、盗賊を一人ずつ斬ったのだ。追いついた三良は、かれが荒い息を吐いていないのに気付いた。

「伝蔵、走りながら四人の賊を斬るとはさすがじゃな」

残念な顔で三良はかれの労をねぎらった。

「いやいや、わしはおぬしよりほんの少し足が速いだけよ」

かれは懐紙で血刀をぬぐい、苦笑して鞘《さや》に納めた。

夕刻、月岡道場で手合わせしたとき、二人は五回立ち合い、三良が三回勝っていたからだった。

「伝蔵、わしは船町土橋の番所にこの一件を告げにまいる。四人の盗賊がもどるのを、待ちうける船があるように思われてならぬでなあ」

三良は伝蔵にいい残し、船町に走った。

結果はかれがにらんだ通り、賊の一味が船町土橋の猪牙《ちよき》船に身をひそめていた。

かれらは水門川から揖斐川に出て、南流して桑名にむかうつもりだったと白状した。

「自分のあとから同門の岩間三良が追いついてくるとの安心があればこそ、十分に刀を振るうことがかないました。盗賊四人を斬って捕えたのは、わたくし独りの手柄ではございませぬ」

それが町奉行所の吟味役にもうしたてた伝蔵の答えだった。

「二人の働きはたいしたものだが、それではいったいどちらの腕が上なのじゃ。伝蔵の答えではさっぱりわからぬ——」

盗賊四人の追捕《ついぶ》は、城中でも大きく噂《うわさ》された。かれらが春日屋の主夫婦や奉公人を縛り上げただけで、危害を加えなかったことも、話題を明るくしていた。

——それを知るには、大勢の前で二人に試合をいたさせるにかぎる。

誰もが胸に抱いていた公開試合の執行について、筆頭家老戸田縫殿が月岡左一右衛門に相談をかけた。

ところが師の左一右衛門は顔付きを険しくし、ご家老さまは仲良く腕を磨き、刎頸《ふんけい》の友として藩家に奉公いたす二人に、意趣を持たされますのか——と詰めより、大人げないと瞑目《めいもく》したという。結果、二人の試合は実現しなかった。

それから十年、二人は家督を継ぎ、役目はそれぞれちがっていたが、ときどき会って酒を汲み、親交を重ねていた。

三良が加奈と祝言《しゅうげん》をあげたとき、沖伝蔵はかれの介添人として付き、「高砂《たかさご》」をうなり、誰よりもその挙式を祝ったものである。

それだけに伝蔵は、三良が役儀の忙しさや妻の加奈に溺《おぼ》れこんでいないとの消息をきき、気を良くしていた矢先の出会いだった。

「久しぶりの手合わせもよいが、ゆっくり酒を飲み、いろいろ語り合いたいものだ」

三良は往時をしのび、伝蔵に答えた。

「それはわしとて同じじゃ。なにしろわが家は両親が健在なうえ、子供が三人もいる。わしの愚痴など誰もきいてはくれぬ。おぬしだけが頼りじゃ。ところで加奈どののご懐妊はまだか」

伝蔵は真顔になり、三良にたずねかけた。

「まだといえばまだ。わしは妻からなにも告げられてはおらぬ」

三良がほんの少しだけ顔を赤らめたのは、昨夜、自分の背に爪《つめ》を立てて悶《もだ》えた加奈の姿を思い出したからであった。

「おぬしが祝言をあげてから、すでに一年以上たつともうすになあ。子供は騒がしく面倒じゃが、そこにいればかわいいものだぞ」

「それくらいわきまえておる」

「なれば仲睦《むつま》じくといいたいが、今度の非番には、是非とも暇をこしらえるようにいたせ。だが村廻りをいたすうち、在所に隠し女をつくり、加奈どのを嘆かせてはならぬぞ。なにしろわしは祝言のおり、おぬしの介添人を勤めた身だからのう。一言、釘《くぎ》をさせてもらっておく。わかったなあ」

伝蔵は冗談めかしていった。

毎回七日も屋敷を空け、村廻りをしていれば、下心を持つ女性の供応も珍しくはなかった。

その気になれば、毎度、村々で女を替えられた。

「岩間さま、お城下においでのご内室さまはご内室さまとして、若い女子《おなご》の一人ぐらい、根尾谷筋でお囲いになられてはいかがでございまする。いいえ、女子の費《ついえ》は村方の者がみんなでまかない、決して岩間さまには面倒をおかけいたしませぬ」

村役総代樽見《たるみ》村の松田惣右衛門からはっきりすすめられ、同役の杉田市兵衛が、樽見村に二十《はたち》すぎの後家を置いていることも知っていた。だが三良は加奈の気持を慮《おもんぱか》り、うんとはいわなかった。

村役総代の言葉にしたがえば、役儀にも手心をくわえることになる。

領民と藩の間には、利害の対立する問題がいっぱい存在していた。

「伝蔵、おぬしにいわれるまでもない。わしはそれだけは胆に銘じ、なすまいと決めておる。第一、郡同心が村方に籠絡《ろうらく》されては、ご政道のさまたげになるわい」

「それなら結構、わしも加奈どのから泣き付かれたくないでなあ」

沖伝蔵は三良にいい、研師の暖簾をつまみ上げ、店先をちょっとのぞいた。

「差し料でも研ぎに出したのか――」

「かように代りを差しているが、馴《な》れぬ腰の物は、どうも身にそうてくれぬ。いざというとき、手に馴染《なじ》まねば人も斬れぬ。重たくもあり重たくもなし、今日はわしの古馴染みを受け取りにきたのよ」

かれの古馴染みは、四人の盗賊を斬った刀、無銘だが美濃関鍛冶《かじ》の業物《わざもの》であった。

「では伝蔵、これで別れるといたそう。なにしろわしは昼までに、本巣の地方役所にまいらねばならぬ。七日後とつぎの日は非番、加奈を使いにつかわすゆえ、一献わが家で飲むことにいたそう」

「おおそうか。それは待ちどおしい。それなら飯盛惣助《いいもりそうすけ》がまだ京にはもどっておるまい。奴《やつ》も呼んでやらぬか」

かれは共通の幼友達の名をあげた。

飯盛惣助は足軽の五男、藩校で一緒だった。

三人とも気が合い、十四歳のときまで親しくしてきた。だが惣助は口を減らすためと、かれの前途を考えた父親の意にしたがい、〈大垣御坊〉といわれる伝馬町の願証寺住職の世話で剃髪《ていはつ》、浄円《じょうえん》と名を改め、京都・知恩院《ちおんいん》へ修行にやられていた。

「大垣に惣助がもどっているのか――」

「いや、もどってはいるが、滞在は一カ月余り、すぐまた京に引き返すのじゃそうな」

「それはなつかしい。おぬしからもよしなに伝えてくれ。非番の日にはともに会いたい」

「浄円もそなたをなつかしがっていた。会えるとなれば、さぞかし喜ぶだろうよ」

二人は互いに後日を約し、伝蔵は辰の口御門に急ぐ三良を見送り、研師の暖簾内《うち》に姿を消した。

三良が本巣の地方役所で、杉田市兵衛から根尾谷筋二十七カ村になんの変りもないことをきき、平野村にむかったのは、午《うま》ノ刻（正午）をまわったころだった。

「平野村に小平太。へえ、確かに小平太ならおりますけど――」

地方役所に仕える老爺《ろうや》がいっていた。

三良は今度の役儀の最初に、藩の御用絵師田中洞慶の屋敷の前から逃げた小平太に、まず会ってみようと考えていたのである。

洞慶屋敷の門番を口汚く罵《ののし》りながらも、眼に涙を光らせ素速く逃げたかれが、気にかかってならなかった。

この一年余、平野村にはたびたび足を運んでいる。

地方役所の老爺に説明されただけで、かれは小平太の家の所在をすぐ胸裏でなぞった。

小平太の家は村のはずれにあり、後ろに山が迫っていた。よほどの貧農とみえ、草葺《くさぶ》きの屋根は傾き、庭先に橡《とち》の実が干されていた。

髪を布で包んだ女が、軒下で藁《わら》を打っていた。

「これはお役人さま――」

人の気配を感じた彼女は、藁を打つ手を止め、急いで両手をついた。

郡同心の姿は、根尾谷筋でときどき遠くから見かけるが、こうして間近に接するのは初めてで、彼女は手をついたまま両肩をこまかく震わせた。

村人への通達なら、地方役所から村役をへて伝えられてくる。

郡同心が直々にくるのは、ただごとでなかった。それだけに恐れが募った。

「そなたは当家の女主《おんなあるじ》か――」

三良は自分の足元にひれ伏す中年すぎの女にたずねかけた。

「は、はい、さようでございます」

喉《のど》が乾き、彼女の声はかすれていた。

「わしは郡同心の岩間三良ともうすが、さればこの家に小平太なる者がいるはず。もしかすれば、そなたは小平太の母御ではないのかな――」

三良はおよその察しをつけ、言葉をつづけた。

「小平太はわしの息子にちがいございませんが、お役人さまにお咎《とが》めを受ける悪さを、なにかいたしたのでございましょうか」

彼女は三良の機嫌《きげん》を損ねまいとしてか、できるだけ丁寧な言葉を選んでいい、おそるおそるかれの顔を下から掬《すく》い上げて眺《なが》めた。

「いやいや、小平太は咎めを受けるような悪事などいたしておらぬぞ。そこのところは十分に安心いたせ。本日、わしは役儀でここにきたのではなく、小平太のことで心に掛かるものがあってまいったのじゃ。母御どのなら、まあその手を上げ、立ってもらいたい」

三良はやさしく小平太の母親に話しかけた。

彼女は三良の真意がわからないだけに、かれの指図にすぐには従わなかった。

「そんな格好では話ができぬ。さあ立つのじゃ。頼む――」

かれにうながされ、小平太の母親はやっと警戒を解き、ゆっくり立ち上がった。

だがいつでも逃げ出せるよう身構えていた。

「ところで母御どの、小平太はいかがいたしておる」

「いかがともうされますと——」

「今日わしは、小平太に会いにやってまいった。たずねたい仕儀があってじゃ。くれぐれもうすが、咎める目的できたのではない」

三良は彼女の警戒心をほぐすため、無理に笑みを浮かべた。

「小平太なら、家で臼《うす》をひいておりまするが」

彼女は少しあきれた顔で家の方をふりむいた。

いま気付いたが、荒家《あばらや》の中から臼をひく鈍い音がひびいていた。

「それでは小平太を呼んでもらえまいか」

かれのもとめに従い、小平太の母親は家にむき直った。

「おうい、小平太よ。なんのご用かわしは知らねえだが、村廻りのお武家さまが、おまえに会いてえといわれてきてござらっしゃる。ちょっと出てこいや。臼をひくのはええだで」

彼女の声で臼の音がぴたっとやんだ。

「おっかあ、誰がわしに会いてえだと——」

三良が暗い口を開けた家の戸口に目をやっていると、中から小平太の姿が現われた。

だがかれは、母親とともに三良が立っているのを一目見るなり、さっと逃げる体勢をとった。

敏捷《びんしょう》な物腰は、あの日の通りだった。

「これ小平太とやら、そなたはわしを覚えておらぬか。三日前、大垣城下の御用絵師田中洞慶どののお屋敷の前を通りかかった者じゃ。そなたはわしの姿をみて逃げたが、当日、わしはたまたまあそこを通りかかっただけで、そなたが逃げる必要はいささかもなかったのよ。そなたの望みは、あとからそなたと揉《も》めていた屋敷の門番からすべてきいた。この通り、足で踏みつけにされた絵も、取りもどしてきてつかわした。わしも絵を見るのが好きでなあ。この絵はまことによく描けておる。ついては、そなたが抱く大望について相談がある」

三良はまず小平太の警戒心を除くにかぎると考え、声高に説明した。

最初は疑いの眼で三良をにらみつけていた小平太も、かれの言葉をきくにつれ、次第に猛々《たけだけ》しい雰囲気《ふんいき》をひそめた。

ただの子供らしい態度になり、自分の描絵《かきえ》を褒《ほ》めてくれた武士に、ふと好意すら抱いた。

いまになって考えれば、洞慶屋敷の門前で門番と口争いしていたとき、武士の姿を認め、とっさに自分を捕えにきたと邪推したのは、少し早とちりだった。

多分、自分に叫びかけている武士の言葉が本当なのだろう。相手はわしも絵を見るのが好きだといっている。村廻りの郡同心なら、自分に興味をもち、ふと訪ねる気になっても訝《いぶか》しくないと、小平太は思いついた。

——そんなお侍もわしと一緒で、物好きな変ったお人やがな。

小平太は剽軽《ひょうきん》に笑い、一歩、三良に近づいた。

もし相手が豹変《ひょうへん》すれば、素速く逃げればいい。刀にかけて咎めるつもりはないぐらい、差し料に柄袋《つかぶくろ》がかぶせてあるのを見てわかっていた。

母親のおひさが眉《まゆ》を寄せ、険しい顔になっている。

不意に訪れた武士から、わが子が三日前、何をしていたか薄々知らされたからである。

小平太は三日前の早朝から姿をくらまし、翌日、陽《ひ》が根尾谷を明るく照らしはじめた時刻、ふらふらになりもどってきた。

「おまえ、いったいどこへ行っていたんじゃ」

おひさがたずねても、小平太はなにも答えないばかりか、ふくれっ面《つら》ですぐ納戸《なんど》の布団にもぐりこみ寝てしまった。

かれの態度からうかがい、夫の藤次を手伝うため、山奥の炭焼き小屋へ行っていたようすでもなかった。

武士の言葉から考えれば、小平太は大垣城下の藩の御用絵師の許に、弟子にしてくれと押しかけ、悶着《もんちゃく》を起してきたのだろう。

十三になったばかりの小平太が、自分に無断でお城下まで出かけた無鉄砲も腹だたしい。だがなによりおひさは、お城下から村まで、わが子が夜道をとぼとぼ歩いて帰る姿を思い浮べるにつけ、かれに対する哀れさと、その望みをかなえてやれない自分達夫婦の貧しさが哀《かな》しかった。

「わしは兄《あに》さまみたいに、お城下のお店《たな》へ奉公に行くのは嫌《いや》じゃ。世の中には絵師になって生きる方法があると、寺の和尚《おしょう》がいうてござった。絵師の許にならわしは奉公に行ってやるわい」

小平太は幼いころから描絵が好きで、暇さえあれば、反古《ほご》紙に炭で絵を描いていた。

「とろくさ、山百姓の子供が、なにを阿呆《あほ》なことをぬかしているんじゃ。絵師などと途方もねえ夢をみるより、ひと窯《かま》でも炭焼きを手伝え。とんでもねえ餓鬼じゃ」

夫の藤次はいつも小言を浴びせつけ、かれを眼の敵《かたき》にするが、母親のおひさには、常軌を逸したそんな小平太がいとしかった。

「おまえ、どこへ出かけていたのかと心配しとったが、お城下へ行っとったんじゃな。このど阿呆が——」

彼女は自分の気持とは裏腹な言葉を口にして、小平太を叱《しか》った。

「おっかあ、わしは誰にも迷惑はかけとらん。怒られるいわれはないわい」

小平太は三良から視線をそらせ、母親に抗《あらが》った。

「まだ尻《しり》の青い餓鬼がなんじゃと。このおっかあに文句があるのか」

「まあまあ二人とも、親子喧嘩《げんか》をいたすではない。小平太の母御どの、小平太が誰にも迷惑をかけていないのは本当。わしは先ほどもうした通り、小平太の絵を見て感じるものがあり、こうして尋ねてきた次第じゃ」

「おっかあ、そのお侍さまがいわっしゃる通りじゃわい」

小平太はここぞとばかりに力んでみせた。

「おまえは黙っとれ。懲《こ》りもせんと、狐《きつね》に憑《つ》かれたみたいなことをまだほざいていて、どうならすか」

「なにが狐に憑かれているんじゃ。山百姓の子供でも、絵師になりたいと思ってどこが悪いな。お城下の御用絵師がわしをお弟子にするとでもいわしゃったら、しめたものだと出かけたまでじゃ。なあお侍さま――」

郡同心の武士が、自分になにをいいたいのか不明だが、少くとも好意を寄せていることだけはわかり、かれは三良に救いをもとめた。

「親子がいがみ合っていては埒《らち》があかぬ。とにかく小平太、こちらにこい。わしは坐《すわ》らせてもらうぞ」

三良は小平太を手招きし、腰から差し料を抜きとり、足許に敷かれた莚《むしろ》の上に胡座《あぐら》をかいた。

「村廻りさまにみっともねえさまをお見せして、まことにもうしわけねえ。わしはこの小平太の母親でおひさともうしますだあ」

「おひさどのか。地方役所で父親の名は藤次ときいてまいった」

「おとっつぁまの名前まで調べてきたのなら、こりゃあ仕方がねえなあ」

小平太は覚悟をきめた表情で、三良のそばにどっかり坐った。

「それで村廻りさまは、この子になんのご用でございますだ」

身分が大きく違うだけに、母親としては当然の疑問であった。

「わしもそなたも、互いにあらかたのことはわかったはずだが、この小平太、修行次第では、ひとかどの絵師として身を立てられぬでもないとわしは見た。かように向う意気の強い子供は、進むべき道を誤れば、稀代《きだい》の盗賊かやくざ者にでも身を持ち崩す恐れがある。小平太が描いた絵を眺め、さらには絵師になりたいともうすその熱意を知れば、なおさらじゃ。わしはこ奴《やつ》に道を誤らせたくないと思うている。そのためこうしてまいったのじや」

「それやったら村廻りのお侍さまは、わしを御用絵師の弟子にしてやろうといわっしゃるのだな――」

小平太が眼をかがやかせた。

「小平太、それはできぬ。大垣藩御用絵師の田中洞慶は、身分の高い者や金持ちには頭を低くいたすが、金を持たぬ百姓や町人の子弟など相手にせぬ、志の低い人物じゃ。たとえそなたが入門を果したとて、所詮《しょせん》は小者として追い使われるのが落ちであろう。そなたがどうしても絵師になりたいともうすのであれば、江戸か京にでも出るより仕方あるまい。江戸や京には、すぐれた絵師がどれだけでもおり、そなたの能筆を理解してくれる絵師もきっといるはず。大垣藩領ごときでじたばたいたさず、いっそ遠方に出かけ、自分の望みを果す気になってみぬか。本日、わしはそなたにそれをいいにまいったのじゃ」

三良はおひさの存在を無視して、小平太に説いた。

一旦《いったん》、勢いを失ったかれの眼が、江戸や京の名をきき、再びかがやきを取り戻した。目前に迫った山の稜線《りょうせん》に、視線がじっと投げられた。

その山のもっと先に、琵琶湖《びわこ》が渺漫《びょうまん》と水をたたえ、そのまた先に京・大坂の町がある。

「村廻りさまは、わしんところの小平太を嗾《けしか》けにきんさったんじゃな。埒もねえ」

おひさは三良をにらみつけた。

「わしはただ嘆けにまいったのではない。出府上洛《じょうらく》についての相談に乗るつもりできたのじゃ」

三良は懐《ふところ》から一両の肌付金《はだつき》を取り出し、無理矢理、小平太の手に握らせた。

小平太が京に上洛すると決めれば、幼友達の飯盛惣助に相談できるとちらっと思った。

「そんな大金、とんでもねえ。村廻りさまは、人買いにきんさったわけでもあるめえ――」

おひさが小平太の握った小判に目を光らせ、驚いた顔でうめいた。

「うん、村廻りさまが一両もくれるんやったら、江戸でも京でも出かける。わしは唐天竺《からてんじく》にでも飛んで行ってやるわい。ええなあおっかあ――」

小平太は小判を握りしめたまま立ち上がり、西の空をぐっとにらみすえた。

第二章　仲秋夜能《やのう》

一

「もうし、あなたさま――」

岩間三良の眠りを加奈の声がゆすった。

二度同じ言葉をかけられ、三良は三度目にはっきり目覚めた。

青い釣《つ》り蚊帳《かや》をへだて、妻が自分をうかがっている。いつもの通りきちんと帯を結び、地味なきものながら、あでやかさが匂いたっていた。

昨夜、海の底に似た青い蚊帳の中で、ひどい汗をかきながら睦《むつ》み合ったあられもない姿が、一瞬、かれの脳裏を妖《あや》しく横ぎった。

身体の隅々《すみずみ》に軽い疲労がまだ残っている。

七日の村廻りからもどり、今日は非番の初日、根尾谷筋に発《た》つのは明後日である。昼すぎには月岡道場で、若い門弟たちに稽古をつける予定になっており、沖伝蔵もおりよく非番なので、稽古に相伴《しょうばん》するといっていた。

「加奈、朝から何事だ。いい心地で眠っていたものを。食事なら先にすませておけばよかろう」

三良は半身を起し、いくらか不機嫌《ふきげん》な声でいい、眼《め》をこすった。

横に敷かれたままの布団の上に団扇《うちわ》が残され、それに数匹の鮎《あゆ》と青い藻《も》が描かれていた。

一度身体《からだ》を重ねれば、汗まみれとなる。

首筋から胸、さらに両脇《りょうわき》をぬぐう三良のかたわらにひかえ、加奈はその団扇で夫のほてりに風を送ってくれた。

加奈は体質なのか、どれだけせめぎ合っても、額と胸に少し汗を浮べるだけで、不思議に暑がらなかった。

それだけに三良には、なにげなく置かれた団扇が、昨夜の痴態を思い出させ、ひどく艶《なま》めいて見えた。

「いいえあなたさま、食事のことではございませぬ。先ほど郡《こおり》奉行所同心小頭の古沼さまから使いがまいり、お目覚めになられたら、郡役所までお顔をのぞかせてもらいたいとのご口上でございました」

加奈はわずかに眉を寄せて伝えた。

「わしに郡役所にこいだと。わしは昨日、村廻りから戻ったばかりだぞ。昨夕、城中から退《さが》るとき、古沼さまはなにももうされなんだが――」

三良は蚊帳の中で低腰になった。

「はい、お使いの小者衆は、お急ぎでなくても結構、ゆるりとおいでいただきたいともうしておられました」

加奈は三良が蚊帳から出るのを見て、蚊帳の釣り手に腕をのばした。

「ゆるりともうしても、それは言葉のあやにすぎぬ。ゆるりと参上いたせば、古沼さまは苦々しい顔をいたされるわい。なにしろ小頭さまは、お役目がなにより大事、少しの落度もないよう、小心翼々とされておられるご仁じゃ。すぐ食事にいたす。登城の仕度をしてくれ。それにしても、非番ともうすに急なお召し出し、なにがあったのだろうな」

かれは顔を洗うため、裏の井戸端に急いだ。

台所部屋の膳《ぜん》にむかうと、蜆《しじみ》の味噌汁《みそしる》が運ばれ、加奈も襷《たすき》をはずしてかれの前に坐った。

二人はさして言葉も交さず、あわただしく朝食をすませた。いつもとはちがい、時刻は巳《み》ノ刻（午前十時）をすぎたばかりだった。

「すぐお出かけになられまするか――」

三良が茶を飲むのを眺《なが》め、加奈がたずねた。

「いかにも、ただちに郡役所にまいる。服装は村廻りのものにいたしてくれ。小頭さまからお呼び出しとあれば、お役目のことに決っており、なにが出来《しゅったい》しているかわからぬからな。格好次第では、郡同心として不心得だと、お叱りを受けかねぬ」

かれは湯呑《ゆの》みの中身を半分のこし、居間へと立ち上がった。

そのあとを加奈があわただしく追ってきた。

細幅の帯を腰にしっかり巻き、伊賀袴《いがばかま》の紐を結び、三良は床の刀架に横たえた京鍛冶来《らい》国俊《くにとし》の刀をつかんだ。

この大きく反った来国俊の刀は、藩祖の初代戸田左門氏鉄《うじかね》が、寛永十二年七月、摂津国《せっつのくに》尼崎《あまがさき》から、十万石を封与され大垣に移ってきたころからの、岩間家先祖伝来のものであった。

戸田氏鉄は天正四年、三河国《みかわのくに》二連木《にれんぎ》で生れた。初名を重氏、新二郎ともいい、十四歳のとき徳川家康に仕えて近習となった。慶長五年関ヶ原合戦で、かれは父一西とともに戦い、同七年、父の遺領をついで近江国《おうみのくに》膳所《ぜぜ》三万石の城主となって、名を左門と改め、大坂城で豊臣家が滅んだあと、尼崎に転封された。

　家伝の刀は、なんでも足軽として一西に仕えていた先祖の七兵衛が、関ヶ原合戦で槍《やり》をつけた敵を介錯《かいしゃく》したとき、当の武士から贈られたときいている。だが事実は、おそらく突き殺した相手の手から奪ってきたものであろう。

　当時から数えれば、岩間家は大垣藩に仕えて二百三十二年にもなる。

　大垣藩では一西や氏鉄の代から仕えていた家士を譜代衆といい、ついで膳所衆、尼崎衆と戸田家が転封するたび召し抱えられた家士たちと、分けて呼ばれていた。

　寛永十二年の大垣領への転封から、今年で百九十七年になるが、美濃大垣で召し抱えられた家士は、家禄《かろく》は多くても新参者として、譜代衆や膳所衆には一目置くありさまだった。

「わが家は三河以来の譜代衆だが、初代の七兵衛どのは、惜しむらくはただの土民、貧乏百姓の小倅《こせがれ》であったそうな。じゃによって家禄のご加増は微々たるもの。それでも譜代衆としての扱いは十分にたまわり、代々が勝手方掛下役としてご奉公もうしてきたのじゃ。五十石三人扶持《ぶち》でも、この家禄は新参衆の百石二百石にもまさる。そこのところをよくよく心得ておけ」

　祖父の太兵衛、また死んだ父弥兵衛などは、口癖のごとくいっていた。

　岩間家は譜代衆だけに、家中に縁者が枝葉のように分かれている。血の濃い親戚《しんせき》として、三良の姉の夫岩根帯刀《たてわき》が大目付高木仁左衛門の番頭《ばんがしら》、父方の従兄弟《いとこ》栗田新七郎が、牢屋《ろうや》奉行助《たすけ》を勤めていた。

藩主も家禄は別にして、譜代衆には代々が特別に計らい、参勤交代による帰城や発駕《はつが》のとき、さらに年頭には、特にお目見得を許し、その格付けは家中第一であった。

「行っておいでなされませ」

小さいながら式台から下りると、加奈は衝立《ついたて》の横で、旅嚢《りよのう》を背にした三良に手をつかえた。旅嚢には着替えの肌着が収められていた。

「出かけてまいる」

このとき、三良と加奈の視線が交差した。

彼女はあわてて眼をそらしたが、急な夫の登城を怨《うら》みがましく思う気配を、三良はふと感じた。

岩間家には彼女が輿《こし》入れしてくるまで、父の代から奉公する小者の彦七がいたが、かれは腰を痛め、いま領内の赤坂村にもどっている。

知行半減をもうし渡されている折でもあり、また新しい小者を雇うのは、彦七の手前もどうかと考え、三良は加奈の言い分をきき、乙松を彼女の実家から手伝いにこさせ、誰も雇い入れていなかった。

「七日ぶりに戻ってきたわしに登城をうながすとは、小頭さまも不粋をいたされる。不足もあろうが、これもご奉公のうちじゃ。まあ辛抱いたせ」

三良は加奈の不満をみて取り、なぐさめの言葉をかけ、刀を腰に帯びた。

「お召しとあれば仕方ございませぬが、わたくしは今日は暮れ方までゆるりとすごし、あなたさまと全昌寺さまの界隈《かいわい》に、蛍《ほたる》見物にでもまいるつもりでおりました」

彼女は彼女なりに、夫と楽しくすごす一時《いっとき》を考えていたのである。

全昌寺は水門川の近くにあり、城下では蛍の名所として知られていた。

「全昌寺に蛍見物か。それも良い考えだったのう。船町筋の料理屋で酒を飲みながら、蛍を見るのも一案。だが今日は辛抱いたせ。夕刻までに戻れるかどうかわからぬからじゃ。蛍見物は今夜だけにかぎるまい。明夜でも、今度の非番の日でもよかろう」

三良は初めて加奈の不満の言葉をきき、少し狼狽《ろうばい》した。

「明夜とか今度の非番の日とかもうされまするが、蛍はいつまでも飛んでおりませぬ。先の非番の日、あなたさまは道場で約束ができていると仰《おお》せられ、蛍見物をお拒みなされました」

すっかり忘れていたが、加奈ははっきり抗議の意を示した。

「なるほど、そんなこともあったなあ。しかしながら、そなたも武士の妻、少しぐらいの不足は我慢せねばならぬ。なにが蛍見物じゃ。いつまでも小娘の気分でいてどういたす」

加奈が顔に険《けん》を浮べたのを見て、温和な三良もさすがに言葉を荒らげた。

彼女が改めて両手をつくのに一顧もあたえず、肩を怒らし屋敷を出た。

小さな門をくぐり、右にまがる。

すぐに八幡宮の森が目につき、その南に立派な伽藍《がらん》をそびえさせる藩主菩提寺《ぼだいじ》円通寺の屋根が、初夏の陽射《ひざ》しに照らされ、かっと光っていた。

御用絵師田中洞慶の長屋門の前をすぎ、御門道から京口御門をくぐった。

郡役所は三の丸御門を入った右側に、大きな棟を置いていた。

――小頭さまの急なお召しとはなんだろう。

三良に思いつくことはなにもなかった。

根尾谷筋二十七カ村は平穏、これといって小頭古沼靭負から小言を受けなければならない事態はない。強《し》いて挙げれば、樽見村に年若い後家を囲う杉田市兵衛について、問われることだろうか。もっとも、かれはもう一人の同役西脇雅楽之助《うたのすけ》を手なずけて口をつぐませており、雅楽之助自身にも不審があった。

そのほかは、平野村の山百姓の倅小平太を、僧名を浄円と名乗る飯盛惣助に託し、京に旅立たせた経過ぐらいだった。

「村廻りさまが、わしんとこの餓鬼のいたずら描きをお褒《ほ》めくださるのはええだが、本当にそんな才が、こいつにありますのかいなあ。村廻りさまは人の子だと思うて、こいつを甘く見ておいでになるのとちがいますか。生意気で向う意気が荒いだけを、見違えておいでになるのではないかと、わしはもうしていますのだわ。一両もの大金をたまわり、倅は江戸か京へのぼるというてききよりません。貧乏でもこの村にいさえすれば、炭を焼き、段木《つだ》をお城下へ運び、どうやら食ってだけはいけます。村廻りさまから変におだてられ、江戸か京へ行ったはええが、なんとも絵の修行ができなんだ。あげくの果て、人間がぐれて歪《ゆが》んでしまえば、もうどうにもなりませんでなあ。なにしろこの倅はただでさえひねくれ者。山犬みたいに分別のない気性でございますから、親としては案じますだわ」

根尾谷筋の大井村を見廻っているとき、平野村の名主丑右衛門《うしえもん》が、使いをさしむけてきた。使いとともに名主の家にもどると、小平太の父藤次が、丑右衛門の後ろにひかえ、三良にお礼とも苦情ともつかない意見をもうし立てた。

ありのまま本心をいえば、藤次は息子を他国にやるのが心配だったのである。

「郡同心の岩間さま、まさかご冗談ではございますまいなあ」

名主の丑右衛門がおずおずとたずねた。

かれはなにを思ったのか、裃《かみしも》姿で三良を迎え、藤次も小平太もこざっぱりした服装をしていた。

「丑右衛門に小平太の親父どの、わしは冗談でそこにひかえる小平太をけしかけたわけではない。大垣藩御用絵師田中洞慶さまのお屋敷の門前で、必死に入門を乞《こ》う小平太の姿を実際に眺めれば、その望みがただ事でないと、そなたたちにもわかるだろうよ。藤次は小平太を生意気だの、向う意気が荒いだのともうすが、悍馬《かんば》はいざというとき物の用にたつものじゃ。いわば小平太は画才をもつ悍馬。それを山深い村で、山百姓として埋れさせては、あまりに惜しいとは思わぬか。いまは十三歳でまだ子供。分別にこそ欠けておるが、もう四、五年もして世の中が少しでもわかるようになってみろ。こ奴が勝手に村から飛び出していくのは必定じゃ。藤次はわが子のそれぐらいわからぬのか。わしは郡同心に役替えになるまで、ご城中でお納戸役を勤め、ご領主さまご所蔵の御絵《ぎょえ》の扱いをいたしておった。それだけに、小平太が入門を乞うために描いた絵の良し悪《あ》しが判じられる。わが子を無難にすごさせたいのは、武士町人百姓といわず当然の親心だが、子供の器量によっては、なかなかそうもまいらぬ。その資質を見抜き、世間の荒海の中に押し出してやるのも、親としては必要ではないのか。広い世間をいくらかでも見てまいれば、たとえ絵師になれずとも、それなりの分別をつけよう。村に戻ってくる場合があれば、村のため益することもあろう。さらには江戸か京へまいり、絵師ではなく、商人《あきんど》になることもあり得る。わしとて一両の肌付金《はだつき》を気まぐれに散じたくはなし、冗談といわれるのは心外じゃ」

三良は丑右衛門と藤次に眼をすえ、説得につとめた。

名主と父親の後ろで、小平太がふてぶてしくにんまり北叟笑《ほくそえ》んでいた。かれが描いた絵を見ていなければ、悪意をひめた狡賢《ずるがしこ》い童《わっぱ》が、してやったりと笑っているとしか思えなかった。

「い、岩間さま、わたくしの言葉が悪うございました。お気を悪くされたのでございますれば、何卒《なにとぞ》、不調法をお許しくださりませ」

名主の丑右衛門が、両手をついて三良に詫《わ》び、おぬしもきいたかと藤次をふり返った。

「村廻りさまのお言葉、重々、わかりました。肌付金の一両まで出していただき、それほど倅に肩入れしていただけば、親としてこんな冥加《みょうが》はございません。わたしとて倅を一生山賤《やまがつ》としてすごさせたくねえのが、本心でごぜえます。嬶《かかあ》ともども、よろこんで小平太を村から送り出してやりまする」

藤次は渋紙色の顔をうなずかせて平伏した。

父親の言葉で、小平太が右腕で両眼をさっと拭《ぬぐ》った。

「名主の丑右衛門と藤次どのに異存がなければ、小平太をどこにやるかについて、わしはすでに存念を抱いておる。丁度、わしの幼友達の僧が、京からお城下に戻ってきている。

ゆえに浄円ともうすその僧に、小平太の一件を相談いたし、できればともに京へ行かせたらいかがであろう。大垣領から京までは一泊二日の旅。京なら大坂にも近く、さまざまな画派の絵師が、腕を競って世間の求めを満たしている。もし京で修行するのが嫌《いや》になれば、小平太なら食うや食わずでも、この平野村にもどってこられるはずじゃ」

「それは幸い、是非ともそうしてやってくだせえ――」

藤次もさすがに父親だけに、態度を一変させ、三良に懇願した。

さあおまえも村廻りさまにお願いせんかいと、小平太の頭をどついた。

小平太が真顔になり、小さな頭を下げた。

「よいよい小平太、そなたが殊勝にいたせばなにか妙じゃ。そなたはそなたのまま、向う意気の荒い生き方がよさそうじゃぞ。絵ともうすものは、ただ腕だけで描くものではないともうす。こころで描くものであれば、向う意気の荒さも、描絵《かきえ》には必要であろう。もっともそれも内に矯《た》めさねばならぬが――」

三良は小平太の感涙を一瞥《いちべつ》しただけに、かれを励ます口調でさとした。

「それでは平野村の名主として、万事、岩間さまにお願いもうしまする」

丑右衛門が深々と頭を下げた。

かれは目前に坐る郡同心の岩間三良が、郡奉行に野厠《のかわや》の設置を進言し、その恩恵に領内の百姓たちが浴しているのをすでに知っていた。

もっともその野廁の肥料について、藩では冥加金を取り立ててはどうだろうとの意見が起っているそうである。

平野村の小平太はそれからまもなく、浄円にともなわれ京に発《た》っていった。

かれの上洛には、平野村名主丑右衛門、根尾谷筋二十七カ村総代樽見村の松田惣右衛門からも届けを受け、郡奉行から正式に許しが出ている。

小平太のことで叱責《しっせき》を受けるはずがなかった。

今日の急なお召しは、野廁の汲《く》み取りに冥加金を取るとの意見に関して、わしの考えを徴したいとでもいうのだろうか。郡役所できいたところによれば、勘定奉行の試算では、現在、領内に設置されている三十四カ所の野廁から冥加金を徴収すれば、少なくとも年間二百両にはなるという。

「だがいくら藩の財政が苦しい折でも、野廁から冥加金を取るとは慮外じゃ。肥料とはもうせ、臭い物を売った金で、藩家のご重役衆は、いったいなにをお買いなされるおつもりじゃ。野廁は勧農のため、無償で平等に分配するものであろう」

それが発案者三良の意見であった。

「岩間さま、早々にもうおこしでございまするか」

三良が郡役所に姿をみせると、八幡曲輪の屋敷へ使いにきた小者が、かれの服装に眼をみはり、驚いた顔で迎えた。

村廻りに出かける格好だったからである。

「お使いご苦労であった。小頭さまはどこにおいでになる。岩間三良が参上したと伝えてくれ」

かれは郡役所の上《あが》り框《かまち》に腰をすえ、草鞋を脱ぎにかかった。

「かしこまりました」

小者が奥にむかって急いだ。

広く襖《ふすま》を開けた各部屋では、記帳する者、そろばんを弾《はじ》く者、姿勢を正して郡奉行の触示を書く者などが見られた。

「岩間さま、ご案内いたしまする」

上り框に置いた差し料をつかんだとき、小者が急ぎ足で近づいてきた。

「案内などよい。小頭さまは役部屋においでになるのじゃな」

「いいえ、それがお奉行さまとご相談の部屋に、案内せいとのお指図でございました」

「お奉行さまとご相談じゃと——」

「はい、さようにうけたまわりました」

郡奉行内藤六太夫の役部屋は、小さな中庭をはさんだ別棟《べつむね》に構えられている。

歩廊をすすみ、三良は役部屋の前で片膝《かたひざ》をついた。

「郡同心岩間三良、ただいまお召しに従い参上つかまつりました」

「おお三良、さっそくきてくれたか。非番のところをもうしわけない」

小頭の古沼靭負が、役部屋の奥から立ち上がってきた。

「岩間三良か、遠慮なく入るがよかろう。どうじゃ、お役目にも馴《な》れたであろう。今日はそなたが非番を承知の上できてもらった。相すまぬが、火急の相談があってのう」

敷居が一段高くなっている役部屋に上ると、大きな机を前にした内藤六太夫が、上機嫌《じょうきげん》な顔で三良を招いた。

加奈と祝言《しゅうげん》をあげたとき、かれに仲人《なこうど》を頼んでいる。下役の祝言に奉行が仲人を勤めるのは、岩間家が譜代衆だからであった。

「お奉行さまにはご健勝なごようす、祝着にぞんじまする」

内藤六太夫と顔をあわせるのは数カ月ぶり、三良は型通りに挨拶《あいさつ》した。

「いやいや、そなたも元気でなによりじゃ。ご妻女どのもお変りないかな」

仲人を勤めただけに、かれは加奈の消息にふれた。

「おかげさまをもちまして、息災にすごしておりまする」

「それは結構。そなたほどの人物、わしはいつまでも郡同心として村廻りをさせておくつもりはない。二、三年郡同心を勤めたあと、ご家老さまやご城代にもうしあげ、しかるべき役職に推挙したいと思うている。それまで、ご妻女どのにも辛抱してもらわねばならぬ」

かれは真面目《まじめ》くさった表情でいった。

有能な下役を持てば、自分の出世にも役立つ。野廁の進言がそれであり、六太夫はやがて三良を自分の番頭として取り立てる気でいた。

屋敷を出てくるとき、妻の加奈が浮べた不満顔が、三良の胸裏をかすめた。

「火急のお召し、何事でございましょう」

「実はなあ三良、今朝ほど根尾谷筋の総代松田惣右衛門から早馬で、門脇村の猪垣《ししがき》が山崩れのため約五町にわたって崩れたと知らせてまいったのじゃ。そなたと同役の杉田市兵衛は山奥の越波《おっぱ》に、また西脇雅楽之助は西の上大須村へ出かけているとのことで、連絡は容易でない。じゃによって、山崩れの知らせが日当《ひなた》御用所から、地方役所とこの郡役所にとどけられてきた。山崩れの恐れがあるのは、門脇村だけではないそうな。これから実りの秋を迎え、村々の猪垣が崩れれば、稲作に猪害をうける。根尾谷筋二十七カ村の収穫などたかが知れているとはもうせ、村民には大事な食い物。猪垣の崩れを、藩がなんの援助もいたさず棄て置いて、もし一揆《いっき》でも起されれば、他藩へのきこえも悪いでなあ。ご重役方の悩みはそこのところよ。ついてはそなたの意見もきき、急いで対策を練りたいと思うのじゃ。猪垣を補修するにしても、なにしろ銭がかかることじゃで」

かれは小頭の古沼靭負と顔を見合わせ、深いため息をついてみせた。

往古、日本の山村は、いつも猪害に悩まされていた。

猪は群をなして行動し、かれらは鋭い牙《きば》と貪欲《どんよく》な食欲で、百姓たちが半年、一年かけて丹精した米麦、粟《あわ》、蕎麦《そば》といった農作物を、一駆けですさまじく食いつくす。芋などの根菜は牙で掘り起し、一度かれらに荒された農地はなにも残らなかった。

大垣藩は肥沃《ひよく》な濃尾平野の西にひらけているが、藩領の五分の二は山地で、猪害への対策は藩政の大きな課題とされてきた。根尾谷筋二十七カ村は、各村がそれぞれ個別に猪垣を築いたり結ったりして、猪群の進入を防いできた。

しかし、猪害は毎年におよび、二十七カ村の農民が徒党をくみ、当時、根尾谷筋を領していた加納《かのう》藩に、生活困窮や年貢《ねんぐ》の減免をたびたび訴えた。そのため幕府は、寛永十三年二月、ついに同村を公収し、大垣藩にくわえたのである。

以来、大垣藩では、猪害が出るたび救恤米《きゅうじゅつ》を与えてきたが、七代藩主戸田氏教《うじのり》の時代、妻子を猪群に襲われた表祐筆魚住《ゆうひつうおずみ》伝十郎と足軽横目古藤田《ことうだ》平八の立案と努力にもとづき、同谷筋に十九里二町二十間の石積みによる猪垣を完成させた。

これ以後、二十七カ村の猪害は少なくなっていたのである。

それだけに、門脇村だけでなく、各村の猪垣が山崩れから部分的にでも崩れることがあれば、藩には深刻な事態だった。

日当御用所とは、根尾谷十五里の最初にひらけた宇津志村と、平野村の中間に設けられた藩の御用所。段木《だ》の搬出を見届けるため、段木御用掛の下役がいつも詰めている。

「お奉行、門脇村の猪垣が崩れたとは、きき捨てにできませぬな。猪垣の補修を急がねばならぬのは、もうすまでもございませぬが、全村にわたり、どこに山崩れの恐れがあるかを、まず確かめねばなりますまい」

「三良、いかにもじゃ。されば急いでそなたに登城してもらったのよ」

「各村の猪垣をただちに改め、二十七カ村の山々を調べるのが先かとぞんじまする。お奉行にはそのうえで、ご重役方とご相談をいたされますよう。これでいかがでございまする」

猪垣被害の実情を調べ、各村につらなる山々に、崩落の危険がないかを確かめる。

こうした調査のあと、対策を考えてもらい、補修予算の支出を仰がねばならなかった。

「いかにもそれが筋道であろう」

内藤六太夫がしわい顔でつぶやいた。

藩庫不如意のおりから、家老や城代との折衝は難儀と考えたのだ。

「猪垣、ならびに山々の工合は、各村の村人に調べさせまするが、根尾谷筋の村廻りをいたす郡同心は、それがしをふくめて三名。場合によればほかの郡同心、さらには普請奉行、段木御用掛からも、応援をいただかねばなりませぬ」

三良は一応、最悪を考えてのべたてた。

「岩間三良、お奉行もさようなことはご承知のうえじゃ」

小頭の古沼靭負が三良をたしなめた。

「しからばそれがし、これよりただちに根尾谷筋にむかいまする。念のため、騎乗の馬のほか一頭、召し連れさせていただきまするが、ようございましょうか」

「それしき、いかにもさし許す。今日と明日は非番だともうすにご苦労じゃ。杉田市兵衛、西脇雅楽之助とも協議のうえ、十分調べに当ってもらいたい。そのまま役地にむかう出で《い》立ちでの参上は、まことに殊勝じゃ。そなたの屋敷には、その旨《むね》をしかと伝えさせておく」

六太夫の褒《ほ》め言葉で、三良は今度は加奈の不満顔を、さらに鮮明に思い浮べた。

妻は自分が屋敷にももどらず、根尾谷筋に発ったときいたら、いったいどう思うだろう。

おそらくちょっとはむっとするだろうが、すぐあきらめるにきまっている。

三良は妻の加奈がお役目大事と考え、二人の将来のため、留守をしっかり守っていてくれると確信して疑わなかった。

二

険しい山々が両側につづいていた。

その間を下流では揖斐川と名を改める根尾川が、越前国《えちぜんのくに》につらなる山岳や、谷筋の嶮《けん》岨《そ》な山々からの水を集め流れている。川は場所によっては奔流や深い淵《ふち》となり、やがて美濃の沃野《よくや》に注ぐのである。

根尾谷筋二十七カ村は、大小の差こそあれ、いずれも狭隘《きょうあい》な土地にいとなまれ、農耕地はわずかにすぎない。しかし村人には、その収穫が年間を通じた食料となるだけに、猪害は大変な恐れであった。

二十七カ村の中心は、東谷、西谷が合流して三角形をつくる板所《いたしょ》村。谷筋では一番ひらけた村で、石高は二百三石一升五合、全村中最高とされていた。

門脇村は、ここから西谷を市場、神所《こうどころ》、中、越卒《おつそ》とすぎた場所にあり、戸数三十二、米の年収は二十一石六斗、麦類三十石四斗、雑穀は三十七石四斗だった。

田畠はすべて山の斜《なぞえ》につくられ、下肥《しもごえ》などを耕地に運ぶとき、村人たちはそれらを桶《おけ》に入れ担《にな》い上げていた。

地形をみるかぎり、猪垣が崩れ猪群の進入を許せば、田畠の作物はひとたまりもなくかれらの餌《えさ》になった。

「これはひどい。だが石垣の崩落から田畠がまぬがれたのが、不幸中のさいわいじゃ」

当日、岩間三良は大垣城下から板所村まで馬を駆けさせ、名主川口七右衛門の屋敷で泊った。翌早朝、門脇村にやってきたかれは、門脇村名主の甚兵衛や総代松田惣右衛門に現場近くに案内され、目をみはった。

門脇村西の山肌《やまはだ》が、数町にわたって大きく崩れ落ちているのを一望したからである。

「惣右衛門、越波《おっぱ》村にまいられた杉田市兵衛どの、また上大須村の見廻りに行っておる西脇雅楽之助にも、知らせは走らせただろうな」

三良は惣右衛門をふり返ってただした。

越波は西谷筋、上大須村は東谷筋のはるか北に位置し、いずれの村も谷奥のため、門脇村よりさらに戸数、人口、村高も少なかった。

「もうされるまでもなく、使いの者を杉田さま、西脇さまにもやりましてございまする」

「それにしても、二人の到着がおそいではないか。急を要するときだともうすに、二人とも悠長《ゆうちょう》すぎる。気ままにもほどがあるぞよ」

杉田市兵衛は、樽見村でかしずかせている若い後家をともない、物見遊山《ゆさん》の気分で越波村に出かけているに決っている。

また西脇雅楽之助にしたところで、上大須村でなににふけっているかわからなかった。

両地は山間部だけに、お城下とくらべればひどく涼しい。谷筋最奥の大河原と、平野村に近い宇津志村との温度の差は、冷水とぬるま湯ほどのちがいがあった。

二人は根尾谷筋の郡同心として、三良より古参。村廻りをする先々で、貧しい村人にあれこれ供応をもとめ、きのうから今日にかけ、足腰も立たないほど酒をくらい、酔い潰《つぶ》れているのかもしれない。現場への到着が遅いだけに、三良はかれらの悪業ばかりに思いをめぐらせた。

「岩間さま、お二人が遅いともうされまするが、越波も上大須村も、板所や門脇村とはちがいまする。二つの村までの山道はけわしく、使いは徒歩。おっつけここに参られまする」

藩の御用所から名字《みょうじ》帯刀《たいとう》を許される松田惣右衛門が、門脇村名主の甚兵衛とうなずき合い、三良の怒りをなだめた。

「黙れ惣右衛門、そなたや村々の名主どもが、われら郡同心を籠絡《ろうらく》せんとして、杉田市兵衛に女子をあてがい、樽見村に一軒構えさせているぐらい、わしも承知のうえじゃ。山が崩れ、どこに根尾谷筋存亡の危険がひそんでいるかわからぬこのとき、なにをのんびり構えておるのじゃ。わしは郡同心として新参者、古参の朋輩《ほうばい》やおぬしたちの非を、藩の御用所に告げ口いたすつもりは毛頭ない。だが譜代衆としてもうせば、二人をかばうにも程度があるぞ。わしとて越波や上大須にはたびたびまいっており、往復どれだけかかるかよくわきまえておるわい」

譜代衆は禄高やお役目の新参に関《かか》わりなく、藩主や家老、城代にお目見得の格をもち、家中では特別な存在とされていた。ゆえに反面、武士としての範が当人にもとめられた。

三良は郡奉行の内藤六太夫と小頭の古沼靭負に、急遽《きゅうきょ》、登城を命じられ、非番を返上して駆けつけてきただけに、惣右衛門と甚兵衛をにらみつけ、激しく罵《ののし》った。

お役目一筋のため、妻の加奈に別れも告げず馬を駆けさせてきたことが、かれを少し悔ませている。

八幡曲輪の屋敷をあとにするとき、自分を送り出した加奈の怨みがましい眼付きが、三良の胸をきりっと疼《うず》かせていた。

妻との間に、ちょっと隙間《すきま》ができた感じがした。

「い、岩間さま、てまえどもが悪うございました。もうされてみれば、山崩れを確かめることには、なるほど根尾谷筋二十七カ村の暮しがかかっており、てまえどもがのんびりすぎました。何卒、お許しくださりませ」

惣右衛門につれ、甚兵衛も深く詫《わ》びた。

「よいよい、わしの気持がわかればそれでよいのじゃ。念を入れてもうすが、わしは杉田市兵衛やおぬし達の欲得ずくの所業を、郡奉行に告げる気などいささかも持っておらぬ。安堵《あんど》いたすがよかろう」

「岩間さまのお言葉をおききいたし、この惣右衛門、根尾谷筋の総代として恥じ入ります る。されど何分にも他聞をはばかりますことは、内々にお願いもうし上げまする。杉田さまや西脇さまのお留守宅を騒がせるのは、てまえどもの本意ではございませぬゆえ」

ついつい惣右衛門は口をすべらせた。

「なにっ、おぬし達は杉田市兵衛だけでなく、あの若い西脇雅楽之助にも、女子をあてがっているのか――」

三良はうめくようにつぶやいた。

驚きが先で、再びかれらを激しく叱《しか》る気持にはなれなかった。

「あい、もうしわけございませぬ」

惣右衛門は藪《やぶ》をついて蛇を出したわけになり、曖昧《あいまい》に答えてまた頭を下げた。きけばきくほど、三良は自分の生真面目《きまじめ》な忠勤ぶりに嫌気《いやけ》がさしてきた。お城下では藩財政の窮迫をよそに、御用商人の賂《まいない》が頻繁《ひんぱん》に行なわれ、地方《じかた》では役人が公然と籠絡されているようすだ。綱紀の粛正などお題目にすぎなかった。

「さて惣右衛門、いまここで些末《さまつ》な非をとがめていても埒《らち》があかぬ。急いで村々の名主に使いを出し、板所村の貴船《きぶね》神社拝殿に、村役ともども集まるよう手配してもらいたい。各村に山崩れの恐れはないか、村人を総出いたさせ、猪垣の点検と合わせ、調べさせるためじゃ」

もはや同役二人の戻りを待ち、協議して当る余裕などない焦燥に、三良はかられた。大垣のお城下では、郡奉行内藤六太夫から山崩れの報告をうけた筆頭家老の戸田縫殿や城代たちが、根尾谷筋からの調査結果を待っている。

「うけたまわりました。さっそく村々に使いを走らせまする」

惣右衛門は、自分に従う奉公百姓にあごをしゃくった。股引《ももひ》き姿のかれが、無言でうなずき、石の崩落した山道を村にむかって走った。

三良が名主と村役の招集を命じた板所村の貴船神社は、牛頭《ごず》天王社、白山神社などとともに同村の氏社。本社とされるが、創建年代は不明、京都の洛北《らくほく》・貴船神社から勧請《かんじょう》したと伝えられている。

正午《ひる》をだいぶすぎたころから、根尾谷筋二十七カ村の名主や村役たちが、追いおい集まってきた。

徒歩の名主もいれば、老齢のため、山駕籠《やまかご》で貴船神社の拝殿に到着する名主もみられた。

「お久しぶりじゃのう。お元気でおりんさって結構、遠くからご苦労さまじゃなあ」

「おまえさまもお達者なごようす。それがなによりじゃ。村廻りさまが急なお召しとかで、とりあえずやってきたが、名主の総集まりはやはり猪垣のことかいな」

二十七カ村の名主が、互いに久闊《きゅうかつ》を叙し合っている。

東西南北と広く分れた村々の名主は、よほどのことがないかぎり、滅多に顔を合わせない。それだけに拝殿のまわりでは、各村の名主や村役が到着するたび、なつかしげな声が飛び交った。

二十七カ村のほぼ全員が顔をそろえたのは、八つ(午後二時)をすぎたころであった。

岩間三良はそれまで、草鞋をはいたまま拝殿の隅柱《すみばしら》に背をもたせかけ、腕組みをして、じっと眼を閉じていた。

きき覚えのある声がとどくたび、かれは薄目を開け、ちらっと姿をうかがった。羽織袴《はかま》姿の者も、また野良着にひとしい服装の者もみられた。

ひとくちに二十七カ村といってもそれぞれ村高の差があり、名主でもかれらの服装に、貧富のちがいがはっきり感じられた。

「岩間さま、ご苦労さまでございまする」

「お触れをいただき、さっそくやってまいりました」

かれらは顔見知りとの挨拶《あいさつ》を終えると、胡座《あぐら》をかいて腕組みをする三良の前に手をつき、慇懃《いんぎん》に平伏した。

「遠路はるばるご苦労じゃ」

「にわかに触れをやってもうしわけない」

そのたび三良は、かれらの労をねぎらった。

名主、村役たちがだいたい集まったというのに、杉田市兵衛と西脇雅楽之助がまだ到着しないことに、かれは腹を立てていた。

かれの脇《わき》には、来国俊のきたえた刀が横たえられている。二人が姿をみせたら、その刀を鞘《さや》から抜き放ち、切っ先を一閃《いっせん》させ、かれらの髷《まげ》でも飛ばしたい気分だった。

市兵衛と雅楽之助が連れだち、貴船神社の鳥居をくぐってきたのは、平野村の名主丑右衛門が、拝殿に上り三良に挨拶をすませてほどなくであった。

二人は岩間三良が、藩老や郡奉行の指図で急遽非番を返上し、門脇村の山崩れ検分のため城下から引き返してきたことをすでにきいているとみえ、覚悟をきめ現われた気配だった。

おそらく道中、お役目懈怠《けたい》のいいわけでも思案してきたのだろう。

「おお、各村々の名主に村役衆、みんな集まっておるな」

杉田市兵衛は三十すぎだけに老獪《ろうかい》、臆《おく》する風もなく、拝殿の石段の上に立ち、広床《ひろゆか》にひかえる名主、村役五十人余に呼びかけた。

かれの横に、雅楽之助が青ざめた表情と気弱をみせ、黙って立っていた。

「杉田さま、二十七カ村の名主と村役が、全員参上しております」

根尾谷筋総代の松田惣右衛門が、依然として腕組みしたまま眼を閉じる三良に、ちらっと視線を走らせ、市兵衛に言上した。

「わしと西脇雅楽之助は、門脇村に山崩れが起ったと知らされ、この貴船神社に向いながら、ところどころの山に入り、検分をいたしてまいった」

市兵衛は名主や村役たちにむかって告げたが、この言葉は岩間三良にきかせるために決っていた。

それがわかるだけに、惣右衛門は拝殿に坐《すわ》ったままの三良の姿をまた盗み見た。

「さて、それでは名主の全部が集まったところで、岩間どのがお城下から命じられてきたお奉行のお沙汰《さた》をきかねばなるまい――」

かれは厚顔にも、協議の主導権をまずにぎると、腰の刀を鞘ごとぬき、岩間三良にむき直った。

郡同心として根尾谷筋にかれが配されたのは六年前。三良よりずっと古参だが、やはり後ろめたさからか、声が幾分、臆していた。

当の三良は自分たちの懈怠と遅参を咎《とが》めるように、自分の声にもわざと素知らぬ顔を決めこんでいる。

「岩間どの、名主どもがそろいもうした」

杉田市兵衛は腹をすえ三良をうながした。

気まずい雰囲気《ふんいき》が、拝殿のまわりに漂った。

「杉田さま、すでに山々をご検分とはお手まわしがよい。根尾谷筋の村廻りとして、さすがでございますなあ」

三良は眼を開いて腕組みを解いた。

ついで左脇においた刀を摑《つか》み、ゆっくり立ち上がると名主たちを見廻した。

「みなの衆、わしはこれから、ご同役二人と、藩家のお指図について相談いたす仕儀があるほどに、全員このまましばらくひかえていてもらいたい」

拝殿の床や周りに集まる名主、村役たちにいい、三良は杉田、西脇の二人に、こちらにござれと拝殿から飛び下りた。

つぎにすたすた古びた本殿にむかった。

二人が顔を見合わせ、不審な表情でうなずき合い、かれの後につづいた。

三良がかれらの前を歩む。足が枯枝や落葉を踏みしだいた。

どこからともなく、蟬《せみ》の初音《はつね》が短くきこえた。根尾谷筋は南の城下とはちがい、夏の到来がそれだけ遅いのである。

「岩間どの、藩の指図がなにかは知らぬが、多くの名主どもを前にして、少々われらに無礼ではないのか——」

本殿の裏にすっかり廻りこんだところまできて、市兵衛が三良を咎めた。

名主たちの前で自分の面目が潰された気持だった。

「杉田さま、いや市兵衛どの、みどもがそなたと雅楽之助にもうしたい苦情を、もし名主どもの前で腹蔵なく口にいたしたらいかがいたされる。引っこみがつかなくなるのではござるまいかな。市兵衛どのは越波村に、雅楽之助は上大須村に見廻りとうけたまわった。だが二人ともいったいどこへまいられ、なにをいたされていたやら。みどもが知らぬとでもお思いか——」

三良は面長で鼻筋の通った顔の眼をきびしくさせ、両者にむき直った。

昨日今日二日の非番を返上しお役目に当る自分にくらべ、二人の怠慢が許せない思いだった。

「三良、わしらがどうかしただと――」

市兵衛が鼻白《はなじろ》んだ声でたずねかけた。

「ぬけぬけとよくももうされる。どうかしておられるのではございませぬか」

三良は市兵衛の白々しい態度を咎めた。

「どうかしておるとはなにを指してじゃ。わけもなく無礼をもうせば、古参の村廻りとしてきき棄てにはいたさぬぞよ」

一転して市兵衛は眼を怒らせ、刀の柄《つか》に手をかけた。

「なるほど、言われて都合の悪いことがあるとみえ、みどもを斬《き》られるともうされるのか。だがお手前の腕で、みどもが斬れますかな。見事、討てるとお思いなら、遠慮なくお相手いたすがいかがじゃ」

眼と頰《ほお》に笑いをにじませ、三良は両の拳《こぶし》を軽くにぎり、小さく身構えてみせた。

家中屈指の使い手を相手に、市兵衛が刀を交えられるはずがない。かれが鞘から刀を抜くより先に、三良の一閃が小手か腰を薙《な》いでいるだろう。

「お、お二人ともおやめくださりませ――」

西脇雅楽之助が狼狽《ろうばい》して彼らをとどめた。

「雅楽之助、若いそなたまでがこの市兵衛どのを真似《まね》、女子を囲うているそうじゃな。女子ともうしても、どうせ後家であろうが、そなたは確か使番を勤めておられる安田三郎兵衛どのの娘御と、婚約をすませているのではないのか。それにも拘《かか》わらず、後家と戯《たわむ》れ、お役目をないがしろにして、いかがいたすつもりじゃ。市兵衛どのも、女子のことがお城下のご妻女どのに知れたらなんといたされる。それがしがお二人に相談をともうしたのは、そのことでござる。門脇村の山崩れをはじめとして猪垣の傷《いた》み、また他の山々に崩落の恐れはないかを検分いたすため、早晩、城中から普請奉行や段木御用掛のお人たちが、大勢《おの》根尾谷筋にまいられる。谷筋の村々に逗留《とうりゆう》いたされるゆえ、おてまえ方の不心得は、自ずと家中の士に知られましょうぞ。そうなれば、いかがいたされるおつもりじゃ。お役御免か蟄居《ちつきよ》ぐらいですめばよいが、ときには致仕をもうし渡される場合もあろう。このこと、それがしには他言いたすつもりは毛頭ござらぬ。じゃによって、市兵衛どのも雅楽之助も女子に因果をふくませ、早々に身の潔白をはかられるがよろしかろう。雅楽之助はそれがしより一年古参とはもうせ、若年ゆえそれがしが厳しくもうしつける。市兵衛どのは大古参なれども、譜代衆の家格をもって、それがしの諫言《かんげん》を是非ともきいていただかねばなりませぬ」

低声《こごえ》で三良に、自分たちの不行跡と今後の処置をいわれるにつれ、杉田市兵衛の力《りき》んだ態度は急速に萎《な》えていった。刀の柄から手がおずおずと離れた。

西脇雅楽之助は顔を赤らめ深くうなだれた。

「お二人とも、それがしの言葉をききとどけていただけたものとして、まことにありがたい。良薬は口に苦しと思われ、雑言のほどはお忘れくだされ。そこで改めて、お奉行と小頭、ならびにそれがしが相談つかまつってきた仔細《しさい》をもうし上げまする。されどその段取りのすべては、市兵衛どのが名主、村役どもに指図してくだされ」

三良は古参者杉田市兵衛の顔をたてるため、今後の指示をかれにゆずり、昨日、郡役所で内藤六太夫や古沼靭負と打ち合わせてきた逐一を語ってきかせた。

杉田市兵衛が一つひとつにうなずき、雅楽之助も相槌《あいづち》を打った。

「二十七カ村の村人たちを総出いたさせ、どこかに山崩れを起しそうなところはないか、猪垣に異常はないかを確かめさせますのじゃ。市兵衛どの、おわかりになられましたな」

「いかにも承知した」

市兵衛は堅い表情のまま答えた。

拝殿の方から各村の名主や村役たちが、訝《いぶか》しげな表情でこちらをうかがっている。

三良はかれらを安心させるため二人に、蹲《うずくま》りましょうぞとつぶやいた。

近くから蝉の声がまた短くきこえてきた。

三

昨夜は明るい月が昇り、秋の夜寒を感じた。

生田平内は井戸端で顔を洗い、あごや手の濡《ぬ》れをぬぐいながら、岩間家の台所部屋にむかった。

娘の加奈が膳《ぜん》を二つ向かい合わせ、父親が坐るのを待っていた。

「ゆうべはようお眠りになられましたか」

彼女は浮腫《むく》んだ顔つきの平内にたずねかけた。

「そなたの顔でも見ようと、久しぶりに泊りにまいったが、寝床が変ると、やはりなかなか寝付けぬ。三良どのがお留守でも、ここは人の屋敷じゃでなあ」

平内はきものの裾《すそ》をととのえてぼやいた。

かれが岩間家の用心のため泊るのは、十日ぶりだった。

根尾谷筋の山脇村で山崩れが起こってほどなく、八幡曲輪の岩間家には、生田家で働く老僕の乙松が、昼夜詰めるようになっていた。

「わたくしが村廻りのため留守がちだとはもうせ、お舅《しゅうと》さまにたびたび拙宅《せったく》までおいでいただくのは、心苦しいかぎりでございまする。ただいま暇をとっているわが家の彦七も、来年には再び奉公がかなうともうしておりまする。さればその期間まで、お舅さまの許《もと》に奉公する小者を、なんとかお貸しいただけますまいか」

生田平内は岩間三良のもうし出をうけ、夫婦で自分の屋敷に仕える二人のうち夫の乙松を、岩間家にこさせていたのである。

当の乙松はいま屋敷の表を掃いている。

年は六十五、無口で実直な老僕だった。

「ご自分で泊りにまいりたいとお思いなら別でございまするが、なにも無理をいたされるにはおよびませぬ。乙松はしっかり夜番をしていてくれまする」

かれには屋敷の隅の小部屋があたえられていた。

「それをきいて安心じゃが、三良どのが根尾谷筋にほとんど詰めっきりでは、そなたもさぞかし寂しかろうと思うてな」

平内は迂闊《うかつ》に口をすべらせ、すぐしまったという表情をみせた。娘の加奈が白い顔を少しくもらせたからである。

三良は夏以降、半月に一度ぐらいしかもどってこなかった。しかも夜、城中から帰宅したかと思えば、早朝にはあわただしく根尾谷筋に引き返していく。山崩れを起こした門脇村に端を発して、二十七カ村の山々を調べると、改めて補修を要する猪垣《ししがき》がいくつも発見されたのだ。

山崩れの恐れのある地域も数カ所みつかり、藩の御用所では財政窮迫のおりだが、後顧の憂《うれ》いを絶つため、五百四十両を緊急に支出し、普請奉行と段木《だ》御用掛の同心二十四人を同谷筋に送りこんだ。秋の収穫期までに、猪垣の補修工事をすべてすまそうと決めたのであった。

工事の中心になるのは、やはり村々の事情に通じる杉田市兵衛や岩間三良たち郡同心だった。

被害調査から工事費の支出決定、工事の開始など、煩雑《はんざつ》な動きのなかで、三良は心ならずも古参の杉田市兵衛を脇にのけ、いつのまにか総支配の地位に置かれていた。

あのあと市兵衛と雅楽之助が三良の叱責《しっせき》にしたがい、ひそかに女を遠ざけたのはもちろんだった。

「お父上さまのもうされる通り、家の中が寂しいにはちがいございませぬが、これもお役目のため、わたくしは仕方がないとあきらめておりまする」

加奈は自分の気持をつとめて明るくさせ、父親の椀《わん》に味噌汁《みそしる》をつけた。

ここ半月ほど、三良は屋敷にもどっていない。身体の芯《しん》にふともの足らなさを覚えていた。

「お城勤めともうすものは、間が悪いとこんな憂目《うきめ》にあわされる。もっとも三良どのが村廻りにやらされているのも、それほど長くはあるまい。御用所での評判もなかなかじゃで――」

「でもお父上さま、評判がいいため、いつまでも郡同心のお役目を仰《おお》せつかったままということもございましょう」

加奈は怨《うら》みがましく平内にいった。

「取りようによれば、そうとも考えられる。だが加奈、何事も悪くは考えないものだぞ。ところでこの聾茸《ろうじ》、わしは初物だが、いかがしたのじゃ」

膳の小鉢《こばち》に箸《はし》をのばし、平内は娘に問いかけた。

「はい、昨日、根尾谷筋から御用でお城にもどられたご同役の西脇雅楽之助さまが、三良どのから頼まれたともうされ、ご持参くださったものにございまする」

加奈はわずかに頰笑《ほほえ》み、軽く酢で和《あ》えた聾茸を口に運ぶ平内に説明した。

「なるほど、初物だけありなかなか美味じゃ。これは酢和えにかぎる」

蕈茸は舞茸《まいたけ》の一種だが、赤松の近くにだけ生え、しかも人を嫌《きら》い、容易に採取できない。お城下の料理屋でも、客に供されるのはまれだった。

「お口に合いましょうか――」

「合うも合わぬもない。これは山の神の食べ物だともうしてな、一茎食べれば、寿命が五年のびるといわれておる。根尾谷筋におられたとて、三良どのはそなたの身をいつも思いやられているのじゃ」

平内は上機嫌《じょうきげん》になり、また小鉢に箸をのばした。

「わたくしでもそれくらいわかっておりまするが、やはり旦那《だんな》さまには、毎日、おそばにいてほしゅうございまする」

「ここしばらくの辛抱、加奈、それをいまもうすではない。この十月、ご在国のとのがご出府いたされれば、三良どのはきっとお城下にもどされる。郡奉行内藤六太夫さまが膝下《しっか》に置かれ、新しい勤めにつかされるのよ。わしは城中でそんな噂《うわさ》を耳にいたした」

平内は娘をなぐさめるため声を強めた。

勝手方から厄介《やっかい》払いの格好で郡奉行の許にやられたが、野廁の設置を建白した岩間三良の才量は、用いようによれば、藩の財政窮迫を救うのに役立つのではないかと、御用所で取り沙汰《ざた》されていた。

「さようでございましょうか——」

「ああ、わしは確かな筋からそれをきいておる」

「それならうれしゅうございまするが、とののご出府は十月に決ったのでございまするか」

十月といえば、あと二カ月近く後だった。

「お父上さま、されば今夜、城中で催される夜能《やのう》は、そのお別れのためでございますのか——」

加奈は幾分、眼を輝かせてたずねた。

「おお、ついうっかりその夜能のことを忘れていた。御用所からそなたの所にもお招きのお沙汰が届いていよう。数日前、わしもいただいた」

歴代の大垣藩主は、出府と帰国のたび、城中二の丸に譜代衆と膳所衆、尼崎衆、それになにかと功績のあった家臣を特に招き、祝いの演能を催すのを恒例としてきた。

「はい、わが家もお沙汰をいただきました。それでこのたびの演目はなんでございまする」

「烏帽子折《えぼしおり》は恒例の演目、ほかに羽衣が演じられるそうな。ご出演なさる人たちは、晴れの舞台だけに、稽古もご苦労なことじゃ」

「烏帽子折に羽衣でございまするか――」

加奈はこれまで父に連れられ、祝賀の演能をたびたび観《み》てきた。

能舞台は二の丸御殿の一画に造られているが、夜能のそれは御殿の広い庭に設けられ、家中の見物が許されるのである。

現在では夜能といわず、主に〈薪能《たきぎのう》〉の名で呼ばれている。

大垣藩演能の正式目とされる「烏帽子折」は、最も戯曲的な能といわれ、曲柄《きょくがら》では五番目に当る。作者は宮増某としか伝わっていない。およその物語は、三条の金売吉次《かねうりきちじ》（ワキ）が、弟の吉六（ワキツレ）をつれて東国へ下ろうとする。すると牛若丸が追いかけてきて、同行を求める。かれが吉次にともなわれて近江の鏡の宿まできたとき、追手がかかったことがわかり、牛若丸は元服して姿を変えるため、烏帽子屋に立ち寄る。

そして左折の源氏の烏帽子を誂《あつら》えると、亭主（シテ）が左折の烏帽子についての嘉例を語り、折り終えて祝言をのべる。牛若丸は金の代りに、腰におびた刀を亭主に与えて立ち去る。だがかれの妻がその刀をみて、自分は鎌田正清の妹、この刀には見覚えがあり、いまの若者は源家の牛若丸ぎみであろうという。亭主は驚いて妻とともに若者のあとを追い、刀を返上する。その後、牛若丸と吉次の一行は美濃国赤坂の宿に泊る。当夜、怪賊熊坂《くまさか》長範《ちょうはん》（後シテ）が、吉次の財宝をねらい夜襲してくるが、牛若丸は秘術をつくして賊の配下を斬《き》り、ついに長範を討ち取る。

曲目の中心人物は牛若丸だが、前場では烏帽子屋の亭主をシテとして、牛若丸の元服を祝い、後場は長範をシテとして牛若丸に討たれるという構成をなしている。

前場はめでたく、後場は勇ましく、全体が劇的変化に富んだ曲である。

この「烏帽子折」が大垣藩演能の正式目とされているのは、この中で怪盗熊坂長範が牛若丸に討ち取られる場所が、領内の赤坂に擬されているからであった。

「それでこのたび、ワキやワキツレはどなたさまがいたされまする」

家中では「烏帽子折」の配役が誰かが、前評判の一つでもあった。

「ワキの金売吉次はご家老の戸田治部左衛門さま、ワキツレは大目付の高木仁左衛門さまがいたされる。子方の牛若丸は、わしが仕える井上喜左衛門さまのご子息、ご近習の喜一郎さまじゃ。とのは地謡《じうたい》をうたわれる」

「牛若丸はご近習の井上喜一郎さま。それはまたようございましたなあ」

加奈がよかったと祝うのは、恒例の「烏帽子折」で子方の役を仰せつかる者は、家中で将来を嘱望され、出世が約束される若者にかぎられるからであった。

牛若丸を追ってきた烏帽子屋の亭主が、かれの前途を祝う地謡につれ、烏帽子を子方の頭に被《き》せる。

そのときだけ、藩主氏庸《うじつね》の独り地謡となる。

——これぞ弓矢の大将ともうすとも不足よもあらじ
と音吐朗々と謡うのである。

藩主の地謡で烏帽子を被せられる当人や一族には、これは何物にも代えがたい名誉とされた。

いま大垣藩の政治《まつりごと》を動かしている御用所の主だつ人々は、かつて一度は、こうした栄誉に浴した記憶をもっていた。

「井上さまもご子息どのが牛若の子方に決ってから、いたくご機嫌がよく、われらにもなにかといたわりのお言葉をかけられてなあ。親とは実にせつないものじゃ」

平内は茶をすすり終え、一言付け加えた。

「それで後シテはどなたさまが演じられまする」

後シテとは、後場に登場する熊坂長範をさしていた。

「それはこの岩間家の三良どのと仲の良い沖伝蔵どのじゃそうな。剣の腕前では家中屈指の武士が、演能の舞台とはもうせ、近習の井上喜一郎どのに討たれるとは哀れなことよ。もっともご家老さまから役柄を仰せつかったとき、伝蔵どのは腹をゆすって大笑いされ、よろこんでお引き受けつかまつるともうされたときいた」

生田平内は伝蔵の人柄を知るだけに、苦笑をまじえて告げた。

「沖伝蔵さまがご出演とあれば、わたくしも夫三良の名代《みょうだい》として、出かけなければなりませぬな」

父親の湯呑みに急須を傾け、加奈がつぶやいた。

「伝蔵どのが長範を演じられるのはともかく、御用所からお招きがあったからには、そなたとて是非とも夜能には行かねばなるまい。三良どのが根尾谷筋に詰められたままとはもうせ、夜能を拝見いたさねば、家中からどんな譏《そし》りをうけるやもしれぬ。そこのところをよくわきまえ、乙松を供にしてまいるがよい。なんならわしが迎えにきてつかわそう」

かれは加奈を諭し、誘いの言葉をかけた。

彼女を迎えにくるとはいえ、御用所から演能に招かれた藩士たちは、家中のお役目ごとに仕切られた桟敷《さじき》で観る常になっている。

同行はこのため二の丸御殿の広庭まで、供の小者は三の丸の馬場で待つのである。

「なればわたくしは、乙松を供に参上いたしますゆえ、お父上さま、ご足労にはおよびませぬ」

「そうか、それならよいが、岩間三良の妻として、遺漏のないようにして参れよ」

平内は父親として娘に矜持《きょうじ》をうながした。

その夜、彼女は乙松をしたがえ、道を東にとり、辰《たつ》の口御門から郭内《かくない》にすすみ、大手門をくぐり城中に入った。

大垣城には大手門、京口御門のほか、五つの門が構えられているが、夜能の見物は藩の公式行事として、大手門から参上するものと決められていたからであった。

大手門の近くまでくると、御用所から招かれた袴《はかま》姿の藩士たちが、老父母とともに御門橋を渡っていくのが眺《なが》められた。

頑丈《がんじょう》な金具に装われた門の両柱のかたわらには、警固の武士が十数人ひかえていた。

「郡同心岩間三良の妻加奈にございまする。お役目をもって、夫三良が根尾谷筋に詰めておりますれば、その名代として夜能拝見のため参上つかまつりました」

加奈は警固の武士が不審の眼を光らせるまえに、かれらの番頭《ばんがしら》に近づき低頭して告げた。

「おお岩間三良どののご妻女か。ご名代ご苦労でござる。いざご遠慮なくまいられい」

番頭は供の乙松にもうなずき、二の丸にとうながした。

薄闇《うすやみ》が這《は》う城内の各所には篝火《かがりび》がすでに焚《た》かれ、天守閣も闇につつまれかけていた。

二の丸の御庭にすすむと、夫の名代できた女性たちは、舞台正面の左脇《ひだりわき》につくられた特別な桟敷に案内された。

そこに着くまで、加奈は幾度も知己と視線を合わせ、そのたび眼顔で軽く挨拶《あいさつ》を送った。

女桟敷は三十人くらいの席があり、彼女はその中ほどに坐らされた。

右手の前方に能舞台が見えていた。

「あなたさまも旦那さまのご名代で――」

「はい、わたくしは郡《こおり》同心岩間三良の妻で、加奈ともうしまする」

襟《えり》を正して坐ると同時に、横の先客からたずねられ、彼女は微笑をうかべて答えた。

「郡同心の岩間さま。根尾谷筋でのご苦労は、夫からかねがねきいておりました。わたくしは先ほど京屋敷の勘定役として赴任いたしました金沢七右衛門の妻で、かやともうしまする。本来なら夫にしたがい京へ旅立たねばなりませぬが、老いた両親を抱えておりますうえ、わたくしもこの年でございますから――」

かやと名乗った初老の婦人は、袂《たもと》で口をおおい、小さく笑った。

各藩は京都に京屋敷を構え、留守居役を置いていた。各藩がこの地に屋敷を設けるのは、有力公家《くげ》や社寺と関係をもち、藩主の官位昇進に便宜を計ってもらうのと、外交、経済の円滑のためであり、さらには京で生産される呉服など特殊な必需品を、購入する役目も負っていた。

大垣藩京都留守居役は野原久太夫、屋敷は富小路《とみこうじ》二条。すぐ東に本能寺が大きな伽藍《がらん》を置いている。

女桟敷に坐る三十人ほどのなかには、江戸に詰める藩士たちの妻女もいるはずだった。

闇の色がしだいに濃くなり、篝火の明りがまわりを妖《あや》しく照らしつけている。

――ここにひかえておられるご妻女方は、みんな閨《ねや》を寂しくすごされているのだろうか。

加奈は妖しい光に誘われたようにふと思い、独り顔を赤らめた。

舞台のまわりに配された篝火は六つ、百五、六十人が坐る桟敷の後ろでも、篝火が焚かれ、そばに警固の武士がずらっと立っている。

鼓《つづみ》が打たれ、まず最初に「羽衣」が演じられはじめたとき、まわりはすっかり夜となり、篝火が夜能の幽玄をいっそう効果的にうかび上らせた。

半刻《はんとき》（一時間）あまりで「羽衣」が終り、わずかな休憩をおいて、「烏帽子折」の演能がはじまった。

最も戯曲的な曲目だけに、舞台が激しく動き、観客の目が舞台に釘付《くぎづ》けとなる。

なかでも地謡をうたう家士の中央の藩主戸田氏庸の姿に、どうしてもみんなの眼《め》が集まった。

シテが牛若役の井上喜一郎に烏帽子を被せるとき、氏庸が独りうたい出した。

「これぞ弓矢の大将ともうすとも不足よもあらじ。日本一烏帽子が似合いもうして候《そうろう》

――」

かれの声は、このあと地謡にまぎれこんだが、そのときだけ観客は、氏庸にむかい低頭した。

前場が終り、やがて後場となる。

熊坂長範を演じる沖伝蔵が、大太刀《おおだち》を帯び大癋見《おおべしみ》をつけ、後ツレ数人をしたがえ登場してきた。

それからの舞台はさらに動きが激しくなり、子方の牛若丸と長範が戦闘の所作を演じる。

やがてついに、長範は橋懸《はしがかり》で牛若丸に討ち取られた。

「真向よりも割りつけられて、一人と見えつる熊坂の長範も、二つになってぞ失《う》せにける」

地謡がかれの最期《さいご》をうたうと、牛若丸の喜一郎が、床にとんと留《とめ》拍子を打った。

ついで舞台から演者が静かに退《の》いていき、観客から大きな拍手がわき起った。

警固の家士が篝火のいくつかを消すにしたがい、頭上で輝いていた仲秋の月が、二の丸御殿の広庭を明るく照らし出した。

そのあと夜能に招かれた人々は、戻りのため開かれた七つの門にむかい、無言のうちに散っていった。

「先ほど旦那さまが、ご朋輩《ほうばい》衆と未《ひつじ》の御門においでなされました。お嬢さまによろしく伝えておけとのおもうしつけでございました」

二の丸御門から出てきた加奈を探し当て、乙松が提灯《ちょうちん》を片手にしてのべた。

「乙松、京口御門からもどれば、屋敷には近いが、わたくしたちはまた大手門からご城外に出ましょう。夜もさほど遅くないゆえ、わたくしはちょっと歩いてみたい」

加奈は頬をほてらせて乙松にいった。このまま屋敷に帰り、独り寂しく寝付くには、なにか物足らなさを感じていた。

それが老若沢山の男たちを眺め、男の匂《にお》いを嗅《か》いだせいだとは、彼女自身も気付かないでいた。

招かれた藩士たちが城の七口門に散っただけに、大手門をくぐる人々はまばらだった。

警固の士が譜代衆たちに軽く目礼し、送り出している。

大手門で焚かれる篝火も、小さく消えかけていた。

御門橋を渡ると、お堀端に植えられた柳がゆれ、本町辻《つじ》を照らす常夜灯が、加奈の気持を妖しく騒がせた。

本町の東は中町通り、そこからかすかに人の酔い声がきこえてきたからであった。

「お嬢さま、このまままっすぐお屋敷におもどりでございまするか」

一瞬、本町辻で立ち止まった加奈の姿をうかがい、供につく乙松が問いかけた。

彼女が町屋の並ぶ中町通りの気配に心をむけたのが、察せられたのであった。

「どこへ出かけようとしたとて、さてと考えれば、わたくしには行くところがありませぬ。乙松、やはり月でも愛《め》でながら、このまま屋敷にもどりましょうぞ」

彼女は寂しげにいい、かれをうながした。

大垣城の外堀に、仲秋の月が映っている。

それを見て歩いても、月は同じ位置にあり、少しも動かなかった。

寂しい韻をふみ、虫が鳴いている。

「乙松、屋敷にもどったら、月を見ながら二人で酒盛りでもいたしましょうぞ。今夜はわたくしも、少しお酒をいただきたい気分です」

上魚屋町の辻にさしかかり、町辻の常夜灯を眼にして、加奈は乙松に話しかけた。

「へえ、ご相伴《しょうばん》させていただきまする」

乙松がうなずいたとき、加奈があっと小さな声を上げ、身体《からだ》をひねった。

「いかがいたされました」

提灯の明りを彼女に近づけてたずねかけた。

「乙松、草履の緒を切らしてしまいました」

「それはいけませぬ。ちょっとお許しのほどを——」

乙松が加奈に提灯をあずけ、彼女の足許《あしもと》にかがみこんだ。

左足を堅く踏みしめ、加奈は右足を軽く上げた。右の草履の緒がぷつんと切れていた。

「これはいけませぬ。藁《わら》草履ならすぐにでもお直しできまするが、堅《かた》草履ではわたしの手に負えませぬ」

乙松は加奈の足許から立ち上り、提灯の明りで堅草履の切れを確かめ、彼女に首をふってみせた。

かれにすれば、自分の藁草履を主にはかせるわけにはいかなかった。

——どうすればようございましょう。

老いた二つの眼が、無言でたずねかけていた。

「乙松、それは困りましたねえ」

加奈は右足の爪先《つまさき》を立てていった。

あたりに町駕籠《かご》などいそうになかった。

「お嬢さま、中町筋に確か駕籠屋がございました。しばらくここでお待ちくださいましたら、ひとっ走り呼んでまいりまする」

まだぽつぽつ人通りがあるだけに、彼女をここに独り置いても不安はなさそうだった。

　ではそうしておくれと加奈がいいかけたとき、二人の背後にかすかな足音がひびき、人の気配が近づいた。

「いかがいたされました――」

　優しげな声が二人にかけられた。

「はい、どなたさまか存じませぬが、主の堅草履の緒が切れ、困り果てておりまする」

　若い男の声に、乙松は答えた。

　月の光で透かしてみると、年は二十三、四歳、卑《いや》しくない人品の武士だった。

「それは困ったのう。はてどうすればよいやら――」

　かれは乙松が手にした加奈の草履をのぞきこみ、困惑の声をもらした。

　そのとき、主従の鼻孔に酒の匂いがふと漂った。

「わたくしが中町筋の駕籠屋に走りますほどに、どうぞお捨て置きくださりませ」

　人品が卑しくないとはいえ、相手が何者かわからぬだけに、乙松はご放念のほどをと辞した。

「お供の衆、いや待てまて。主のご婦人にわしの草履を用立てていただきもうそう。わしは大蔵奉行大隅《おおすみ》太兵衛の息子、佐四郎ともうす。不審な者ではない――」

　先に名乗られ、加奈も乙松もかれの顔をしみじみ眺めた。

大蔵奉行大隅太兵衛は藩の要職。佐四郎だといわれれば、二人も相手を見覚えていた。

「これは大変失礼をつかまつりました。わたくしは郡役所に仕える岩間三良の妻で、加奈ともうしまする。はしたないところをお見せいたし、もうしわけございませぬ。何卒《なにとぞ》、お許しくださりませ」

加奈は今度は両足をしっかり地面につけ、大隅佐四郎に一揖《いちゆう》した。

「さればそなたは、岩間三良どののご妻女でございましたか」

佐四郎は持ち前の優しい声でいい、自分の草履をあっさり脱ぎ捨てた。

このとき、雁《かり》が一声鳴き、月をかすめて飛んでいった。

第三章　闇の足音

一

「なにやらお城下の雰囲気《ふんいき》がのんびりしたようじゃ」

大垣藩主戸田采女正氏庸《うねめのしょうじつね》の出府を東に見送った家中やお城下の人々は、誰もがほっとし、そんな気持をいだいていた。

藩主の在国中は、城中だけでなく、領内がどことなくぴりっと緊張していたからである。

供廻《ともまわ》りをくわえた総勢百二十人の行列は、北の連嶺《れんれい》、根尾谷筋の山々が、今年初めてうっすら白い雪をかぶったのを遠くに眺《なが》め、美濃路《みのじ》を江戸にむかった。

加奈《かな》は譜代衆岩間三良《さんりょう》の妻として、大垣城大手門にひかえ、戸田氏庸のお駕籠に手をつかえた。

筆頭家老の戸田縫殿《ぬいどの》と次席家老の戸田治部左衛門、それに御用所の要職たちが、氏庸をのせたお駕籠の両脇《りょうわき》に騎馬でしたがい、国境《くにざかい》まで見送り、昼すぎ御用所にもどってきた。

「わたくしはこのたび、初めて八代さまのお顔を間近に拝しましたが、なかなか偉丈夫なお方でございましたよ」

加奈は藩主を大手門で見送ったとき、供として従いながら、自分の後ろで平伏したまま顔も上げなかった乙松《おとまつ》に、八幡曲輪《はちまんくるわ》の屋敷に帰ってから、氏庸の容貌《ようぼう》についてきかせた。

八月、城中で夜能が催されたとき、舞台は女桟敷《さじき》から遠く離れており、地謡《じうたい》の席に坐《すわ》るかれの顔など、はっきり見えなかったのである。

藩主氏庸は、大手門をくぐる前に駕籠の戸を開かせ、本町筋の両側に土下座する譜代衆や主だつ藩士に顔をみせた。そしてかれらが平伏するのにときどきうなずき、北の辰《たつ》の口御門から美濃路に、行列の足を踏み出させたのだ。

大垣城から江戸までの距離は九十九里。同藩の江戸藩邸上屋敷は溜池《ためいけ》にあり、江戸城では帝鑑間詰《ていかんのまづめ》。参府の年月は、子寅辰午申戌《ねとらたつうまさるいぬ》の六月、御暇の年月は丑卯巳未酉亥《うしうみひつじとりい》の六月に決っていた。

だが時代が下るにつれ、月についての規定はゆるんできた。氏庸の妻は大垣新田《しんでん》戸田左近将監氏興《しょうげんうじおき》の娘。同藩から幕府へ四季折々に贈られるなかで、八、九月の鮎《あゆ》、十月の柿、

十二月の塩松茸《まつたけ》が有名で、今回の行列にも献上品の柿をのせた特別な一輿《こし》がくわわってい
た。
「お嬢さま、わたくしはあの日、おとのさまのお顔を拝するのが恐れ多く、とても頭など
上げられませんでした」
乙松は近頃《ちかごろ》なにかと機嫌《きげん》のいい加奈に苦笑し、また庭仕事にもどっていった。
根尾谷筋の最奥、屛風山《びょうぶさん》や這帽子峠《はいぼうしとうげ》は初雪をかぶったが、樽見《たるみ》村など多くの山筋は、ま
だ降雪をみなかった。
今年の夏、門脇村の山崩れに端を発し、全村の半数で猪垣《ししがき》の損壊やゆるみ、また山崩れ
の危険箇所が発見された。だが緊急を要する場所の補修はほぼ終了、応援のため根尾谷筋
に派遣されていた普請奉行や段木《つだ》御用掛の下士たちの大半も、お城下にもどっていた。
しかし郡同心として同谷筋の村廻りにつかされる岩間三良、杉田市兵衛、西脇雅楽之助《うたのすけ》
たち三名は、猪垣のさらなる点検や工事の残務処理に当り、七日見廻りのあとに与えられ
る二日の非番を、返上するありさまであった。
なかでも三良は、特にお役目を熱心に遂行し、市兵衛や雅楽之助がもとの勤務に近い日
数で暇をとるようになっても、かれだけは十日か半月に一度、お城下に帰ってくるにすぎ
なかった。

だが加奈はそんな夫を迎えても、さして不満を唱えない。淡々とした物腰で三良に対し、いつしか感情のこもらない表情で、かれを送り出すようになっていた。

——どうやら加奈も、わしのいまのお役目に馴《な》れてきたとみえる。そうでなくては、わしも心労が重なってならぬわ。

それが三良の偽らない感慨だった。

二人が祝言《しゅうげん》をあげてすでに二年近くもすぎるだけに、閨《ねや》での加奈の情熱も冷めてきたと、かれは感じとっていた。

だが彼女がいかに自分の身に気を配っていてくれるかは、根尾谷筋全村に雪が散らつきはじめてから、三良はしみじみありがたく思った。

「岩間の旦那さま、このたびもお嬢さまのおいいつけで着替えを持参いたしました」

いまではすっかり岩間家の小者になりきっている乙松が、大垣城下からはるばる根尾谷筋の村々まで三良を訪《おとな》い、かれの着替えのほか必要な品々を、再々届けてきたからである。

「着替えなど、戦陣にいると思えばさして必要ではない。風呂《ふろ》は毎日浴しておるうえ、垢《あか》でよごれて死んだ人の例はきかぬ。年老いたそなたが、大垣から遠路山道をたどってくるたび、わしは気持がずつなく（術無）てならぬ。加奈にはほどほどにいたせと、わしから書状をしたためておく——」

三良は乙松が訪うつど、かれを労《ねぎら》ったうえ、苦情めいた言葉を吐いた。

「いいえ旦那さま、わしへのお労《いたわ》りならどうぞご無用にしてくださりませ。六十五をすぎたとはもうせ、この乙松、足腰だけはまだまだ達者でございますれば、これしきのご用など、物の数とも思うておりませぬ。狭いお城下で過しているより、こうして根尾谷筋へ使いにまいりますれば、いろいろ見聞きもかない、なにかと気持が散じられまする。八幡曲輪のお屋敷では、何分ともお嬢さまと二人だけの毎日。わしのご用などたかがしれておりまする。旦那さまがわしにご斟酌《しんしゃく》くださるにはおよびませぬ」

乙松はいつも三良の言葉を否定した。

朝、早発《はやだ》ちしても、大垣城下への帰着が夜になりそうな場合は、村名主の屋敷に泊めてもらった。

戻りには山村の土産をどっさり背負い、それらの品はまたかれによって、生田平内の屋敷や岩根帯刀《たてわき》など親戚《しんせき》筋、あるいは沖伝蔵の許《もと》にもとどけられた。

その年が暮れ、正月になってからも、乙松は不審もなく自分に与えられた村通いをつづけていたが、正月下旬、たまたま戻りが早くなったある日、ふと訝《いぶか》しいものを感じた。

その日は根尾谷筋に入ってほどない日当《ひなた》御用所で、運よく岩間三良と会うことができ、屋敷へ予定より早く戻ってきたのである。

「お嬢さま、乙松ただいま帰参いたしましてございまする」

かれが八幡曲輪の屋敷に着くと、表の門が堅く閉されていた。

かれは幾度も屋敷内《うち》に声をかけ、小さな門をどんどん叩《たた》いた。

そしてやっと表門が開かれた。

「ただいま帰参いたしました」

どこか上気した顔で現われた加奈に、乙松は異様な気配をおぼえながら挨拶《あいさつ》した。

「今日はことのほか早く帰ったのですね。旦那さまは息災にすごされておられましたか——」

彼女は平静そうな態度で乙松を迎えた。

「はい、日当御用所で旦那さまにお会いできましたゆえ、お城下へ早く着くことがかないました。旦那さまにはなんのお変りもなく、屋敷の留守居をしっかりいたしてくれとのお言葉でございました」

乙松は自分が根尾谷筋に出発するときと、いま目前に立つ加奈の服装が、まるでちがっているのに気付き、三良からの言葉を伝えた。

加奈は美しいきものに替えているばかりでなく、うっすら化粧までほどこし、なにか華やいで見えた。

——どなたさまかご来客でございましたのか。

このとき、かれは加奈に問いかけたい言葉を、ぐっと喉《のど》の奥にひかえた。屋敷の雰囲気もどこかちがっていた。

加奈が急いで風呂をわかしてもらいたいといい、自分を遠ざけたのも不審であった。

乙松は一休みもせずに井戸水を汲《く》み、それを風呂場に運びながら、足音をしのばせ屋敷から脱け出していく人の気配を、はっきり感じたのである。

屋敷の居間で加奈がせわしく何か片付けている。押し入れの戸をぴしゃっと閉める音が、乙松の耳にかすかにとどいてきた。

「今日は根尾谷筋でゆっくりし、旦那さまと一夜をすごしてきなされ。夜の留守番は鷹《たか》匠町《じょうちょう》のお父上さまにお願いしましたほどに、急いで帰るにはおよびませぬ」

根尾谷筋に出立《しゅったつ》する日の朝、念を押して命じられることもあった。

翌日の夕刻、乙松が八幡曲輪にもどると、屋敷の中がなんとなくなまめいていた。

加奈の表情や物腰に艶《つや》やかさが匂《にお》い、孤閨《こけい》を守る女性とは思われなかった。

——お嬢さまはいかがなされたのやら。

乙松は加奈が子供だった頃から、生田《いくた》家へ奉公に上った人物だけに、彼女の異様な変化に気付くには敏《びん》であった。

岩間三良は能吏として根尾谷筋で期待されている。そのため一旦《いったん》、お城下にもどっても、屋敷にじっととどまる暇もなく、翌朝にはあわただしく登城し、そのまま谷筋に引き返していく。さらに二月になると、山の積雪が多くなったとの理由で、半月以上も屋敷に帰らなかった。

加奈は乙松が屋敷にいるときにはよく外出し、「西濃《せいのう》巡礼」に出かけるといっては、たびたび屋敷を空けるようになっていた。

西濃巡礼所は十二年前の文政四年六月十六日、大垣城下とその近郷で、西国三十三所観音総開眼《かいげん》供養《くよう》がいとなまれ、同十八日から巡回が行なわれていた。

大垣城下では大悲院、観音寺、神宮寺、全昌寺などの十六寺院、近郷では本巣《もとす》高尾の蓮《れん》花院《げいん》、覚宝寺、不破《ふわ》赤坂の東光寺などが、巡礼札所として庶民からの信仰《しんこう》を集めだしていた。

「屋敷を留守にいたすわけにはいきませぬゆえ、観音札所にはわたくし独りでまいります。これもひとえに、旦那さまのご無事とこれからのご出世を祈念するためとお思いなされ」

加奈はきものの下に脚絆《きゃはん》をつけ、胸に懸守《かけまも》りを下げ、臆《おく》したふうもみせずにいいたてた。

「やっぱりどこかおかしいわい。お嬢さまはわしになにか隠してござらっしゃる」

乙松は門前で彼女を見送るたび、いつも口に出してつぶやいた。

幼いころから聡明《そうめい》で、良妻賢母の質をそなえていたが、聡明は一転すれば、悪知恵をなす。良妻賢母はまわりも当人も穏やかで、当人にそれなりな責務が課されたとき、発揮される性質のものであった。

加奈の行動のあれこれを考えるにつけ、乙松は背後に一人の男の姿を感じないわけにはいかなかった。

一人の男とは去年の八月、城中で催された夜能見物の帰途、上魚屋町筋で加奈が堅草履《かた》の前緒を切らしたとき、自分の履物を気前よく脱ぎすて、彼女にはかせた大蔵奉行大隅太兵衛の息子佐四郎であった。

「さあ、わしの草履をはいて、そのままお屋敷におもどり召されよ。わしは足袋でお屋敷までお供をいたし、草履をお返しいただきます。明日、わが家までお返し願うのは、面倒でございましょうからなあ」

大隅佐四郎は有無をいわせず、加奈に自分の草履をはかせた。

加奈はまじまじと佐四郎の顔を眺め、まるで呪文《じゅもん》にかけられた表情で、かれの言葉に従った。

「大隅の若さま、まことにもうしわけございませぬ。でもさように足袋裸足《はだし》とはもったいのうございまする。せめてわたくしの藁草履でもおはきくださりませ」

思いがけないもうし出をいきなり受けたためか、ぼっとして一言も発しない加奈に代り、そのとき乙松が佐四郎に低頭していった。

「お供の衆、さような心配は無用じゃ。見ればご老体、まだ暖かい季節とはもうせ、夜道の裸足は身体によくはござるまい。わしは足袋裸足で十分じゃ。なにも遠慮するにはおよばぬ」

かれの巧言は、主従二人に辞退をのべさせなかった。

大蔵奉行大隅太兵衛は譜代衆。正妻との間に三人の息子がおり、四男の佐四郎は庶子。なんでも二十数年前、太兵衛が京都留守居役を勤めていたころ、但馬国出石藩《たじまのくにいずし》京屋敷に勘定役として仕える武士の娘に産ませたときいていた。

太兵衛は佐四郎を引きとり、正妻に育てさせたのであった。

大隅家では、二男三男ともすでに他家へ養子にやられていたが、佐四郎だけは庶子のためか、まだ部屋住みで不遇をかこっていた。

かれについて家中でささやかれている噂《うわさ》は、どれもこれもあまり芳《かんば》しくなかった。船町の曖昧宿《あいまいやど》に居つづけているとか、またならず者と酒をくみ、賭場《とば》通いをしているとまでいわれていた。

大蔵奉行は御用所から四人が任じられ、二人一組となり、月交代で任務に当る。藩の倉庫を管理し、藩士に禄米《ろくまい》を渡すのを役目とした。

「大隅太兵衛どのも、若気のいたりとはもうせ、悪い付けを負わされたものじゃ。佐四郎どのは優男《やさおとこ》で男前だが、生れのせいか油断ならぬものをそなえている。太兵衛どののご妻女は、ご嫡男《ちゃくなん》のほか二子ともども、佐四郎どのを分けへだてなく育てられてきたはずじゃ。だが当人の気性がねじまがっていては、いくらそれを矯《た》めそうとされたとてどうにもなるまい。身分はともかく、養子として迎える先があればよいが、当人があのさまでは、太兵衛どのがどれだけ頭を下げられたとて、皆遠慮いたそう。ご当人にはかわいそうじゃが、佐四郎どのはきっと部屋住みのまま、一生を終えることになろうよ」

それが家中でささやかれるかれについての概略であった。

加奈もかれの悪評なら十分にきいていた。

しかし自分や乙松に対する扱いに接すると、まるで逆のすがすがしいものをかれに感じ、これが噂の大隅佐四郎どのかと、眼から鱗《うろこ》が落ちる思いにかられた。

世間というものは、悪いことなら一を五にも十にも増幅して語るものだ。

当人が自分の立場に覚悟をつけ、その噂に抵抗しなければ、悪評は確かなものとして定着する。

八幡曲輪の屋敷にもどる途中、家中の悪評を浴びても、平然と気にもしていない佐四郎の態度をうかがい、加奈はかれの人柄《ひとがら》に妙に惹《ひ》かれた。

「岩間家の主《あるじ》三良どのは、郡同心として根尾谷筋でご活躍だとききましたが、ご妻女どのが主どののご名代として夜能にお出ましとは、ご活躍のほどが推察されます」

大隅佐四郎は、岩間三良について家中の話を耳にしているとみえ、屋敷につくまで、加奈にとも乙松にともなくつぶやいた。

そのたび加奈は、かれから男の匂いを嗅《か》ぎ、胸が波立ってならなかった。

やがて三人は屋敷の門前に到着した。

「わしの草履がご妻女どののお役にたち、なによりでございました」

佐四郎は顔に妖《あや》しい笑みを浮べていった。

「どうお礼をもうし上げてよいやら。まことにありがとうございました」

加奈は喉に乾きをおぼえながら礼をのべた。

本当をいえば、屋敷にかれを招き入れ、茶でも供したい気持だった。

だが主の三良が留守中でもあり、しかも夜ともなれば、外聞をはばからねばならなかった。

「いやいやお礼の言葉などいただいては、かえって当惑いたします。大隅佐四郎がどんな人物か、ご妻女どのも悪評はすでにおききおよびでございましょう」

かれはなんの屈託もなく、痴《し》れしれといった。

「さようなお噂など、わたくしは少しも信じてはおりませぬ。とかく世間とは、目立つ相手について噂をしたがるものでございまする。屋敷の中にお招きいたし、改めてお礼をもうすべきでございまするが、主が留守をいたしておりますれば、何卒、お許しくださりませ」

加奈は大胆にも自分の悪評を自らいいたて、少しも動じない佐四郎にいっそう魅せられた。自分が有夫の婦であることも忘れ果てていた。

当夜、加奈は身体《からだ》の芯《しん》が疼《うず》いて容易に眠れなかった。夫三良の姿が薄れ、夢の中で彼女は佐四郎の手で肌着《はだぎ》をはがされ、身体を放恣《ほうし》にもてあそばれていた。そして悶《もだ》え、大きな喜悦の声を発して眼覚めた。

けだるい疲労が腰を重くさせ、身体が恥しいほど濡《ぬ》れそぼっていた。

「あなたさま――」

加奈は胸で三良にむかい小さくつぶやいたが、現実に思い浮んできたのは、三良ではなく大隅佐四郎の姿であった。

翌日から加奈は、どこか落ちつかなかった。

これではいけないと、意識の中で必死に佐四郎の面影《おもかげ》を掻《か》き消した。だが消せば消すほど、かれの姿は大きくなり、しかも濃くなってきた。

「加奈、いったいいかがしたのじゃ。今夜のそなたは変じゃぞ」

数日後、夫三良が根尾谷筋からもどってきた。かれの腕の中でもだえて果てたあと、彼女は夫の手で身体を扱われながら、ひそかに相手を佐四郎に擬している自分に気付き、はっと驚いた。

「いいえ、なんでもございませぬ。少し熱でもあるのでございましょうか」

彼女は素知らぬ表情で三良に答えた。

自分が無我夢中になり、佐四郎の名前でも呼んだのではないかと、そっと夫の顔をうかがった。

夫の三良に説かれ、自分たち夫婦が確かなものとして見ていた彼岸に架ける橋が、霞《かす》んでいるようであった。

二人でともに描いていたものが、見えなくなってきた。

三良と堅く結ばれていたはずの紐帯《ちゅうたい》が、大隅佐四郎と出会ったため、解けかけてきたのだ。

だが加奈は、少しも罪の意識をおぼえなかった。かえってまだ自分の身体に這《は》わされている三良の手を、疎《うと》ましいとさえ思った。

これが佐四郎さまの手ならどれだけよかろう。まだ埋《うず》み火《び》のように残るものをふるい起し、再び悦楽の中に溺《おぼ》れこんでいけるものをとまで、不埒にも考えつづけた。

彼女が佐四郎と再び出会うため、西代官町に構えられた大隅太兵衛の屋敷のまわりを徘《はい》徊《かい》し、目的を果すには、さほど努力を要さなかった。

「佐四郎さま、このほどお礼をつかまつりたいと思いますれば、明日、わが家まで何卒、ご足労くださりませ。屋敷に仕える小者を根尾谷筋まで使いにやり、お待ちもうしあげておりますほどに」

加奈は屋敷から出てきた佐四郎に意を決していい、かれからすっと離れた。

自分の心や身体が佐四郎を求めている。

夫の三良は質実剛健、なに一つ不足はなかった。しかし女は曖昧さを宿す人格に魅力をおぼえるものであり、佐四郎には母性をゆすりたてる翳《かげ》があった。彼女は自分が婦道にそむく行為をしているとの自覚を失っていた。

「豊かでなめらかな胸乳《むなち》、このお身体では、夜毎《よごと》独り眠りに落ちるのに、難渋いたされましたろうなあ。わしは悪評のたかい男、加奈どのはそれでもかまいませぬか」

乙松を根尾谷筋へやった八幡曲輪の屋敷の部屋で、佐四郎は加奈の襟許《えりもと》を大きくはだけ、紅《あか》くふくらんだものに口を近づけてささやいた。

「いいえ佐四郎さま、わたくしはそれでもかまいませぬ。わたくしのこの身体、佐四郎さまの思うままお仕置きしてくださりませ」

上ずった声をあげ、加奈はなにもかも忘れ、両手に力をこめて佐四郎に取りすがった。

当の佐四郎も、暗い奈落《ならく》が自分たちの行先に口を開けているのも気付かず、華奢《きやしや》な指を加奈のきものの裾《すそ》にのばした。

その日から彼女は佐四郎と歓をつくすため、乙松になにかと用をもうしつけ、屋敷を空けさせた。

一泊どまりでかれを根尾谷筋へ行かせた夜は、一睡もせず佐四郎とからみ合った。

「そなたは、生れついての色好みかもしれぬ。いままでよくそれで堪《こら》えられてきたなあ」

身体を重ねる回数が増すにつれ、加奈にかける佐四郎の言葉がぞんざいになってきた。

「そういたされたのは、佐四郎さまではございませぬか」

「いやそうではあるまい。男女ともうすは合わせ鏡、お互いがお互いを照らし合うてこうなったのじゃ。わしだけにいうまい。こ奴め――」

佐四郎は淫《みだ》らに笑い、加奈の腰をつねった。

加奈が西濃三十三所巡礼に出かけるのも、かれと逢瀬《おうせ》を重ねる口実で、二人は目前に破滅の予兆をおぼえながらも、周知となることを恐れ、互いに慎重を期していた。

乙松が加奈の変化に気付き、まっ先に大隅佐四郎の姿を思い浮べたのは当然であった。

毎日、加奈が機嫌《きげん》のいいのは、佐四郎とうまくいっているからだろう。庭掃除をすませたあと、斧《おの》で薪《まき》割りをはじめた乙松は、自分はなにも知らぬ顔でいていいのか、いやならぬのではないかと、自問自答をくり返し、薪の切り口に斧を叩《たた》きつけた。

「加奈さまがとんでもない相手と、不義密通をいたされておりまする。このままでまいりましたなら、いつか人の噂となり、大変な事態にあいなりまする」

乙松が本来の主生田平内に告げるのは容易だった。だが彼女の不義密通を知らせたあと、自分の身にも起こる変化がかれはおそろしかった。

「乙松、相すまぬが、明日は不破赤坂の東光寺さままで、お供物《くもつ》を届けに行ってもらえまいか」

加奈が庭に現われ命じたとき、かれは自分の振りかざした斧を、平内や三良に代り、彼女にむかっていっそ叩き下したかった。

二

奥山は尺丈の雪に埋もれていた。

だが根尾谷筋の北から南に下るにつれ、両側にそびえる山々の冠雪も薄くなり、谷に沿う山道にも雪は少なかった。

平野村までくると、雪は陽《ひ》のささない道端に黒ずんで残るか、山襞《やまひだ》にわずかに見えるだけであった。

「今年は思いのほか雪が少ない。雪が少なければ、難儀させられずにすむものの、地虫が勢いづき、夏には虫に悩まされる。水不足になるのも心配じゃ」

根尾谷筋二十七カ村の人々だけでなく、大垣藩領の百姓たちが、そろって口にする感慨であった。

積雪が多ければ、寒さで害虫が凍死する。雪の多い年には豊作が期待された。

天保《てんぽう》の大飢饉《ききん》は二年目となり、諸国の食糧事情はまだ好転の兆《きざ》しをみせていなかった。

だが根尾谷筋の各村は、昨年の秋、大垣藩御用所が苦しい藩庫から予算をひねり出し、猪垣補修につとめたため、猪害もなく平穏に春を迎えられた。

二月末には、郡同心杉田市兵衛、岩間三良、西脇雅楽之助にも、平常のお役目、七日見廻り二日非番の沙汰《さた》が、郡奉行所から改めていいわたされた。

「やれやれ、これでもとの暮しにもどれるわけか。この半年余りは大変であった」

岩間三良は昨夜泊った板所村の名主川口七右衛門屋敷をあとにして、馬で一路、谷沿いを南にむかい、平野村まで下ってきた。

数日前、お城下から乙松が例のごとく使いにきたついでに、二通の書状を持参した。

「これはなんじゃ――」

「はい、京でご修行なされている飯盛惣助《いいもりそうすけ》さま、いいえあの浄円《じょうえん》さまと、旦那さまが浄円さまにご同伴をお願いいたされた平野村の小平太からの書状でございまする」

なぜか乙松は三良の視線をさけ、伏目がちに説明した。

近頃《ちかごろ》、かれはなんとなく元気を失っている。

どこぞ病んでいるのではないかと三良はたずねもしたが、乙松はいいえどうもありませぬと、いつも首を横にふってみせた。

急いで封を切り、三良はまず浄円からの書状に眼を通した。

小平太を伴い京に到着したとの便りは受け取っていたが、そのあと初めての書状だった。

浄円はいつのまにか能筆になったとみえ、巻紙に一筆でさらさらと書き下されていた。

それには、小平太を本山知恩院僧の口利《くちき》きで、やっと円山《まるやま》・四条派の絵師松村景文《けいぶん》の門人に加えてもらった。小平太はすこぶる元気で張り切っている。自分の修行は前途遼遠《りょうえん》、小平太のそれと同じで、果てがないと記されていた。

そして最後に、小平太は年に似合わず向う見ず、なかなか意地っ張りなところがあると、書き加えてあった。

京への到着から、小平太の始末を報告するまでの期間があいているのから考えれば、かれはしばらく知恩院の僧房に止住し、庫裏《くり》の手伝いか境内《けいだい》の掃除でもさせられていたのだろう。

つぎに三良は、小平太の書状を開いた。

文字も文章も稚拙《ちせつ》だが、絵を描こうというだけあり、かれの字には風韻が感じられた。やっと絵師松村景文の弟子《でし》になれた。景文は酒飲み、絵を描いているときより、酒を飲んでいるときのほうが多い。京の都は大きく、町には大勢の人が歩いている。呉服屋、小間物屋、下駄屋とないものはない。根尾谷筋の山々にいろいろな種類の木があるみたいなものだ。町には〈絵屋〉という店があり、そこでは町絵師が、凧絵《たこえ》、絵馬など客の注文にしたがい、なんでも描いて暮しをたてている。わしはとにかく景文さまの許で修行にはげみ、京で出世し、藩の御用絵師田中洞慶を見返してやるつもりでいる。村で貧乏暮しをしている両親に、わしは元気、いまに楽をさせてやると伝えてもらいたい——と書かれていた。

三良は小平太の書状をあれこれ判じながら、ようやく読み下した。

この書状を、かれの両親に披露《ひろう》してやらなければならない。平野村にきた三良は、馬から下り、小平太の家をめざしゆるやかな坂をのぼった。

山を後ろにして、貧しげな家が建っている。

日向《ひなた》でかれの両親がせっせと働いていた。

山奥の窯《かま》で焼いた炭を、ここまで背負って運び下し、それを鋸《のこぎり》で小さく切って、炭俵に詰めこんでいるのである。

藤次もおひさの顔も炭で黒くよごれ、両眼《りょうめ》だけが光っていた。

「これは岩間さま——」

三良の伊《い》賀袴《がばかま》姿にまず妻のおひさが気付いた。

彼女のかたわらには、炭俵が十俵ほど積んであった。

藤次が鋸の手を止め、村廻《むらまわ》りの旦那さまとつぶやいた。

「やあ二人とも元気にしているようじゃな。わしもこの通り、相も変らず村廻りをいたしておるわい」

おひさが頭にかぶった手拭《てぬぐ》いを取り、家の中に駆けこみかけた。

「小平太のお袋どの、わしならかまわんでもらいたい。陽当りのここで結構じゃ」

「へえ、それでも渋茶なりと飲んでいただきませんと」

「そうじゃな。では一服いただくといたすか」

三良は乗馬を立ち木につなぎ、差し料をぬいた。近くに転がされた丸太に腰を置き、おひさを見送った。

「岩間の旦那さま、小平太の奴《やつ》がなにか仕出かしましたのかいな。あいつのことでございますから、覚悟はしてますだが」

父親の藤次は頭から決めてかかっていた。

「いやいやそうではない。何事もなく天下泰平じゃ」

大袈裟《おおげさ》にいい、三良は破顔した。

「まことでございまするか――」

「いかにも、小平太は何事も仕出かしておらぬ。このほどあ奴を京に伴ってまいられた浄円どのから、わし宛《あ》てに書状がとどき、それに小平太の手紙が添えられていたゆえ、おぬしたちにそれを読んできかそうとまいったまでじゃ」

三良の言葉を、母親のおひさが盆に湯呑《ゆの》みをのせたまま、軒下で立ち止まりきいていた。

「さようでございましたか。わざわざのお出まし、お世話をおかけいたしまする」

「小平太の親父どの、気遣いいたすまい。わしは七日の村廻りをすませ、これから本巣の地方役所に立ち寄り、お城下にもどる途中なのじゃ」

「それで手紙とやらは——」

　藤次はいそがしく三良に催促した。

　親として当然、母親のおひさも盆を両手にして近づいてきた。

「それそれよ。まあ見てくれ」

　かれは懐《ふところ》におさめた小平太の書状を取り出した。

　かれのそばにおひさがさらに近づいた。

　いっぱし巻き紙に書かれた手紙を、三良が開いてみせる。

「わしもこいつも字など読めませぬが、小平太の奴は、どうやらひらがなだけは書きよりました。それでなんと書いてございまする」

　小平太の手紙をのぞきこみ、藤次がせわしくたずねた。

「まず初めに、いっぴつさしあげまいらせそうろうと書かれておる」

「まず初めに一筆さしあげまいらせそうろうだと。小平太の奴、誰に書いているつもりじゃ」

藤次が、岩間の旦那《だんな》さまどうもうしわけございませぬと詫《わ》びた。

「なにも詫びなくてもよい。まず初めにとは、わしの言葉じゃ。一筆さしあげまいらせそうろうとは、小平太の奴、たいしたものじゃ」

どうせ浄円が口をそえて書かせたに決っている。

三良の言葉が利いたのか、このあと小平太の両親は、かれが読む息子の手紙に黙って耳を傾け、最後の一節をきき終えたときには、藤次もおひさも洟《はな》をすすり上げた。

「岩間の旦那さま――」

「なんじゃ」

「あいつも殊勝なことを書き送ってくるではございませぬか。浄円さまとやらがよくよくお叱《しか》りくださり、いくらかまともになった工合がうかがわれまする」

藤次がまた洟をすすり上げた。

おひさもそっと目頭をぬぐった。

「お父つぁま、それでもお師匠さまが酒飲みだというのがよくねえ。しゃらくさいことを書きおってからに」

おひさは涙で顔をまだらにし、口をとがらせた。

「だけどのう、そこが小平太の奴らしいところよ。あいつの憎まれ口は、おまえもよう知

「親父どの、まさにその通りじゃ。あれの憎まれ口には、悪気ともうすものがない。真情をそのまま率直にのべて、人に悪意を感じさせぬ」

「そうでございましょうかのう。知辺《しるべ》のない京で、絵の修行をするのでございますから、なんとか人の憎しみを受けんように、人に好かれて暮さないかんと、わしは思うとります」

母親としてはそれが本当の気持だった。

「まことそれにちがいない。お袋どのがそう案じていたと、わしから小平太に書状をつかわしておいてやろう」

三良は彼女が運んできた渋茶に手をのばし、おひさに笑いかけた。

「岩間の旦那さま、何分ともそこのところをよろしくお願いもうし上げまする」

「ようわかった。京には浄円もいる。あ奴についてはなにも案じるな」

両親をなだめ、三良は立ち上がった。

「もうおもどりでございまするか」

藤次が手拭いをにぎりしめてたずねた。

「正午に本巣の地方役所で、同役と交代せねばならぬでなあ。京からまた書状がとどいたら、小平太の消息を伝えてやる」

かれは来国俊《らいくにとし》の差し料を腰におびた。

西脇雅楽之助は能郷《のうごう》にむかっている。

今日の交代は杉田市兵衛。同地域を見廻る同役ながら、かれとは久しぶりに顔を合わせる。

樽見村の松田惣右衛門にただしたところ、杉田市兵衛は村内に囲っていた女に暇をやり、早々に身辺を整理したという。惣右衛門が女にあれこれ因果をふくめ、些少《さしょう》でも手切金を与えたのは明らかであった。

以前、板所村の貴船神社で三良が市兵衛と西脇雅楽之助を叱ったが、もし二人が特定の女を囲ったままだったら、それは猪垣《ししがき》補修のため根尾谷筋にくり出してきた藩士たちの耳にもとどき、醜い結末をみるところだった。

しかし雅楽之助はともかく、杉田市兵衛は以来、三良に対して胸に一物を持っていた。

「岩間さま、お役目ご苦労さまでございました。さぞお疲れでございましょう」

正午前、三良が本巣の地方役所に到着すると、役所付きの老爺《ろうや》がかれを土間の囲炉裏端《いろり》に導いた。

囲炉裏の上では、鉄瓶《てつびん》がふつふつ湯気を上げていた。

「根尾谷筋の村々はいかがでございました」

　地方役所に詰める同心の高橋栄之進が、話しかけてきた。

「まあ何事もなく平穏無事、ただ見廻りだけでは気持に飽きがまいる」

「その飽きがまいらぬためには、工夫が要りましょうな。もっとも、お城下でご妻女どのが首を長くのばしてお待ちの岩間どのは、別でございましょうが」

　かれは杉田市兵衛や西脇雅楽之助が根尾谷筋でしていたことを知っていたとみえ、意味深長な言葉を冗談まじりに吐いた。

「くだらぬ戯言《ざれごと》をもうすな。平穏無事がなにより、谷筋にことがあれば、江戸のとのがご迷惑されよう」

　三良は、根尾谷筋が加納《かのう》藩に属していた頃頻発《ひんぱつ》した一揆《いっき》をいったのである。

「まことさようでございまする。されど岩間さまは、御用所のおぼえもめでたく、そのうちに郡同心のお役目を解かれるお身のうえ。わたくしなどはうらやましゅうございます」

　本巣の地方役所に十年も勤める高橋栄之進は、かれなりに三良を称《たた》えてみせた。

　このとき、地方役所の外で馬の蹄《ひづめ》の音がひびいた。

「おや、お城下から杉田市兵衛さまが、到着いたされたようすでございます」

　三良を乗せてきた馬が市兵衛の馬に合わせ、つづけざまに嘶《いなな》いた。

かれを出迎えるため、三良は立ち上がり、表に姿をあらわした。

「杉田どの、お役目ご苦労にぞんじまする」

「岩間どの、早々とすでに到着されておられたのか。お屋敷の方がご心配とあれば、無理もなかろうわなあ」

市兵衛は塗り笠《がさ》の紐を解きながら、皮肉めいた言葉を浴びせつけた。

「屋敷の方が心配、杉田どの、それはなんの意味でござる」

三良はいくらか不穏なものを、かれの言葉に感じて問い返した。

「いやいやなんでもない。わしの口からもうせる話ではないでなあ」

杉田市兵衛は嗜虐《しぎやく》的な笑みを、頰《ほお》のこけた顔に浮べ、三良を軽くあしらった。

「わしの口からもうせぬ話とは、ききずてにならぬお言葉。なにかわたしに意趣がございますのじゃな」

さすがに三良は鼻白《はなじろ》んで迫った。

「いや、なにもないといったらない。ほんのわずかに、わしの口から滑っただけのことじゃ」

かれは三良を小馬鹿にした口調で否定した。

なにか重大なことを、胸裏にひめた素振りであった。

常日頃、眼にみえない怨《うら》みを持たれている相手だけに、三良は気色ばんでかれに詰め寄った。

「杉田市兵衛どの――」

「岩間、岩間三良、古参のわしになんのつもりじゃ」

「なんのつもりもない。古参といえども、そこもとはわたしを嬲《なぶ》っておいでめされる」

「嬲っているとは意外な。そなたは刀の腕前を自慢にして、わしを脅す気か――」

二人の間に不穏な空気が漂った。

「刀の腕前を自慢にとはいいすぎではございませぬか。そんな気持などわたしがいささかも持たぬのは、家中のご一同さまがご存知のはずでござる」

「それならそれでよいではないか。ここで二人が諍《いさか》う筋合いはなにもない。わしはこれからお役目につかねばならぬからのう。もうし送るべき事柄《ことがら》がなければ、わしはすぐさま谷筋にまいる。要らざるいい掛かりをつけ、邪魔をいたさんでもらいたい」

杉田市兵衛は少し狼狽《ろうばい》した気配をみせ、いま地方役所の馬繋《つな》ぎにむすんだばかりの手綱《たづな》を解きにかかった。

二人の曖昧《あいまい》な諍いは、これで終りを告げた。

しかし根尾谷筋に馬を急がせる杉田市兵衛は、胸の中で岩間三良を嘲笑《あざわら》っていた。

——いまとなればわしがささやいてきた噂《うわさ》、三良の奴を地獄の奈落《ならく》に引きずり下ろすだろうよ。いつぞやはこのわしを、村人や雅楽之助の前で叱りおってからに。まことい い気味じゃ。

頬をひくつかせ、市兵衛は嘯《うそぶ》いた。

かれは前々回の非番のおり、夜中、八幡曲輪の遠縁をたずね、偶然にも人目をはばかり、岩間屋敷に入る大隅佐四郎の姿を目撃したのであった。

佐四郎が屋敷の潜《くぐ》り戸《ど》をほとほと叩《たた》いた。

すると潜り戸の閂《かんぬき》がことりとはずされ、三良の妻加奈が姿をのぞかせた。

「あれは大蔵奉行の息子佐四郎——」

かれは堀端の柳の木に身を隠し、潜り戸が再びそっと閉じられるのを見極めた。

不義密通——椽大《てんだい》の筆で書かれた赤い文字が、市兵衛のゆがんだ心を大きく煽《あお》りたてた。

翌日、かれは邪悪にも岩間屋敷をひそかにさぐり、小者の乙松が昨夜は根尾谷筋へ使いに出されていたのを知ったのである。

「岩間三良の妻が、大隅佐四郎と不義密通を重ねている」

かれが巧妙にまいた噂を、つぎの非番のときそれとなく確かめてみると、それは家中に広く伝わっていた。

「昨日、家中の昵懇《じっこん》から、わしと同役の岩間三良どののお内儀が、大隅佐四郎と不義をいたしているとの話を耳にいたしたが、そなた、それをきいたことはないか」

かれは自分の妻に痴《し》れしれとたずねた。

「はい、いいえ」

「はい、いいえとはなんじゃ。それでは答えになっておらぬ。そなたは夫のわしに、なにか隠すつもりか。ありのままをもうしてみるがよい」

市兵衛が誘いをかけると、妻はその噂、家中の多くがすでにご承知といい、火に油をそそいではならぬと思案いたし、あなたさまにいい渋りましたと答えた。

「そなたの思慮のほどももっともじゃ。根尾谷筋を見廻る同役として、わしは岩間どのが案じられてならぬ。だがそなた、これについての口外は断じてまかりならぬぞ。そこのところをよく心得ておけ」

今朝ほど自分の妻に残してきた言葉であった。

ここしばらくのうちに、なにかがきっと起こる。

地方役所でいま別れてきたばかりの岩間三良が、家中で窮地に立たされることだけが、市兵衛の最も望む快楽だった。

腹の底から笑いがこみ上げてくる。

かれは家中から嘲笑《ちょうしょう》される三良を想像し、いい気味だと今度は声をたてて笑った。

宇津志村から平野村をすぎ、根尾谷筋が深くなり、嶮岨《けんそ》な山々が両側に迫ってきた。

かれの哄笑《こうしょう》が峡谷にこだました。

自分が地方役所から遠ざかるだけ、岩間三良は地獄が口を開けて待つ大垣城下へ、近づいているわけであった。

そのころ三良は、馬を駆けさせてお城下に到着し、辰の口御門で馬から下りた。

手綱をとり、本町筋を大手門にむかった。

大手門から郡役所に出頭し、小頭の古沼靭負《ゆきえ》にお役目の交代を告げ、八幡曲輪の屋敷にもどる。

自分を迎える妻加奈の姿が、なつかしく胸裏に浮んできた。

「郡同心、岩間三良でござる。お役目をすませ郡役所に参上いたす」

大手門を警固する足軽にいったとき、右に構えられた家老戸田治部左衛門の屋敷の陰から、沖伝蔵がいきなり小走りで現われた。

「三良、郡役所へ出頭するにはおよばぬ。小頭の古沼さまからすでにお許しを得てあるほどに、そのまま黙ってわしについてまいれ」

かれは悲痛な顔で呼びかけた。

「おぬしは伝蔵、わしになにゆえじゃ――」

眉《まゆ》を翳《かげ》らせ、三良は伝蔵にただした。

「三良、いまなにもうすな。わしとおぬしは刎頸《ふんけい》の友、わしを信じるのであれば、黙って言葉通りにいたせ」

伝蔵は棒立ちになったままのかれにいい、誰かこの栗毛を馬屋にもどしておけと怒鳴りたてた。

馬屋の方から小者がばたばたと走り寄ってきた。

三

闇の中に火の粉がこまかく散った。

岩間三良の屋敷の庭で、篝火《かがりび》がいくつも焚《た》かれ、襷《たすき》をむすび袴の股立《ももだ》ちをとった男たちが、警戒の眼を油断なく外に配っていた。

腰におびた刀は、いつでも抜ける体勢だった。

鋭い槍《やり》の穂先が篝火の明りにきらめき、全員白い鉢巻《はちま》きを堅く結んでいる。

屋敷内の部屋の襖《ふすま》はすべて取り払われ、鴨居《かもい》には鉤《かぎ》手燭《てしょく》が引っかけられており、家内《いえうち》は昼かと思われるほどの明るさであった。

古びた仏壇のかたわらに、岩間三良が凝然と坐っている。

かれだけは平服、だが蒼《あお》ざめた顔の眼は鋭くひそめられ、どことも定めがたい一点を、じっとにらみつけていた。

「みなの衆、構えて油断いたすまいぞ。大蔵奉行大隅太兵衛の一族、是非をないがしろにして、いつ討ちかかってくるやもしれぬぞ」

大目付高木仁左衛門に番頭《ばんがしら》として仕える岩根帯刀《たてわき》が、庭で警戒する男たちに檄《げき》を飛ばした。

かれは三良の姉万寿《ます》の夫、四十すぎの壮年。鎖鎌《くさりがま》の巧者として知られていた。

「帯刀どの、ぬかりなどありますものか。討ち入ってくることがあれば、わしが敵を突きまくり、退散いたさせるまでじゃ。わしも伊達《だて》には、宝蔵院流の槍をきわめてこなんだつもりじゃ。三良の一刀流は剣機迅速じゃが、わしの槍とてそれに劣るものではないわい」

縁側に立ったままの帯刀にむかい、父方の従兄弟《いとこ》牢屋《ろうや》奉行助《たすけ》の栗田新七郎が叫び返した。

かれと帯刀は年格好が似ていた。

新七郎の二人の弟であり、いまは他家へ養子に出されている八坂武八郎、部屋住みの四郎九郎も大きくうなずいた。

帯刀の身内からは、かれの兄用水奉行支配を勤める佐々半左衛門が、中間《ちゅうげん》三人を従え、八幡曲輪の屋敷へ駆けつけてきた。

栗田新七郎も中間二人に刀と槍をあたえ、三良の屋敷は総勢十人が戦《いく》仕度《さ》であった。そしてかれらは〈事件〉の推移にそなえ、譜代衆として全員が討死の覚悟をつけていた。

三良の妻加奈と大隅佐四郎の不義密通は、杉田市兵衛の邪悪な指嗾《しそう》により、意外に早く流布《るふ》するところとなっていた。

お役目のため根尾谷筋へ発《た》った当日の朝には、市兵衛はまだ知らなかったが、加奈と佐四郎は噂が家中に広まっているのを察し、その前夜、お城下から姿を晦《くら》ましていたのであった。

「今日の昼すぎ、父の太兵衛がわしを離れの茶室に呼びよせ、黙って薄茶を一服たててくれた。そしてどう手配したものか、やはり黙ったまま通行手形をわしの膝元《ひざもと》に置いた。二十両の金子《きんす》を添えてじゃ。通行手形を改めると、大隅佐四郎他女一人と書かれていた。父上さま、これはなんのおつもりですかとわしはたずねた。するとの父はわしに、父親にいいにくいことをいわせたいのか。黙ってお城下から立ち去らねば大事になる。そなたの不義の相手は有夫の婦、このあといかがいたすかわしの知ったことではないが、せめてもの親心と思い、手形にはそなたの他女一人と記してもらっておいた。この通行手形、わしは曖昧な言葉を弄《ろう》して手に入れたものじゃ。のちには表用人さまの迷惑となり、紛糾の種にもなろうことは目にみえておる。それを承知のうえでの行ない。そなたも覚悟して、早々にお城下から立ち去るがよかろう。そなたの生れが生れゆえ、わしも妻の八重も、そなたを育てるに意をつくしてきたつもりじゃが、そなたにはわしらの気持が通じなかったものとみえると、しみじみと嘆かれたわい」

夕刻、旅仕度をととのえ、大隅佐四郎が八幡曲輪の屋敷に現われた。驚いた表情でかれを部屋に招き上げた加奈に、佐四郎は青ざめた顔に不逞《ふてい》な笑みをにじませ、一気にいったのである。

「さ、佐四郎さま——」

加奈は悲鳴に近い声を奔《はし》らせ、かれの膝に手をそえた。

顔がみるまに蒼白《そうはく》となり、歯の先がかちかちと鳴った。

「親父の耳に入ったとあれば、そなたとわしの不義、もはや家中で知らぬ者はないと思わねばなるまい。世間が周知とあれば、そなたも夫の三良どのに、抗弁いたす術《すべ》もなかろう。夫をもつ身が他の男と情を通じれば、町人などとはちがい、どのように討たれたとて仕方がないのは、そなたも存じているはずだ。わしは一人で逃げることを考えないではなかったが、岩間三良に斬《き》られるそなたを不憫《ふびん》に思い、こうしてやってまいった。わしと大垣城下から離れると決めたら、急いで仕度をいたせ」

佐四郎はじっと加奈の眼をみつめ、最後は卑猥《ひわい》な顔になってささやいた。

人の目を盗んで、不義密通を重ねてきたが、二人でお城下から逃亡すれば、おおっぴらに歓をつくすことができる。

自分の前途に光明がないどころか、自暴自棄のまま世をすねてきた佐四郎にとり、二十両の金をにぎり加奈を誘っての逃亡は、願ってもない結末であった。

「佐四郎さま、ほかに手段《てだて》はございませぬか――」

愛欲に流され、自分がしてきた行為の重さと現実の非情に初めて気付いた加奈は、佐四郎の膝にとりすがった。

「加奈どの、こうなればもはやどうにもならぬわい。そなたが一緒に逃げるのが嫌《いや》なら、わしは独りでお城下から立ち退《の》くぞよ」

佐四郎は加奈に冷酷な眼をそそいだ。

女敵討《めがたき》ちの文字が、胸裏にひらめいた。

「お、お嬢さま――」

部屋の外できき耳をたてていたとみえ、このとき乙松が、襖を開け彼女におずおず声をかけた。

「乙松どのか。こちらに入ってござれ」

佐四郎の猫《ねこ》なで声に従い、乙松が困惑した表情で膝行《しっこう》してきた。佐四郎は素速くかれに飛びかかった。

「さ、佐四郎さま、ご無体な。この老耄《おいぼれ》になにをいたされまする」

畳の上にねじ伏せられ、右腕を押えられた乙松は、項《うなじ》をまわし佐四郎をなじった。

「ご無体とは笑止なことをぬかす。わしがこうでもいたさねば、そなたは加奈の実家に告げに走るだろうよ。それとも不義密通は断じてなかったと、当家の主に弁解いたすか。わしはそなたに決してそうはさせぬぞ。詰まるところ、当家の女主を連れて逃げるつもりじゃ」

かれは懐《ふところ》から手早く手拭《てぬぐ》いを取り出し、乙松に猿轡《さるぐつわ》をかませ、つぎに刀の下緒《さげお》でかれの両手を後ろ手に縛った。

さらには両足までくくった。

「加奈どの、さあ身仕度をいたすのじゃ。夜の闇にまぎれ、お城下から逐電《ちくでん》いたそう。これから二人で、いつまで諸国を逃げ廻ることになるやもしれぬ。押し込み強盗に似ていささか恥じぬでもないが、屋敷に蓄えられている有り金と金目になる品を、合わせてととのえられよ」

「佐四郎さま、それはあまりにおひどい」

加奈は畳の上に転がされた乙松の姿と、佐四郎のいいつけをきき、さすがに抵抗してみせた。

「この際《きわ》になり、いったいなにがひどいのじゃ。そなたは夫の三良に殺されてもよいのか。それともこのわしに斬られたいのか。こうなれば、行きがけの駄賃ともうす言葉もあるぞよ」

いつもの優しげな佐四郎の顔は、一変して狂暴な形相になり、眼がすわっていた。

先ほどかれが町人などとはちがうといったのは、密通は事実関係がつかみにくく、真相が明かにできないため、武士以外の場合、夫から吟味願いが出されても〈内済《ないさい》〉ですまされるのが、幕府や諸藩の方針だったからである。

もし仮りに死罪が確定しても、情状を酌量《しゃくりょう》、罪を一等減じて重追放となった。あるいは女は遊廓《ゆうかく》などにさげ渡され年季奉公、男は遠島かそれとも人別帳から除かれ、最下層の身分に落されるのが普通だった。

ただし幕府が示した「御定書」には、一、主人之《の》妻と密通いたし候《そうろう》もの　男ハ引廻之上獄門。女ハ死罪――と記されており、武士に限っては、社会に身分的名誉を示すため、密通した男女の討ち取りを命じていた。

「女敵討ち」といわれるものがこれであった。

妻に不義密通をされた武士は、屈辱的な思いを抱き、姦婦《かんぷ》と密夫の二人を探し求め、全国諸藩を歩いた。幸いにも相手を探し当て、二人を討ち取って帰国する者もあるが、親の仇討《あだう》ちに似て全国を歩きながら、そのうち消息を絶ってしまう者も多かった。

道中の路銀は当人や親類が負担する。

それが困難なときや、敵を探す旅が長期にわたれば、当人が費用を稼《かせ》ぎ出して実行するのであった。

だが親の仇討ちならばともかく、「女敵討ち」ともなれば、目的を果し帰国しても、男の屈辱は拭いようもなかった。

乙松は女主の加奈が佐四郎に強《し》いられ、急いで旅仕度をととのえながら、屋敷内から金子や金目の簪《かんざし》や笄《こうがい》などをかき集める姿を、うなり声を発し、哀《かな》しい眼で眺《なが》めていた。

「岩間の家の蓄えは、合わせてたった七両二分か。もっとも、わしが親父どのから手切金として与えられた二十両と合わせれば、二十七両二分の金になる。これだけあれば、江戸に出たとて当分暮しに困るまい。江戸への道中、箱根とやらの湯治場に立ち寄り、大垣での垢《あか》をゆっくり洗い流せるわい」

佐四郎は江戸とか箱根の言葉に力をこめていった。

「加奈、さればまいるといたそう。立つ鳥跡を濁さずの例えもある。せめて火の用心だけはしっかりいたしておけよ」

乙松へきこえよがしにかれは命じた。

二人が屋敷をひっそり発《た》ったのは、大垣城中から乾《いぬい》ノ刻（午後九時）を告げる太鼓の音が、悶転《もんてん》する乙松の耳にとどいて間もなくであった。

「乙松、このわたくしを許してたもれ――」

加奈は屋敷を出奔するまえ、畳の上に転がされたかれのかたわらにかがみこみ、眼に涙をにじませて小さく詫《わ》びた。

「お、どふ（お嬢）さま――」

乙松は猿轡をかまされた口の中で、濁った声を上げた。

かれの眼が、不埒者《ふらち》に連れられ出奔されてはなりませぬと、必死に訴えていた。

岩間家の異変を最初に察したのは歩行《かち》横目の沖伝蔵。かれは加奈と大隅佐四郎の醜聞をすでにきいており、お城下見廻りの途中、三良の屋敷をうかがうため表を通りかかり、不審に気付いたのであった。

屋敷の潜《く》り戸《ど》を押してみると、造作なく開いた。

「なにやら妙じゃ」

かれは足音をわざとたて、岩間家の式台に近づき、乙松のもだえるふくみ声を耳にした。

真っ暗でも三良の家だけに、屋敷の構えぐらい知っている。油断なく身構え、土足のま
ま部屋をたどり、ひと部屋から行灯《あんどん》の光がもれているのに気付いた。

襖を二つに開くと、乙松が転がされていた。

「そなたは乙松、なにがあったのじゃ」

かれは乙松に近づくまえに、鋭くあたりに眼を配った。

伝蔵さま、早くわたくし奴《めいまし》の縛めをほどいてくださいませといいたげに、乙松は海老《えび》の
ように跳ねた。

「おお、いま楽にしてつかわす」

まず乙松の猿轡を解き、このありさまはどうしたのじゃと伝蔵は声を急《せ》かせた。

かれは賊が侵入したのではないかとまっ先に考えたのだが、乙松の口から女主の加奈が、
佐四郎にそそのかされ出奔したときかされ愕然《がくぜん》とした。

明日、岩間三良がお役目を終え、根尾谷筋からもどってくるのを知っていたからである。

――わしは三良のために、いかがいたせばよいのじゃ。

沖伝蔵は乙松が自分の足許で蹲《うずくま》り、嗚咽《おえつ》するのを見下ろし、奥歯をかみしめ思案に窮

した。

自分が三良の身になり施すべき良策は、なにもなかった。いまただちにすることは、加奈の実家鷹匠町の生田平内の許に駆けつけ、彼女と佐四郎が手をたずさえ、大垣城下から逃亡したと知らせるぐらいだろう。

三良の舅《しゅうと》になるかれが中心となり、多難だが事態の収拾が計られる。それがいま伝蔵のとるべき唯一《ゆいいつ》の行動に決っていた。

「乙松どの、大隅佐四郎は確かに江戸に出るともうしていたのじゃな」

かれは足許の乙松に激した声でただした。

加奈と佐四郎の行為は、不義のうえの脱藩、二人を追跡して捕えることも考えないではなかった。

「は、はい。佐四郎どのがお嬢さまにもうされているのを耳にいたしました」

「うむ、確かに江戸にまいるともうしたか。わしはご当家の主三良どのの友なれども、事態が重すぎて思案がつきかねる。とりあえず、鷹匠町の生田平内どのの許に急ぎ推参いたし、ありのままをお伝えするつもりじゃ。そなたは屋敷の留守をしっかり守り、わしからの指図を待っておれ」

伝蔵は乙松をはげまし、鷹匠町にむかって走った。

甘い花の香りが、夜気の中で強く匂った。

激しく門を叩《たた》き、かれは乱入者のように押しかけた。

その沖伝蔵を迎えて逐一をきかされ、生田平内は動転したが、妻民栄《たみえ》が嗚咽するのに眼をやり、すぐ平静にもどった。

「伝蔵どの、よくぞお知らせくだされた。わが亡き友岩間弥兵衛にももうしわけないが、なによりわしは婿《むこ》どのに顔向けがならぬ。二人の噂《うわさ》はきかぬでもなかったが、浅はかな親心として、根も葉もないものであってくれたらと願うていた。されどやはりまことであったのじゃな。お手前は歩行横目、二人が江戸へむかったのなら、不埒者《ねこ》を捕えるため、ただちにお手配くださるまいか。お願いもうす」

かれは泣き崩れる妻を叱《しか》りつけ、自分の身仕度を命じた。

「平内どの、いかが召されるおつもりでございまする」

伝蔵が奥にむかう平内を見送り、かれにたずねた。

「愚かな問いをいたされまい。お手前が歩行横目として二人をお手配くだされば、わしも美濃路か、水門川の船場から熱田に向いもうす。二人の首を婿どのの前に据《す》え、お詫びもうさねば、武士としてわしの一分が立ちもうさぬ」

平内の姿が奥へ消え、再び伝蔵の前に現われたとき、かれは襷をかけ袴の股立ちをとり、まさに討ち入りの格好になっていた。

「親の立場、またご同門三良どののお気持をご斟酌《しんしゃく》いたされるなら、伝蔵どの、いざ早々にお手配をお願いもうす」

二人が江戸にむかう道は二つ。水門川に通じる船町土橋界隈《かいわい》にもやう船の船頭に、過分な金を与えて伊勢湾に下るか、それとも美濃に進むかのいずれかであった。

美濃路は脇《わき》街道、墨俣《すのまた》、尾張《おわり》の起《おこし》、萩原《はぎわら》、清洲《きよす》をへて、名古屋で東海道と合流する。

途中で中仙道《なかせんどう》に入り、木曾路《きそじ》を通って江戸にむかう方法も考えられた。

「わしはともかく中間を従え、馬を駆けさせ美濃路を追ってみる。そなたは水門川筋を当ってもらえまいか」

平内が中間を従えてというのは、証人となりうる人物を同伴する意味であり、伝蔵にはかれの決意のほどがひしひしと感じられた。

岩間三良が板所村の名主川口七右衛門の屋敷で臥《ふせ》りかけたころ、大垣城下ではこんな事態が起こっていたのであった。

だが生田平内と沖伝蔵の探索は、翌日の早朝になり、徒労に終った。

お城下から立ち退いた二人の消息は、ついにつかめなかったのである。

「平内どの、このうえは大目付さま、ならびに三良が仕える郡奉行の内藤六太夫さまにも詳細をご報告もうしあげ、少しでも善処いたさねば、三良が哀れでございまする」

伝蔵の友情にもとづく言葉に従い、大目付高木仁左衛門や内藤六太夫が家中の大事として動いた。その結果として、伝蔵が大手門で岩間三良を待ち構えていたのであった。

大目付の詰問《きつもん》に大蔵奉行の大隅太兵衛は、佐四郎はわが子なれども犬ではなし、首に縄《なわ》をつけてつないでおくわけにもまいりもうさぬ。不義のお相手ともうす加奈どののお考えや行動も、正確には判じられまい。第一不義不義ともうされるが、明らかな証拠でもござるのか——と、肩をそびやかして抗弁した。

だがかれが、昵懇《じっこん》にする表用人飯野忠右衛門に虚言《そらごと》を吐き、佐四郎のため通行手形を入手したことが知れるにおよび、事態は一挙に深刻の度をくわえた。

沖伝蔵に慰撫《いぶ》され、屋敷の一室に閉じこもった三良の耳に、紛糾のようすがつぎつぎに伝わってきた。

表用人の飯野忠右衛門が責任をとり、家人にも無断で割腹したのがその第一、つぎには佐四郎の父大隅太兵衛の言動が、岩間家代理人として折衝に当る三良の姉婿、大目付番頭の岩根帯刀を激昂《げきこう》させた。

「大蔵奉行ともうせば、お気の毒にも皺腹《しわばら》を切られた表用人の飯野忠右衛門さまと同じ大垣藩のご要職じゃ。そのお方が、岩間の家に詫びの使いもよこさず、騒動の鎮静をはかろうといたされぬばかりか、佐四郎の不行跡は加奈どのがたぶらかしたものなどと、非は岩間家にあるといわんばかりの雑言は、ききずてにならぬ。大隅の家が譜代衆なら、この岩間の家とて三河《みかわ》以来の譜代衆。このままでは大垣藩のご政道に歪《ゆが》みがあるとして、大隅太兵衛と心ならずも事を構えねばならぬ。弓矢にかけても、われらが家の面目を守るのじゃ」

と条理をいいたて、栗田新七郎にも檄《げき》を飛ばしたのであった。

大目付高木仁左衛門の説諭にさえ、かれはもう従わなかった。

大隅一族もこれに呼応し、屋敷に一族を集め、両家の対立は今夜で三夜目を迎えていたのである。

当然、両家の反目は、筆頭家老戸田縫殿や家老戸田治部左衛門たちの知るところとなり、かれらはこの紛争をいかにさばくか、御用所で鳩首《きゅうしゅ》を重ねているはずであった。

お城下や家中でも、人々は興味津々《しんしん》で事態の推移を眺めている。事件はもはや藩の要職たちの器量を問うまでになっていた。

「誰かきたようすじゃ。篝火をもっと足せ」

栗田新七郎が半柄《はんえ》の槍を構えなおしたのは、西堀のほうから馬の蹄《ひづめ》の音がひびいてくるのをきいたからだった。

八坂四郎九郎が、篝火の鉄籠《てつかご》に薪を放りこんだ。

ぱっとまたあたりに火の粉がとび散った。

「確かに誰かまいる。しかも大勢じゃ。みなの衆、ぬかるまいぞ。四郎九郎どの、そなた物見に屋根へ上れ。弓矢を忘れまいぞ」

岩根帯刀が前髪姿の四郎九郎に下知した。

四郎九郎がすぐ梯子《はしご》に取りついた。

つづいて帯刀の兄佐々半左衛門の中間二人も、屋根に這《は》い登った。

前後に手槍をたずさえた足軽を七人ほどともない、二人の人物が馬で近づいてくる。

先頭の足軽二人は、松明《たいまつ》をかざしていた。

「岩間家の方々にもうし伝える。わしは大目付の高木仁左衛門じゃ。ただいま御用所における評定が決った。お伝えいたすほどに、ご開門いたされませい——」

かれの声にしたがい、岩根帯刀が自ら門の閂《かんぬき》を抜いた。

高木仁左衛門が馬上のままかれに対した。

横の馬上から、沖伝蔵が沈痛な表情で邸内をのぞいている。

「岩根帯刀、しかとうけたまわる」

かれは本来なら上役である仁左衛門に吼《ほ》えたて、ちらっと伝蔵の顔をうかがった。

「されぱご評定の沙汰《さた》をもうし伝える。表用人飯野忠右衛門は、自裁のためお構いなしといたし、大蔵奉行大隅太兵衛は家内取り締り不行届のかどをもって、家禄《かろく》召し上げのうえ蟄居《ちっきょ》をもうしつける。岩間家親族の面々もお構いなし。ただし郡同心岩間三良には、女敵討ちに発《た》てとのおいいつけじゃ」

表門から高木仁左衛門の声がひびいてくる。

三良は身動きもせず、かれの声をきいていた。

「大隅佐四郎は江戸にむかうともうしていたそうじゃが、乙松にきこえよがしにのべたところからうかがい、おそらくそうではあるまい。奴は京で生れ、母親は但馬国出石《いずし》藩の女《にょ》性《しょう》だときいておる。江戸へとはおぬしを欺《あざむ》くための虚言。おそらくは東にではなく、西に道をとったのであろう。どこまでも卑劣な男じゃ」

三良は沖伝蔵の言葉を思い出していた。

「ご内室さまは佐四郎どのに半ば脅され、出奔された工合にございまする」

哀しげな顔で自分に訴えた乙松の声もよみがえってきた。

それらにまじり、いつか夢のなかできいた女の哄笑《こうしょう》がひびき、さらに加奈と杉田市兵衛の濁った笑い声もきこえてきた。

自分は藩家のため、郡同心のお役目に励んできた。それはひいては自分のため、加奈のためだと信じて疑わなかった。

それにもかかわらず、なぜこんな顚末《てんまつ》を迎えねばならぬのか。三良はどこに向けていいかわからない憤《いきどお》りと深い虚《むな》しさの中に、じっと身をおいていた。

加奈に対する憎しみは妙にわいてこなかった。

をぬって火であぶる。道連れができても多くを語るな——などであった。

昔の旅にはいつも危険がつきまとっていた。

「旅は道連れ世は情」の俗諺《ぞくげん》があるが、この道連れは信頼できる人物を指しており、道中でできた道連れは、むしろ危険と考えるべきとされた。

松尾芭蕉《ばしょう》は『笈《おい》の小文《こぶみ》』で、旅の具の多いのは道中のさわりとなるといい、夜の料《しろ》にと紙子一つ。合羽《かっぱ》ようのもの、硯《すずり》、筆、紙、薬、昼笥《ひるげ》など物につつみ、うしろに負うたところ、すね弱く力ない身の、後ろにひかれるような思いで道がすすまず、ただ苦労ばかりが多い——と書いている。

三良もその点には心掛けてきただけあり、多田清兵衛の厚意が身にしみてありがたかった。

だがそれはそれとして、清兵衛の側にも街道横目として、職務を全《まっと》うする気持がいくらか働いたのだろう。

情報の伝達が遅い時代、各地の話題を運んでくるのは、いつも旅人だった。

街道横目は関所にひかえ、確かな人物から各国の情報を的確に得るのが、役目の一つでもあったのである。

「ところで岩間どの、美濃大垣藩とわが出石藩の京屋敷は、お互いごく近くに構えられ、お留守居役方や京詰めの藩士が、なにかと懇意にいたしているとおききもうしたが、まことそのようでございますなあ」

かれが三良にみせる厚意は、そこのところからのものとも察せられた。

言葉からうかがい、多田清兵衛は上洛《じょうらく》の経験をそなえているようだった。

美濃大垣藩の京屋敷は、富小路二条上ルに構えられ、御用商人は寺町二条上ルの「金屋」九兵衛。但馬出石藩三万石仙石讃岐守《せんごくさぬきのかみ》のそれは、御幸町夷川《ごこうまちえびすがわ》上ルにあり、御用商人は御幸町三条上ルの「本屋」八郎右衛門がまかされている。

二つの屋敷は出石邸が北東、大垣邸が西南に位置し、わずか数町しか離れていなかった。

これだけ屋敷が近ければ、両藩の者たちは自《おの》ずと親密に交わり、佐四郎の父大隅太兵衛が京屋敷詰めだった当時、出石藩京屋敷の勘定方を勤めていた人物の娘と親しくなったのも、無理からぬ話であった。

「わたくしもさようにうかがっております。ここで親身なお言葉をかけていただき、幸いでございました」

「なにを心細いことをもうされる。してこちらにまいられるついでに、ご貴藩の京屋敷に立ち寄ってこられましたかな」

「いや、それは――」

三良は少し狼狽《ろうばい》し、曖昧に答えた。

話が大隅佐四郎の生母におよぶのを、恐れたからであった。

「これは不調法なことをおたずねもうした。何卒、お許しくだされ」

多田清兵衛は、通行手形に記されていた〈素懐〉の二文字を思い出したのだ。

「話を変えて岩間どの、出石城下にはしばらくご滞在のおつもりか」

横目としてさぐりを入れる気配ではなく、心底好意からの質問とわかった。

当時、出石藩は有名な「仙石騒動」が起こった直後だった。

文政七年、六代藩主政美が急逝《きゅうせい》したが、かれには嗣子《しし》がなく、老臣の多くは政美の弟道之助（五歳、久利）を継嗣に推挙した。だが上席家老で主家の分家仙石左京が、わが子小太郎を世嗣《よつ》ぎとするため、反対者を死罪や追放に処し、主家の横領を企てたのである。

これが幕府に知れ、同藩は五万九千石から三万石に減封された。

また同地は、近世の名僧のなかで最も大衆から親しまれた禅僧沢庵《たくあん》和尚《おしょう》が生れた土地。

かれは天正元年、この地で生れ、十歳で出家した。

沢庵は名を宗彭《そうほう》と号し、京都・大徳寺の主座《しゅそ》となり、のちには将軍家光から僧の最高位国師号宣下《せんげ》の沙汰をうけるまでの高僧となった。しかしかれは、名利にこだわらぬ野衲《やのう》（僧の自称）のままがよいとし、これを拝辞した。

老齢になり、かれは但馬の温泉に浴したいといい、正保元年、やっと故郷出石に帰った。

領主をめぐって「仙石騒動」が起こったとはいえ、出石は沢庵和尚の精神を受けつぎ、質素倹約を重んじ、禅宗に帰依《きえ》する士庶も、また寺院の数も多かった。

多田清兵衛が出石にどれだけ滞在するかとたずねたのは、相手のさわやかな人柄のなかにも焦燥に似たものを感じ、清兵衛自身が〈素懐〉の文字にこだわっていたからであった。

お城下にしばらく滞在して、沢庵和尚の遺鉢《いはつ》に触れれば、なにかと心の支えとなり、慰めがあたえられると考えたのである。

多田清兵衛は非番の日、決って沢庵ゆかりの宗鏡寺《すきょうじ》へ参禅していた。

沢庵和尚がおりおり浴した但馬の湯で気持と旅の疲れをいやすのも、これからの長い旅に必要だろう。

「出石城下にどれだけ滞在いたすかは、まだ決めておりませぬ」

三良の目的は、妻加奈と佐四郎の消息を探るものだけに、答えはどこまでも曖昧だった。

「出石藩には、このお人といえる武芸練達の士はおられぬが、名刹《めいさつ》と藩窯《はんよう》の出石焼きがござれば、ゆるりとご滞在されるがよかろう。大坂へは三十五里、宮津へは十四里、鳥取へは二十六里、また豊岡へは一里半。有名な但馬の湯は湯島ともうし、出石から三里向うにござる。城下にご滞在か、あるいは湯島で湯治いたされるのであれば、わしがしかるべきお宿を推挙して進ぜる」

かれは両手で湯呑みをつつみ、姿勢を正して渋茶を飲む三良に、いよいよ好意を寄せてすすめた。

「先ほどご拝眉《はいび》を得たばかりともうしますに、重ねがさねのご厚情、まことにありがたく存じまする。さればお言葉に甘え、お城下に逗留《とうりゅう》と決めますゆえ、旅籠をお引き合わせくださりませ」

三良にすれば、渡りに船のもうし出だった。

大坂、宮津、鳥取などへの距離をかれが口にしたのは、素懐をとげる相手を探す参考の意味合いがこめられていた。

この人柄の良い若い武士は、素懐を果すため、これからどれだけの歳月、諸国を歩くのか。大垣を出て半年、まだ路銀は持参しているだろうが、やがてはそれの尽きる日がくる。国許の親族からの送金も、歳月がたてばたつほど吝《しわ》くなり、ついにはそれも途絶えるだろう。それを思えば、宿泊先にまで気くばりがおよんだ。

湯島の湯治場とは、現在の城崎《きのさき》温泉をいう。

養老四年、道智上人の霊験《れいげん》で発見されたと伝わり、中国山塊《さんかい》の東端に水源を発して北流する円山川下流左岸に湧出《ゆうしゅつ》する温泉。平安時代には「但馬の湯」として広く知られ、兼好法師も入湯している。明治二十二年の市町村制施行にともない、城崎郡田結《たい》郷湯島の地名が、「城崎」と改められた。

豊岡はこの円山川下流域にひらけた但馬第一の平地、豊岡盆地を形成する。

出石藩はこの盆地の東南の狭隘《きょうあい》部にあり、北に丹後山地をひかえ、お城下の中央部を出石川が北流し、円山川に合流している。

仙石騒動がすんだ直後だけに家中の綱紀はきびしく、多田清兵衛としてはいくら三良に好意を抱いても、さすがに自分の家にかれを泊めるわけにはいかなかった。

かれは三良にそれを断わり、出石城の内堀につづく谷山川に架かる出石大橋端の旅籠「松坂屋」を紹介した。主《あるじ》の直蔵《なおぞう》の先代が旅籠屋を営むに際し、清兵衛の父がなにがしかの援助をして、いまも親しくしている。

清兵衛は、これではまるで客引きをいたしているみたいでござるがと、苦笑してみせた。

出石城下から豊岡や湯島（城崎）には、この出石大橋や、数町西を流れる出石川に架かる堀川橋の船着場から、小舟でむかうこともできた。

小さなお城下だけに、有子山《ありこやま》中腹に構えられた出石城は目前であり、家臣に登城時の辰《たつ》ノ刻をつげる「辰鼓櫓《しんころう》」もすぐ西だった。

城下の町割りは、長屋造りの城壁にかこまれた藩主の居館本丸、二の丸を仰ぐように作られ、三の丸は「内町」とよばれた侍屋敷町。東西につらぬく道があり、西に三の丸西門、東に三の丸東門が設けられ、これらと大手門をつなぐ形で内堀（谷山川）が掘られていた。一般の侍町と社寺は、城を守るように外堀の内外に散在し、多田清兵衛の家は鉄砲町抱え口にあった。

城の真下を流れる谷山川に沿う道の西口を「京口」といい、小谷の関所からこの京口まで、くねった山道ながらほぼ一本道であった。

「客引きとはとんでもございませぬ。通りすがりに近いわたくしに、それほどのご厚情をたまわり、お礼のもうしようもございませぬ」

「なにを仰《おお》せられる。京の藩邸では両藩が懇意、京も当地も同じでござる。松坂屋には、わしからいわれてきたともうしてくだされ。わしは今日と明日この関所に詰め、明後日お城下にもどりもうすゆえ、お目にかかれれば幸いでございますなあ」

清兵衛は気さくにいってのけた。

「さればこれにて出立いたしまする」

三良は長床几《ながしょうぎ》に置いた韮山笠をつかみ取った。

「お気をつけて参られい。松坂屋ではきっと歓待してくれましょう」

かれの声に送られ、三良は関所をあとにした。

もし大隅佐四郎と妻の加奈が、かれの生母の故郷であるこの出石城下に潜伏していたり、身内に匿《かくま》われていたら、武士の意地にかけて二人を討たねばならない。そのとき多田清兵衛はなんと思うか。三良はかれの質問を曖昧にはぐらかした自分に、ふと疾《やま》しさをおぼえた。

だが二人を追い、大垣城下をあとに女敵討ちに出て、数カ月は憎悪《ぞうお》の気持をたぎらせていたが、かれは次第にそれが自分のなかで薄れてくるのを感じていた。

お役目とはいえ、自分は留守がちだった。

いつも身体《からだ》を燃やしていた妻の加奈が、寂しさのあまり、佐四郎に惹《ひ》かれ、ずるずる深みに堕《お》ちこんでいったと考えれば、彼女の哀《かな》しさも察しられたからであった。

人は誰でも、理性や知性では律しきれない魔性のものをひそめている。

それを周囲の目やさまざまな制約から、辛《かろ》うじて心の中にぐっと閉じこめ、人としての体面を保っているにすぎない。他人に知られさえしなければ、また厄介《やっかい》が起こらなければ、あんなこともこんなこともしたいと、みんなが思っているのではないのか。三良自身、加奈以外に女を知らぬわけでもなかった。

彼女と佐四郎がした行為は、夫の面目を大きく潰《つぶ》し、家中に汚名をさらした。だがかれは、自分にそれを咎《とが》める資格があるのだろうかと思いかけていたのである。

武士の意地として不義密通をした二人を討つ。武士の意地との大義名分はあるが、意地とは所詮《しょせん》、心の固陋《ころう》を指すのではないかと、三良は自分に問いかけたりしていた。

大目付の高木仁左衛門が、筆頭家老戸田縫殿たちの評定を伝えてきた翌日の夜に、三良は一応、大垣城下を出立したが、沖伝蔵の提案にしたがい、幕府領で大垣藩預所の不破郡綾戸《あやと》村の村役嘉平治《かへいじ》の許《もと》に一旦身をひそめた。

「綾戸村の嘉平治は、わしの妻の親戚《しんせき》筋。そなたは一時、そこに身を隠しておれ。わしがまず歩行《かち》横目の立場を利用し、佐四郎と加奈どのがまことどこに向ったかを調べてつかわす。それから東西南北、いずれに旅立つかを決めても遅くはあるまい」

ひとまずかれは伝蔵のすすめにうなずき、江戸に向う体《てい》をみせ、西に引き返した。

七日間、三良は伝蔵からの連絡をじりじりしながら待った。

ここ十日余りの間に起こった出来事が、幾度も胸裏に去来した。

ほぼ一昼夜をかけ、八幡曲輪《はちまんくるわ》の屋敷を整理した。屋敷の門は、大目付輩下の手によって青竹でふさがれた。三良は二人を追って旅立つため、隠し文庫のなかから七両を取り出した。

表文庫に納められていた金子《きんす》は、すべて加奈に持ち去られていたのであった。

「そなた、仇討ちのための路銀はあるのか。なければ一族が相談いたし、用立ててつかわす」

義兄の岩根帯刀が案じてくれたが、三良は父の代からの蓄えがございまするとそのもう

し出を堅く辞した。藩の財政逼迫《ひっぱく》のため、家禄《かろく》を半減され、どの家でも家計のやりくりは

楽でない。かれらの好意をそのまま受けられなかった。

「ならばよいが、大隅佐四郎を探し当て討ち果すまで、どれだけ歳月がかかるやもしれぬ。

路銀を大切に費し、もしそれが尽きたときには、われらに便りをいたせ。為替をもってと

どけてつかわす」

思いなしか、岩根帯刀は愁眉《しゅうび》をひらいた。

大垣藩では藩祖戸田氏鉄の入府以来、この二百年近くに親の仇討ちに旅立った武士が七

人、女敵討ちは二件かぞえられた。

そのなかで、親の仇を六年目に探し当て、無事宿願を果して帰藩したのが一人。あと六

人のうち五人は、やがて消息を絶ち、残りの一人真壁源一郎は、十年目に敵を探り当て相

手に挑《いど》んだが、草鞋《わらじ》の緒を切らし返り討ちにされた。女敵討ちに出た二人の武士は、いず

れも行方を絶っていた。

宿願を果して帰藩した武士も、家禄を復され普請奉行所の旧役にもどったが、旅の疲れ

が出たのか三カ月後に没した。

特別な事情がないかぎり、御用所では仇討ちの路銀を出さない。留守を預る妻子は、親族が扶養するものとされた。

八日目、沖伝蔵がやっと綾戸村に現われた。

「そなたをえらく待たせてもうしわけない。使いにも伝えさせた通り、あれこれ詮議に手間どってなあ。東海道は清洲、熱田、中仙道は鵜沼《うぬま》まで手をのばして探索したが、佐四郎と加奈どのらしき男女が、江戸にむかった形跡はない。一応、船便も当ってみたが、いずれも同じであった。だが二人がお城下から出奔した翌日、それらしき男女が、不破の関所を通ったとの消息を得た。通行手形を見せずに、どうやら賂《まいない》を用いて通り抜けたらしい。佐四郎ならやりそうな行ないじゃ」

伝蔵は探索の詳細をつげ、そこで大きく息を吸いこんだ。

「伝蔵、どうかしたのか——」

三良が意外に平静な声でたずねた。

「いや実は余分なことを伝えるが、郡役所に仕えていたそなたと同役の杉田市兵衛が、揖《い》斐《び》川《がわ》筋で何者かに殺害されてなあ。その詮議もあり、わしは大忙しであったのよ」

かれは一転して顔をゆがめ、含み笑いをもらした。

「なにっ、杉田市兵衛が何者かに殺害されただと――」

「おお、腰から刀を抜いてはいたが、造作なく一太刀《たち》でじゃ。斬《き》った男は相当な手練《てだれ》とわしはみた」

三良は驚いて眼をみはった。

だが晴ればれとした表情で事件をつげる伝蔵から、次第に視線をそらし、さらには黙ったままそれを膝元《ひざもと》に落した。

本巣の地方役所でみせた市兵衛の言動と、歩行横目沖伝蔵の辣腕《らつわん》を考え合わせるにつれ、伝蔵がかれを斬ったにちがいないと察したからである。

佐四郎と加奈の探索を行なうなかで、二人の不義密通がどんな経路で判明し、家中の噂《うわさ》となったかがわかれば、伝蔵なら素知らぬ顔で、市兵衛に鉄槌《てっつい》を下すだろう。

市兵衛が三良にどのような意趣をもって噂を広めたのか、その原因も調べたにちがいなかった。

三良の眼裏《まなうら》の奥に、伝蔵が腰を低く構え、鮮やかな手並みで市兵衛を斬り伏せる姿がひらめいた。

「三良、これもついでにもうしておくが、大隅太兵衛が佐四郎を産ませたご生母どのは、奴が二歳のとき亡《な》くなられ、ご祖父どのも早くからこの世にない。ご生母どのとは年の離れた弟御が家を継がれ、いまは出石藩勘定奉行下役として奉公されているそうじゃ。姓名は魚住《うおずみ》右衛門どの。佐四郎が西にむかったとなれば、出石にまいり、叔父となるそのご仁を頼る場合も考えられる。もっとも年の離れた姉が、京で一子を産んだこと、当人はご存知ないかもしれぬ。さらに参考までにもうしておくが、出石藩は沢庵和尚との関《かか》わりで茶《ちゃ》湯《の》、また花道が盛んじゃそうな。これらのこと、しかと胸に刻んでおくのじゃな」

沖伝蔵は職権を利用し、ひそかに三良のため計ったのであった。

だが佐四郎が縁の薄い叔父を頼るだろうか。こう考えた三良は、翌朝、綾戸村の嘉平治の家から西に出立し、東海道から北にわかれる北国《ほっこく》街道に入り、加賀、金沢藩のお城下をめざした。ついで富山藩領、また引き返して大聖寺《だいしょうじ》、丸岡、福井、小浜《おばま》などの藩領を歩きつくし、一応、京都の出石藩邸をうかがった。

さらに念のため出石領内に足を踏み入れたのが、ここ半年の経過だった。

京都には半月滞在したが、浄円にも小平太にも会わなかった。

京街道の寺坂から鯵山峠を越え、道が下り坂になる。山峡の視界が開けてきた。

左手の方に小さく町屋が点在している。

——あれが出石藩のお城下、勘定奉行下役の魚住右衛門じゃな。

かれは自分にむかい、伝蔵が教えてくれた名前を改めてつぶやいた。

生母の胸乳から無理に引き剝がされ、父の正妻に育てられた佐四郎も、決して幸せではなかったはずだ。

かれが世間の冷たい眼を浴びながら育ったとすれば、その寂しさや憤《いきどお》りが、三良にも察せられる。自分もその世間の一人だったといえないでもなかった。

妻の加奈は、そんな佐四郎の寂しさに自分の空閨《くうけい》を重ね合わせ、かれもまた加奈に生母の面影《おもかげ》をみていたのではないか。佐四郎にも加奈にも、また二人を追わねばならない自分にも憐憫《れんびん》がわいてくる。二人を探し当て、屈辱を晴らしてなにが得られるのだろう。

足許から風が吹き上ってくる。

出石の町が次第に大きく広がってくるのを、立ち止って眺《なが》め、岩間三良は自分がなにか虚《むな》しいものを追っているのではないかとしきりに思った。

二

涼しい水の匂《にお》いがする。

船頭の掛け声らしいものが、三良の耳をうった。

「お武家さま――」

部屋の外で誰かが呼びかけている。

岩間三良はこれらの声ではっきり目覚めた。

「お武家さま、まだ休んでおいでになりますやろか」

襖《ふすま》のむこうからおずおずたずねている。

お武家さまとは、すなわち自分のことにちがいない。かれはがばっと半身を起こした。

三良にかけられた声は、旅籠《はたご》「松坂屋」の主、五十をすぎた直蔵のものであった。

「おお、旅籠の主どのか。まあ入ってくれ」

かれにうながされ、直蔵は襖をそっと開け、部屋のなかをのぞきこんだ。

松坂屋は谷山川沿いに建ち、二階には川に面した大広間と小部屋が四つ並んでいる。直蔵の後ろに磨《みが》きこんだ階段がみえた。

三良が目を覚ました部屋の中は明るく、白い障子戸を通し、まぶしいほど陽が当っていた。

「それではちょっと失礼いたします」

紺の小倉帯に縞《しま》のきものを着た直蔵は、柿色の前掛けをかけたまま、小腰をおり部屋に入ってきた。

「主どの、いかがいたされたのじゃ」

「へえ、お武家さまがあんまりゆっくりお休みどすさかい、女中どもが二階のお武家さま、ひょっとして死んではるのとちがうかと案じてました。そやさかい旅籠の主として、ようすをうかがいにまいりましたのどすわ。けど死んでおいやすのではのうて、ゆっくりお休みとわかり安心いたしました」

「わしは死んでおらずにゆっくり休んでいた。いま何時なのじゃ――」

「へえ、正午もだいぶすぎ、八つ（午後二時）になりますかいな」

直蔵は昨夕、主筋に当る多田清兵衛から紹介されてきた客の顔を、あきれた眼で眺めた。

相手の武士はずっと長旅をつづけてきたのだろう。ほっとする気持から深い眠りを貪《むさぼ》ったにちがいなかった。

「お武家さま、お腹《なか》がお空きでございましょう」

旅籠の主として直蔵は、客の腹工合に気を配った。

「直蔵どの、お武家さまではない。わしは大垣藩士岩間三良と名乗ったはずだ」

かれは微笑をふくみ、直蔵に軽口を利《き》いた。

街道横目多田清兵衛の口利きで宿をとっただけに、直蔵に親しみをこめたつもりだった。

「そしたら岩間さま、早く起きてお顔を洗ってきとくれやす。ご馳走《ちそう》を仕度させますさかい、仰山食べて、またぐっすりお眠りやしたらいかがどす。実はゆうべ、小谷の関所から使いがございましてなあ。岩間さまがお着きになったら、丁重におもてなしせよとのご指図どすのやわ」

直蔵は衣装箱から旅籠の浴衣《ゆかた》と褞袍《どてら》を取り出し、三良をうながした。

「なにっ、多田清兵衛どのからすでに使いが参っただと。ご当地の関所で初めてお会いしただけだともうすに、それはもうしわけないご配慮をいただいた」

「あの旦那さまはそんなお方どす。代々の血筋かもしれまへんけど、いまの旦那さまは仏の清兵衛といわれておいでどす。巡礼が通ればやさしい言葉をかけ、ご報謝を出される。駆け落ち者とみれば知らんふりで見過し、関所を通してやるほどのお人どすわいな。街道を固める関所役人、とりわけ街道横目は藩の顔も同じ、他領の人々がまっ先に接する領国の人間だ。それが悪い印象を与えるのは良くない。わけても家中（仙石）騒動のあとだけに、他領の人々には少しでも良い印象をもってもらわねばならぬ。それが多田の旦那さまのご意見でございましてなあ」

直蔵はべらべらとよくしゃべった。

かれの言葉には、清兵衛への心酔のほどがはっきりうかがわれた。

出石藩は仙石騒動のあと、幕閣や近隣諸藩はもちろん、世間一般に対しても信用回復につとめていた。三良への多田清兵衛の配慮は、それからのものでもあった。

参考までに記すと、出石藩・但東小谷の関所は、天保末期まで設けられていた。しかし幕末になると、京の情勢を少しでも早く知るのと、藩領警戒のため、関所は京都寄りの久《く》畑《ばた》に進出している。

元治元年七月、いわゆる蛤《はまぐり》御門（禁門）の変のあと、長州の桂《かつら》小五郎は対馬藩邸に隠れていた。だがそこで働く出石出身の広戸甚助《じんすけ》に相談をかけ、出石への脱出をはかった。甚助は小五郎の名を卯右衛門《うえもん》としたうえ、船頭姿に変装させ、久畑の関所を通り、無事出石に伴った。そして甚助の父の尽力を得て、小五郎は幕府や長州藩の情勢が変るまで、お城下・宵田《よいだ》町で荒物商をいとなみ潜伏したのである。

「では直蔵どの、顔でも洗ってまいるか——」

「そうしておくれやす。それからお断わりしときますけど、ここにお脱ぎ棄てのおきものと肌着《はだぎ》、お預りさせていただきます」

直蔵は顔をしかめて告げた。

「直蔵どの、それはなにゆえじゃ」

長い間緊張の連続だった三良は、少し気色ばんだ。

「岩間さま、これをまあよく見とうみやす。いうたら失礼でございますけど、おきものや肌着は蝨《しらみ》の行列どすがな。おきものは別にご用意させていただきますさかい、これは熱湯につけさせてもらいます」

一匹の蝨をつまみあげ、また直蔵は顔をしかめてみせた。

だが人柄《ひとがら》がそうさせるのか、一向に嫌味《いやみ》は感じられない。きものに付着した蝨の行列は、三良の苦難の長旅をしのばせるものであった。

「すまぬ。汚れたものの始末までさせもうしわけない。しかればそうしてもらいたい」

三良は直蔵に素直に頭を下げた。

「なにをもうされますやら。岩間さまはお武家さまで、多田の旦那さまのお客さま。頭など下げていただくと、こちらが困りますがな」

「多田どののお客さまじゃと――」

「へえ、小谷の関所からの使いの衆が、旦那さまのお言葉として、自分は明日の朝お城下にもどる。岩間さまにはしばらくご滞在していただけ。武士だけではなく、人間は相身互い。ましてや大垣藩と出石藩は浅からぬ縁があると、お伝えでございました」

「わしが多田どのの客としても、わしはかように宿賃の高そうな旅籠に、何日も泊る余裕はない。正直にもうせば、さほど金子を持っての旅ではないのじゃ」

かれの懐中には、もはや数両しか残っていなかったのである。

これ以後の旅をどうつづけるか。国許の親戚《しんせき》・姉婿《あねむこ》の岩根帯刀に送金を頼む気持はない。

出石で佐四郎の叔父に当る魚住右衛門の身辺を探ったあと、京都にむかい、浄円と会ったうえで相談するつもりでいた。

かれが佐四郎や妻の加奈、さらには自分に対して不憫を感じるのは、金子の欠乏が一面、そうさせているのかもしれなかった。

「岩間さまはこの直蔵が、何年お城下で旅籠を営んでいるとお思いでございます。また多田の旦那さまが、何年関所役人をしておいでになるとお思いどす。あなたさまが苦しい懐《ふところ》勘定をして旅をつづけておいやすぐらい、多田の旦那さまもこのわたくしも、すでにお見通しどすわいな。ここにどれだけご滞在されても、金子などいただこうとは考えてしまへん。世の中は廻《まわ》りもち。いずれご自分が人さまに役立つようになったとき、その分を返したらええのとちがいますか」

直蔵は臆《おく》する表情もみせずに説いた。

かれの意見に、三良はなんの異議もなかった。誰にいわれるまでもなく、かれもそうして生きてきた。人には運否天賦《うんぷてんぷ》がついて廻る。それには抗せずしたがい、時節が到来するのを待つ。どんな境涯《きょうがい》に落ちても、謙虚で誠実に生きていれば、人はそれなりに浮び上ることができる。短い二十八年の歳月だが、かれはかれなりにそんな人々を見てきていた。

「ありがたい。金子はわずかながら所持しているが、そういわれてほっとした。多田どのの口利きをいただいたとて、わしは宿賃を払わないつもりでいたわけではない。安くしていただければ重畳《ちょうじょう》と思っていたまでじゃ。されどご両人がそれほどわしに肩入れしてくださるとは、考えもいたさなんだ」

「岩間さま、そんなことはもうどうでもよろしゅうおすがな。風呂がわいてますさかい、階下《した》におりてさっぱりしてきはったらどうどす。そのあと、二階の広間でお城下を眺めながら、出石名物の蕎麦《そば》でも食べて、またゆっくりお休みやす。町がみたいとお思いどしたら、不審を咎められないよう、店の番頭でもお供につけさせていただきます」

「こまかな心遣いいたみ入る」

三良が浴衣の上に縕袍をはおると、直蔵もかれのあとから階下にむかい、岩間さまがひと風呂浴びはります、ご案内しなはれと大声で叫んだ。

三良は念のため、枕元《まくらもと》においた差し料をたずさえた。

小浜藩領ではこの来国俊の刀を膝にかかえ、山中の御堂で寝た夜もあり、ならず者にからまれ、相手の髷《まげ》を一閃《いっせん》で斬《き》り飛ばしたこともあった。

「お、お武家さま――」

松坂屋の女中が、差し料をにぎり二階から下りてきた三良を眺め、小声を発した。

「この刀か、こんな物騒なものを湯殿に持参いたすのも武士の嗜《たしな》み、気にせんでもらいたい」

かれの言葉に女中はなるほどとうなずいた。

昼間から湯につかるのは、ほとんど半年ぶり。湯加減はいかがでございますの声をきき、三良はゆっくり身体を洗った。

背筋の汗をぬぐい、再び階段を上り広間に案内されると、すぐ目の下に谷山川が流れていた。

下流からのぼってきた荷船が、船着場に近づいている。船頭が桟橋《さんばし》に飛び下り、杭《くい》に船綱を結んだ。

出石城の構えや辰鼓櫓《しんころう》、町筋や西の遠くの大小の伽藍《がらん》も一目で眺められた。

大きな座敷机に馳走が並べられている。

蕎麦も笊《ざる》に盛ってあった。

出石藩の名物とされる蕎麦は、宝永三年、藩祖仙石政明が信州上田から転封したとき、蕎麦の種と職人を連れてきたのが始まり。同藩領では、秋にはどこでも蕎麦の白い花がみられた。

「岩間さま、さあ存分に召し上ってくださいませ」

かれにつづき、自分で銚子《ちょうし》を運んできた直蔵が、盃《さかずき》をすすめ、銚子を傾けた。

「ご馳走にあいなる――」

三良は直蔵に低頭して盃を受けた。

「直蔵どの、こうして見ると、出石のお城下は美しい町じゃなあ。わしにはなにより、町の中に川が流れているのが好ましい。そなたは知るまいが、わしが生れ育った美濃大垣のお城下も川が多い町でなあ」

三良の目に、なつかしい大垣城下のたたずまいが浮んできた。

「ひと箸《はし》、名物の蕎麦でもお召しになったらいかがどす。あれに見えるのがご家老さまのお屋敷、ずっと先に屋根を光らせているのが、沢庵《たくあん》和尚《おしよう》さまが住まわれていた宗鏡寺《すきようじ》でございます」

直蔵は蕎麦をすすめ、ついで町並みにふれた。

一目で侍屋敷や足軽長屋とわかる構えが町筋に点々とみえる。

そのいずれかが、佐四郎の叔父魚住右衛門の住居だった。

かれと妻の加奈は、このお城下のどこかに潜んでいるのであろうか。それとも縁の薄いここに近づくことなく、遥《はる》かな西国、もしくは自分の裏をかき、江戸でのうのうと暮していた。いるのかもしれない。だが二人がのうのうと暮していてくれれば、むしろありがたい。自分に背いた加奈に怨《うら》みはあるものの、彼女が佐四郎と暮して幸せならば、それでいいのではないかと、三良はふと思った。

しかし、討手の目を逃れての日々は、どこで過しても不安がつきまとい、幸せであるはずがなかろう。

不安が二人を刹那《せつな》的にする。

荒れた気持で互いが互いをむさぼり合う光景を思い描けば、やはり胸が嫉妬《しっと》で疼《うず》く。それでも二人の暮しがやがて荒廃にむかうのを考えると、不憫な気持が湧《わ》き上ってきた。

憎しみと怒りをかきたて、探索の旅を重ねてきたが、ときにはそれが嘘《うそ》のように消え、哀れさだけが募ってくる。

三良が急に陰鬱《いんうつ》な表情になったのをみて、直蔵は気をきかせたのか、ではごゆるりといい、席から退いていった。

——勘定奉行下役魚住右衛門の身辺をどう探るか。多田清兵衛どのにすべてを打ち明け、相談いたす方法もあるが、清兵衛どのには迷惑な話であろうな。

久しぶりに酒を飲んだのと、気持がゆるんだせいか、三良は腹をみたしたあと、再び部屋にもどり寝こんだ。

翌日の四つ（午前十時）すぎ、多田清兵衛が着流し姿で松坂屋に訪ねてきた。

「おい、わしじゃ」

かれの声で直蔵が奥からふっ飛んでいき、深々と腰をまげた。

「これは多田の旦那さま――」

「わしが使いを出して頼んでおいた大垣藩士の岩間どのは、いかがしておられる」

「へえ、一昨夜はゆっくりお休みになり、昨日はお湯のあと、二階の広間で馳走を召していただきました」

「それからどうした」

清兵衛は直蔵から、もうお発《た》ちになったとの答えが返ってくるのではないかと案じていた。

「それがよほどお疲れとみえ、先ほどわたくしがお部屋を覗《のぞ》かせていただきましたところ、まだお休みでございました」

直蔵の答えをきき、清兵衛はほっと安堵《あんど》した。

大垣藩士岩間三良の通行手形に記された素懐の文字に、清兵衛はひどくこだわっていたからだ。

国許を出てまだ半年とはいえ、かれの疲労困憊《こんぱい》が清兵衛にはよくわかっていた。

これからどれだけ長旅をつづけるのか。かれの素懐など、いつ果されるか知れない質《たち》のものだ。武家社会の常識からすれば、岩間三良は諸国を歩きつくしたすえ、やがて襤褸《らんる》のように疲れ、枯葉が朽ちる如《ごと》く巷間《こうかん》に姿を消していくはずである。

清兵衛としては、涼しい人柄をもつ若い武士の末路を、見過しにできない気持だった。

なにか手助けをしてやりたい。自分が役立つことはないのか。その一つが、三良を家僕同然にする「松坂屋」への紹介であり、清兵衛はいっそ岩間三良の〈素懐〉がなんであるか、率直にたずねようかと考えたりしていた。

「そうか、岩間どのはまだお休みか」

かれが店の土間で直蔵につぶやいたとき、二階の階段脇《わき》から三良が顔をみせた。

「おお、これは岩間どの――」

清兵衛は顔を上げて呼びかけた。

「多田さま、大変ご厄介《やっかい》になっております。いまほどのお声で目覚めました。いくら疲れているとはもうせ、お恥しい次第でございまする」

三良はそこで両手をつき、土間に立つ清兵衛に礼をのべた。

「なにをもうされる。ゆっくり休まれて、お疲れが癒《いや》されればなによりじゃ。さあそのお手を上げてくだされ。いまお目覚めとあれば、直蔵に朝食をもうしつけ、わしは昼飯として相伴《しょうばん》させていただく。岩間どの、それでかまいませぬな」

多田清兵衛がいい、三良がうなずいた。

しばらくあと、二人は二階の広間で座敷机をはさんで坐《すわ》っていた。薫風《くんぷう》が開け放った部屋を吹きぬけていった。

「直蔵どのにはいろいろお世話にあいなり、汚れたきものの始末までしていただいているありさま。お気遣いのほど感謝にたえませぬ」

三良は昨日と今日のちがいが定かでない混迷を覚えながら、清兵衛にまた礼をのべた。

「いや、岩間どのからそれほどもうされると、このわしが返す言葉に窮する。礼などもう堅苦しいことはいうてくださるまい。武士は相身互いと伝えさせたではござらぬか」

右手を小さく振っていい、清兵衛は素懐の文字にまたこだわった。

武士は相身互い――の言葉は、同じ身分社会に生きる武士の互助精神をいうと、簡単に解釈されている。だがこの言葉は皮相的にはそうだが、厳しい規律や窮屈な枠《わく》の中で生きなければならないかれらが、唯一《ゆいいつ》息抜きできる融通性をそなえた武家社会の不文律みたいな考えであった。

武士の資格についての言葉はたくさんある。

武士と黄金《こがね》は朽ちても朽ちず。武士に二言はない。武士の一言金鉄の如しなど、武士には社会全般に対し、その規範とならなければならない厳格な生き方が課せられていた。だが張りつめた気を抜くときも必要であり、言葉の真意は、同じ武士なら相手に少々傷があっても、それを融通無碍《むげ》に考えよといっているのだと解せばよかろう。

「さようもうしていただくと、まこと気持が楽になりまする」

「岩間どの、そうしてくだされ。当藩の人間が、どんな理由から大垣領内でお世話にならぬともかぎりませぬ。現《げん》にそうなっているかもしれぬではございませぬか」

情のこもった清兵衛の説得が、三良の気持を少しずつほぐしていき、かれに事情の一切を打ち明け、出石藩勘定奉行下役魚住右衛門についてきけそうな気がしてきた。

かれならまさか、事情をきくなり相手をかばって通報するような恐れはなかろう。

三良は急に黙りこみ、熟考の体《てい》になった。

「にわかにいかがいたされましたのじゃ」

清兵衛は相手の変化に気付き、眉《まゆ》を寄せた。

「はい——」

三良の声に逡巡《しゅんじゅん》がうかがわれた。

「岩間どの、なにかは知らぬがもうされよ」

「ありがたいお言葉ながら」

「それはいえぬともうされるのじゃな。この多田清兵衛、だてに年を取っておらぬつもりでござる。もうされたいことがござれば、わしはいかような話でもきく度量ぐらいもっておりもうす」

かれの胸に、素懐の文字が強く横ぎった。

「重ねがさねありがたいお言葉。しかればそのお言葉に甘えて、おたずねいたしたい仕儀がございまする」

「わしにたずねたい仕儀がござると」

「いかにも」

意を決して三良は背筋をのばした。

「いかような仕儀でも承りましょう。こうなれば、わしも腹を決めておききいたす」

「さればおたずねいたしまするが、当出石藩の勘定方に、魚住右衛門さまともうされるお方がおいでめされるはず。この魚住さまとはどのようなお人でございましょう。まずそれをおきかせ願いとうございまする」

「う、魚住右衛門――」

多田清兵衛は怪訝《けげん》な表情になり、三良を眺《なが》めた。

「はい、魚住右衛門さまにございまする」

「岩間どのがなんのわけで魚住右衛門のことをおたずねになるのか、それはこれからおきかせいただくとして、魚住右衛門は確かに家中の者。それがどうかいたしましたのかな」

清兵衛は三良からいきなり家中の士の名前を出され、顔に当惑の色をにじませた。

「わたくしはまずそのお人柄《ひとがら》を、多田さまにおたずねいたしたいのでございまする」

「魚住右衛門は勘定奉行に仕え、十二石三人扶持《ぶち》をいただき、宗鏡寺に近い寺町に住んでおりもうす。年は四十前、家中では小心者と軽くみる者もござるが、人物はいたって律義《りちぎ》。役目柄、信用のおける人物と、わしは考えている次第じゃ。されどこの魚住右衛門と岩間どのの関《かか》わりはなんでござる」

かれは事情の核心に迫ってきた。

「それでございまするが、武士として恥ずべきことながら、多田さまにはきいていただかねばなりませぬ」

三良は自分が大垣藩で郡奉行に仕え、村廻りをする郡同心の職務についていた身分をまず語り、くぐもった表情で、妻の加奈と佐四郎が不義の仲となり、お城下から逐電した事情をつづけた。

大隅太兵衛が京屋敷に勤めていたころ、出石藩京屋敷に仕えていた魚住長右衛門の娘に産ませたのが佐四郎であり、かれと妻の加奈が、叔父の右衛門を頼って当城下に身を隠しているのではないか、それを探るのが自分の目的でございまするといい終えた。

清兵衛は三良の話を、最後まで一言ももらさず重い表情できいていた。

「岩間どのの通行手形に記された素懐の文字、ただ事でないとわしは拝察いたしていたが、やはりさようでございましたか」

「お恥しい次第ながら、それがまことの事情。旅の目的を武芸修行のためと偽りをもうし上げましたこと、何卒《なにとぞ》、お許しくださりませ」

「それしきの嘘、気にいたされまい。岩間どのは武士の恥と仰《おお》せられるが、わしは人が仕出かした過ちとして、岩間どのが恥じられることではないと、まずもうしておきたい。ついておたずねもうすが、もしご妻女どのと佐四郎なる人物が、魚住右衛門の許にかくまわれていたら、女敵討《めがたき》ちを果されるのじゃな」

清兵衛の質問に、三良はぐっと口を結んだ。

二人を討ちたくもあり、また討ちたくもない気持だったからである。

「それには、柔弱と思われましょうとも、すぐお答えもうしかねまする」

三良は自分の到着を知った二人が、出石城下から早々に逃亡してくれないものかと、恣《し》意《い》な想像にふけった。

殺し殺されたりするより、お互いが一生邂逅《かいこう》しないままこの世に別れを告げられたら、その方がどれだけよかろうと、このときはっきり考えたのである。

「そのご返答、わしはごもっともだと敬服いたす。この年になると、人間ともうすもののばかさかげんが見えてきますのじゃ。ついては魚住右衛門のことじゃが、当人は奉行所で生真面目《きまじめ》にそろばんを弾《はじ》くほか、非番の日には、未生真流《みしょうしん》の生け花をいたしているときもうした。さような人物でござる」

「魚住右衛門さまは未生流の花をいたされていると——」

「未生真流は、もと旗本でござった未生斎一甫《いっぽ》どのが、全国放浪の末、当但馬の地で興された流派から、当地の『馬屋』善右衛門が、一甫どのについて学んだうえ新たにはじめた別流。非番の日に花を活《い》けるほど穏やかを好む人物が、二人をかくまっているとは、わしにはとても考えられぬ。だが岩間どのから事情をおききした以上、当藩大目付の許で働く昵懇《じっこん》に打ち明け、それとなく探索をお願いもうそう。なお別の街道を通ってお城下に入ったのならともかく、わしが詰める小谷の関所に限ってもうせば、二人連れのさような男女、見かけた覚えはござらなんだ」

清兵衛は三良に声を強めていい、ただちに魚住右衛門の身辺を探ってもらうと、松坂屋から辞していった。

かれが小柄な武士をともない、再び松坂屋へ現われたのは、日暮れ近くだった。

「岩間どの、このご仁が魚住右衛門どのでござる」

かれは松坂屋の座敷に三良が案内されてくると、固い表情で部屋の隅《すみ》にひかえる人物を、いきなり引き合わせた。

「こ、このお方が魚住右衛門どの――」

三良は前触れもない紹介だけに、半ば動転した。

「それがし、美濃大垣藩家中の岩間三良ともうします。お見知りおきくださりませ」

かれは、小ぢんまり坐り、顔に実直さをのぞかせる相手に両手をつき、慇懃《いんぎん》に挨拶《あいさつ》した。

「岩間どの、いきなりで驚かれたであろうが、わしの昵懇が大目付さまに相談をかけたところ、下手に詮索《せんさく》しては魚住が迷惑いたそう。いっそ正直にたずねてはいかがだともうされ、かような次第となった。右衛門どのは岩間どのが探しておられる二人の男女に、訪ねられた覚えは全くないともうされている。ついては岩間どのにお目にかかり、ご不審があれば直々に質《ただ》していただきたいと、かように参上いたされた」

かれや大目付たちの対応は当意即妙の処置だった。

「岩間どの、多田清兵衛どののもうされた通りでございます。されど会《お》うたことがないとはもうせ、佐四郎なる若者は、わたくしの甥《おい》にちがいございませぬ。岩間どのに対し、まこと不埒極まる不調法をいたし、叔父として深くお詫びいたしまする」

魚住右衛門は座布団から下りて低頭した。

清兵衛がいった通り律義な人物とみてとれた。

「魚住どの、まずその手をお上げくださりませ。さように仰せられると、悪い話を当地に運んできたわたくしが困りまする」

「悪い話ともうされれば、佐四郎に代って、わたくしがお詫びに腹を切りたいほどでございまする。佐四郎生母のるいは、わたくしとは十歳近く年が離れておりました。父の長右衛門が京詰めを命じられましたとき、花道の修行をいたさせたいと、姉を京都にともないました。わたくしが未生真流を嗜《たしな》みますことは、すでにおききおよびかと存じまするが、未生真流の開祖生々斎春甫さまが、京都の有栖川宮《ありすがわのみや》家から召されてその花務職となり、宗家として後進の指導に当っていたからでございまする。その地で大隅太兵衛どのと深い仲になり、佐四郎を産んだときききおよんでおり、姉はその一年後に没して、再び出石城下にもどることはかないませんでした」

大隅佐四郎の出自については、大垣家中の噂《うわさ》や沖伝蔵の調べでだいたい知っていたが、魚住右衛門の説明で、かれの誕生の詳細がわかった。

「さようでございましたか。亡《な》き姉上さまもご不幸なことで、ご冥福《めいふく》をお祈りいたします。同じ大垣藩家中の者として、わたくしは姉上さまへの扱いを詫びねばなりませぬ」

三良は自分の気持のなかにあった佐四郎への憎しみが、急速に萎《な》えていくのをおぼえた。つぎに自分に詫びるどころか、かえって事を構えてきた大蔵奉行大隅太兵衛の傲慢《ごうまん》な顔が

た顚末《てんまつ》を、魚住右衛門に伝える必要はないだろう。かれも太兵衛の消息をたずねもしなかった。

浮んできた。

佐四郎が起こした今度の事件で、太兵衛が家禄《かろく》を召し上げられ、蟄居《ちっきょ》をもうし付けられ

「岩間どのが、亡き姉の不始末を詫びられるいわれはいささかもございませぬ。ご冥福のお言葉を頂戴《ちょうだい》いたし、恐縮いたしまする」

右衛門が顔をゆがめて両手をつき、三良にまた低頭した。

かれの表情には、これからいつまで甥の佐四郎を追いつづけるのか、三良の辛苦を思いやるものがはっきりうかがわれた。

「お互い相通じることがかないよかった。ところで岩間どの、当分、出石で旅の疲れを癒《いや》していただくとして、今後いかがいたされるおつもりじゃ」

ほっとした顔で清兵衛がたずねた。

「はい、ご当地に用がないとわかれば、明日にでも京に向いたいと存じまする。京には僧となっている友達がおりますれば、会《お》うてこれからの動きを思案しとうございまする」

かれにすれば、路銀が乏しくなってきたことなど、二人にとてもいえなかった。

夕焼けに出石城の隅櫓《すみやぐら》が赤く映えていた。

三

勤行《ごんぎよう》の声で三良は目を覚ました。

浄円《じようえん》が古びた小さな本堂で、木魚《もくぎよ》を叩《たた》き経を唱えているのである。

「舎利弗《しやりほつ》、阿弥陀仏《あみだぶつ》、成仏已来《じようぶついらい》、於今十劫《おこんじつこう》。又舎利弗《うしやりほつ》、彼仏有無量無辺声聞弟子《ひぶつうむりようむへんしようもんでし》。皆阿《かいあ》羅漢《らかん》、非是算数之所能知《ひぜさんじゆししよのうち》。諸菩薩衆《しよぼさつしゆ》、亦復如是《やくぶによぜ》――」

それは「阿弥陀経」の一節だった。

――舎利弗よ、阿弥陀仏は、仏と成りてよりこのかた、いまに十劫なり。また舎利弗よ、かの仏に無量無辺の声聞の弟子あり。みな、阿羅漢にして、これ、算数のよく知るところにあらず。もろもろの菩薩衆も、またまた、かくのごとし。

阿弥陀経は「浄土三部経」のなかで最も短く、しかもかれの唱経は全体の半ばぐらいのところまできている。

きのうの朝もだが、浄円は朝の勤行を阿弥陀経ですませ、最後の一節「仏説阿弥陀経」（仏の説きたまいし阿弥陀経）と唱え終ると、やけくそのように鉦《かね》をがんと鳴らした。

そして鉦の余韻がまだ漂っているうちに、三良と布団を並べる小さな庫裏《くり》にもどってくるのであった。

布団から起き、三良が新しい袴の紐を結んでいると、鉦の音ががんと鳴り、浄円が身のまわりに余韻をまとわせながら部屋に現われた。

畳は黄ばみ、襖《ふすま》は破れ、部屋の脇についた台所と土間も荒れたありさまだった。

「三良、わしの布団までたたんでくれたのか」

布団が片付けられているのを眺め、浄円が土間の草履をひろった。

「浄円、あの鉦の叩き方はなんじゃ。ここ三日とも、わしはおぬしの鉦の音で目を覚ましたわい」

三良は苦笑をうかべていい、かれの後ろにつづいた。

「飯ならわしが炊《た》く。おぬしはそこにでも掛けていてくれ。なにしろわしは居候《いそうろう》だからなあ」

竈《かまど》にかけた鉄釜《てつがま》の米は、昨夜、三良が井戸で洗っておいた。

「それをもうすなて三良。おぬしがいつまで居ようと、貧乏寺とはもうせ、わしがこの寺を預っている限り、食うのと寝るのだけはかなえられる。わしにとっておぬしはただの居候ではないわい。まあ飯はわしが炊くゆえ、おぬしこそそこに掛けておれ」

浄円は薄汚い墨染の袖《そで》をひらめかし、かれを押しとどめた。

「居候が主の僧に朝の挨拶もせず、いきなり苦情をのべてもうしわけない」

浄円の言葉に三良は胸をじいんとさせ、竈に近寄った。

「長年、飯炊きはわしの得意としてきたことじゃ。まあまかせておけ」

火打ち石を鳴らし、息を吹きかけ、綿火から火種を取った浄円は、すぐ竈から煙を立ちのぼらせた。

煙が薄れ、焚《た》き口から赤い火がひらめいた。手で柴《しば》を小さく折り、竈にくべる。

「三良、そこでは寒かろう。こちらにきて火に当らぬか。とにかくこれからは日増しに寒くなる。京の冬はこたえるぞ」

かれは独りつぶやき、焚き口に今度は薪《たきぎ》を足した。

浄願寺――の扁額《へんがく》を堂の正面にかかげたこの寺に、岩間三良がたどりついたのは三日前。場所は寺町の松原、東に半町も離れず高瀬川、さらには鴨川《かもがわ》が流れている。

寺町筋には、大小さまざまな宗旨の寺院が甍《いらか》を並べているが、浄願寺は京の版元が町絵図にものせないほど小さな寺、寺というより辻堂《つじどう》に近かった。

浄土宗総本山の東山・知恩院《ちおんいん》で、浄円を修行させてきた僧浄観の坊だが、かれが七十七歳の高齢で没したあと、法縁により浄円が止住を命じられていた。

かれは朝食をすませてから、本山知恩院に出かけていく。東山の一画に大伽藍《がらん》を構える同院で、浄円は遠近から拝観にくる人々の案内役を勤めているそうであった。

「修行とは名ばかり。なんの後ろ盾もないわしみたいな僧は、所詮《しょせん》、それくらいの役目しか与えられぬわい。老師の縁でこの浄願寺に止住を許されたことを、果報といわねばなるまいわなあ」

知恩院を訪れ、浄願寺にやってきた三良と久闊《きゅうかつ》を叙し合ったあと、かれはこう説明した。

京都の有名寺院が観光化したのは元禄期以降、寺社開帳や「講」の発展が基礎となっている。

富本繁太夫の『筆まかせ』は、天保《てんぽう》六年から七年にわたるかれの在京日記だが、「高台寺拝見に行。拝見料一朱なり。御座敷廻りは、勿論《もちろん》、結構尽し」と記されている。また司《し》馬江漢《ばこうかん》は『西遊日記』で、「金閣寺へ行く。十人にて銀二匁《もんめ》出し見物す」と伝え、有名寺院が拝観料をとり建物や寺宝を上洛客《じょうらくきゃく》に見せていたのは、おそらく他も同じであっただろう。

「おぬしが女敵討ちのため大垣をあとにしたとは、すでにきいていたが、それにしてもそれから約一年、ひどく窶《やつ》れたものじゃなあ」

浄円は日没後、浄願寺にたどりついた三良の筒袴《つつばかま》姿を眺め、つくづく苦患《くげん》をしのぶ声をもらした。

三良が但馬国出石城下に滞在したのは五日間。多田清兵衛の厚いもてなしを受けたあと、かれはそれでも山陰道から山陽道をめぐり、十二月十日、京都に到着した。

清兵衛の質問には京に向うと答えたが、佐四郎に怨《うら》みの一太刀《たち》を浴びせるより、一時は確かに妻として自分につかえてくれた加奈の消息を、つかみたい気持が強かったからであった。

因幡国《いなばのくに》松江城下で来国俊の差し料を十七両で売却し、かれは数打ちの安刀を腰に帯びていた。

「窶れもいたそう。路銀を節約するため、社寺にもぐりこんで寝たり、毎日ろくなものを食べてこなかったからなあ。おぬしのところで一休みいたし、疲れが癒えたら江戸に旅立つつもりじゃ。こうなれば今度こそ、路銀をこの腕で稼《かせ》ぎ出さねばならぬ」

急いで食い物仕度をはじめた浄円に三良は答えた。

「三良、おぬしは一年余も諸国を歩きながら、まだ二人を探し出す気でいるのか。逃げた二人を探し当てるのは僥倖《ぎょうこう》、旅先で一度病んだらそれっきりだぞ。たとえ見つけ出し、誅殺《ちゅうさつ》の刃《やいば》をくわえて国許《くにもと》にもどったとて、家中の目がどんな思いでおぬしに注がれるか、それを考えれば、いまの旅を阿呆《あほ》らしいとは思わぬか」

浄円は以前よりずっと直截にものをいった。

「仇討ちの旅は長引くにつれ憎しみが増すときいていたが、わしもいまになれば、阿呆らしいと思わぬでもない。姉婿《あねむこ》の岩根帯刀どのは、この仇討ちには、一族の面目と誇りがかかっておると力説されていたが。それに宿願を果して大垣城下にもどっても、寝取られ武士と侮《あなど》られ一生を終らねばならぬぐらい、よくわかっているわい」

「それならここら辺りでひと息もふた息もつき、今後の身の振り方を考えてみる気にならぬか。国許の沖伝蔵からたびたび手紙がまいってなあ。伝蔵もおぬしの身を案じている。京に立ち寄ることがあれば、是非是非、力ずくでもわしの許にとどめておけだとさ。腕ではかなうはずがないと判《わか》りながらの頼みじゃ。金も一両送ってきておる」

かれは部屋の隅に置いた小簞笥《こだんす》の引き出しを開け、伝蔵からの手紙を三良の前に並べた。

──あの沖伝蔵が自分に金子を送ってきた。

苦い思いを三良はじっと嚙《か》みしめた。

かれが先ほど身につけた袴ときものは、伝蔵が送ってきた一両でととのえたものであった。

浄円の言葉は単純だが、武士の意地を張った生き方より、厄介《やっかい》な問題に直面したとき、まず人としていかに生きるべきかを説き、復讐《ふくしゅう》の無益をのべていた。

考えてみれば、人間、それが本当の姿にちがいない。約二年ぶりに出会った二人は、そこで相手の顔をみつめ合ったまま口をつぐんだ。

少年のころ、国許にいる伝蔵とともに水門川で泳いだり、いまごろの季節なら、お城下に近い川へ寒鮒《かんぶな》を釣《つ》りに行った光景などを、互いに思い出していた。

「ところで浄円、小平太の奴《やつ》はいかがいたしておる。わしが勝手をしながら、あとはおぬしに委《まか》せきりに世話をかけ、重々もうしわけないと思うている」

三良は自分の姿に、小平太のそれを重ね合わせた。

「小平太の身なら心配するな。あれを預けた松村景文《けいぶん》どのは、ここからさして遠くない四条富小路《とみこうじ》に、画塾《がじゅく》をそなえた屋敷を構えておられてなあ。そこで精一杯兄弟子《でし》たちの世話をいたし、みなの者からかわいがられ、絵の修行に励んでいるわい。生意気なところはまだ少々目につくが、あいつの能筆がそれをおぎない、将来はしかるべき絵師になろうと、一門のなかでおおむね好意をもたれている。描絵の画派には、狩野、土佐、住吉などいろいろあるが、昔はともかくいまの絵をみるかぎり、いずれも規矩《きく》に縛られて、趣と自由さに欠けている。その点、円山・四条派は、それぞれの絵師たちが野趣にとみ、貴紳《きしん》ばかりか庶民にも親しまれる絵を描いておる。小平太は生意気だが、その代り人間が素直。道理を説かれて自分が悪いと気付けば、すぐ詫びる。一をきいて十を知るというが、兄弟子の世話もその調子で行ない、身体を動かすのも惜しまぬ。要するに気働きができるのじゃ。あいつも子供なりに、おぬしの身をあれこれ心配しておる。わしが案内するほどに、ここ数日休養いたし、落ち着いたら会ってやれ。親とも頼むおぬしの姿を見たら、それはよろこぶぞよ」

当夜、浄円は急いでととのえた食事をかきこむ三良に、小平太の明るいこれからを語ってきかせた。

かれは翌日、本山の知恩院はもとより、町内の町年寄や組役に、岩間三良の浄願寺寄宿を届け出た。

京都は特殊な町だけに、京都藩邸に住む武士や公家《くげ》侍、寺侍は別として、武士の止住や寄宿にきびしかった。請人《うけにん》（保証人）を立てて町年寄に相談をかけ、町年寄はさらに所司代や町奉行に許可をうかがう。

三良の請人は、もちろん浄円が加判してなり、知恩院からも町奉行に口添えがあった。かれはまだ大垣藩の正式な武士であり、届けに同藩京都留守居役の野原久太夫の連名加判がないのは、三良の女敵討ちという特殊な事情によるもの。このため、さしたる支障もなくかれの浄願寺寄宿は、届けが出された翌日、すなわちきのう許された。

竈にすえた釜が湯気を吹きだした。

浄円が厚い蓋《ふた》を少しのけると、甘い飯の匂《にお》いが土間にひろがった。

やがてかれと三良の二人は、塗りのはげた箱膳《はこぜん》を並べて朝食をとった。

おかずは漬《つ》け物に、昨夜の残りに火を入れた赤味噌《あかみそ》のごぼう汁。二人は互いの食べ工合を気遣い合い、最後は白湯《さゆ》になった。

「おぬし、今日はいつものように急《せ》かぬのじゃな。本山へ出仕せんでもよいのか」

三良は白湯を飲みおえて浄円にたずねた。

「今日は昼からゆっくり出仕じゃ」

「昼から出仕じゃと」

「いかにも。おぬしと松村景文先生のお屋敷に小平太を訪ねるつもりだからよ。おぬしも小平太に早く会いたかろう。小平太の奴に前もって知らせてないゆえ、いきなりおぬしが現われれば驚くだろうが、さぞかしよろこびもいたそう。二年ぶりに小平太の姿を見て、おぬしも仰天するぞよ。根尾谷筋の村に住んでいたころとは異なり、奴も京の水に馴《な》れ、すっかり京童《きょうわらべ》になりきった体《てい》じゃ。立居振舞いもそれなりに心得おってなあ。馬子《まご》にも衣装の言葉は、小平太の変り身を指しているようじゃ」

浄円は大声で笑っていい、しばらくあと小平太の許に出かける、身仕度をしておくのじゃなとつづけた。

三良は京で改めてととのえた着物を身につけ、旅塵《りょじん》も長旅の重い疲れも一応とれ、陽焼《ひや》けを別にすれば、すっきりした顔になっていた。

だが二年前とはちがって、顔付きが鋭くなり、その点では以前のかれのようではなかった。

寺町松原の浄願寺から四条富小路の松村景文の屋敷までは、歩いて四半刻《しはんとき》とかからない距離。松原通りを三町も北に上れば、四条通りが東西にのびている。南北に通じる御幸町《ごこうまち》、麩屋町《ふやちょう》のつぎの西が、富小路になる。

頼山陽は『雲烟《うんえん》略伝』の中で、「京師の画円翁（円山応挙）に一変し、呉叟《ごそう》に再変す」とのべているが、円山応挙は規矩に縛られた狩野派や土佐派の絵と異なり、写実に徹し、平明な絵で市民に親しまれた。

応挙の没後、松村呉春《ごしゅん》がかれの遺風に洒脱《しゃだつ》な画風をくわえて一派をなした。松村景文は呉春の異母弟、字《あざな》は士藻《しそう》、華渓《かけい》と号した。

かれは画法を兄呉春に学び、また写生に重きを置いた応挙の制作態度を尊び、花鳥画を得意とした。その絵は精妙であり、淡彩妍麗《けんれい》の風味は、呉春をしのぐと評されるほどだった。

かれら兄弟が円山・四条派といわれるのは、呉春が晩年、四条東洞院《ひがしのとういん》に住んでいたのと、画派の代表としてかれのあとを継いだ景文のほか、高弟の横山清暉《せいき》が新町四条北、岡本豊彦が四条西洞院東、柴田義薫《ぎくん》が富小路四条北――というように、多くの門人が四条に画室をそなえていたからである。

松村景文は安永八年九月に生れ、当時五十五歳、画業の円熟期だった。

「三良、では出かけようぞ」

台所で洗い物のあと、浄円は肩に袈裟《けさ》をかけ、髭《ひげ》を剃《そ》り終えた三良をうながした。

かれが刀を摑《つか》みかけると、浄円が待ったをかけた。

「差し料は脇差《わきざし》だけにいたさぬか。この京では長刀は不粋、人が物騒がる。わけてもおぬしは町内では新入り、景文先生の画室を訪れるに、長刀はふさわしくない。それに何事が起こったとて、おぬしの腕なら脇差だけで十分であろう。脇差一つのおぬしの姿は、公家侍か寺侍に見えてなかなか良いぞよ」

浄円が京住いの心得をのべた。

「しからばさようにするが、腰に重みがないと、なにやら心細い気がいたす」

一拍を置いて、三良が差し料をもとにもどした。

「心細いのは当初だけよ。馴れてしまえばその方が動きやすい。町人どもはさように物騒な代物《しろもの》を持たぬ代り、度胸と心映えの二つでこの世を生きている。もうしては悪いが、この京では同じぶしでも、腰に刀を帯びる武士より、鰹節《かつおぶし》の方がありがたがられる」

浄円は磊落《らいらく》に笑っていった。

二人は肩を並べて寺町筋を北にむかった。

四条通りに出る寸前、右に大雲院の大きな伽藍《がらん》がそびえ、浄円と三良はすぐ四条通りを左に折れた。

道の両側に店舗がずらっと暖簾《のれん》や格子戸《こうしど》をつらね、昼にはまだ間があるというのに、人の往来がしきりであった。

かれらの間をぬい、荷車が車軸をきしませて通る。

番頭風の男が、背中に大きな風呂敷《ふろしき》包みを負った小僧をしたがえ、急ぎ足で行きちがう。

二人は麩屋町通りの角店で、手土産の干菓子《ひがし》をととのえた。

「おぬしは参上しておるまいが、大垣藩の京屋敷は、この富小路をずっと上った先、二条通りの手前に構えられている。小平太には直接なんの関わりもないわけだが、二条と四条のちがいこそあれ、なんとなく心強かろう。さあここが景文先生のお屋敷じゃ」

浄円が北を指さして教え、通りから西に四軒目の家の前で立ち止った。

両側に植えこみがあり、瀟洒《しょうしゃ》な門が構えられていた。

笹竹《ささだけ》にならび石畳が奥にのびている。

表口は狭いが、奥ゆきの深い家で、石畳をたどるにつれ、やはり屋敷の名に恥じない構えがひろがる。

「ごめんくだされ――」

奥の格子戸を開け、浄円が案内をいれた。

屋敷の中はしんと静まり、物音一つきこえなかった。

「おいでなされませ。どなたさまでございまする」

まだ幼さを残した声が奥から返ってきた。

筒袖《つつそで》にきちんと筒袴《つつばかま》をはいた小平太だった。

「これは浄円さま、よくおいでなされました」

小平太は格子戸を背にして浄円が土間に立つのを見ると、広い床に両膝《りょうひざ》をそろえて坐《すわ》り、かれを迎えた。

「小平太、これは浄円さまではないわい。わしの後ろにひかえる岩間三良どののお姿が、おぬしの目には映らぬのか」

かれに咎《とが》められ、小平太の両眼《りょうめ》がかっと開かれた。

浄円の後ろに立つ三良の姿をまじまじとみつめ、つぎにかれはばねのように跳ね上った。

「村廻《むらまわ》りの岩間三良さま――」

小平太はあとを絶句して三良に飛びかかり、ひっしとすがりついた。

「小、小平太。その筒袖姿、松村景文さまのいい内弟子ぶりとわしは見た。何分ともなつかしいのう。浄円坊から立派にやっているときいたぞよ。これでこそ、世話の仕甲斐《しがい》があったともうすべきじゃ」

熱いものが胸の底からこみ上げてくるのを抑え、三良は小平太の肩を両手でしっかり抱きしめ、かれにささやいた。

「岩間三良さま、なつかしゅうございます」

小平太の声は湿りをおび、いまにも泣き出しそうであった。

自分が妻加奈と相手の男を討つため旅に出ていることを、かれはどんな風に受け止めているのだろう。

「小平太、わしもじゃ。二年も見ぬまに背丈もずいぶん伸びおった。泣くではない。泣くではないぞよ。泣いたらそなたらしくないからのう」

三良の言葉は、自分にいいきかせるものであり、ひたむきに生涯《しょうがい》を賭《か》けた目的に進む小平太の姿が、いまの三良にはうらやましかった。

四半刻後、三良と浄円の二人は松村景文に挨拶《あいさつ》をすませ、四条通りに再び現われた。

「よさそうなお師匠さまではないか。憎まれ口をひかえて、修行に励むのじゃぞ。暇がで

きたらいつでも浄願寺にまいれ。わしは故《ゆえ》あって当分の間、浄円坊の許で世話になってお
る」
四条通りに面する表門まで送りに出てきた小平太にいい、三良は浄円にしたがい東にむ
かった。
遠くに祇園社《ぎおんしや》の朱塗りの楼門が小さく見えている。
「三良、その北に高く聳《そび》えているのが知恩院の山門じゃ。わしについてまいり、わしの案
内でもきかぬか」
かれの誘いを三良は柔らかく断わった。
「ならばいかがいたす」
「わしは京の町をぶらぶら歩いてみる」
「されど大垣藩の京屋敷には近づくまい。留守居役の野原久太夫どのは、大隅太兵衛とは
いたって親しくされていたお方。事柄《ことがら》がどうあれ、おぬしを快くは迎えられぬ。不快があ
ってはならぬからじゃ。それに京に立ち寄ったからとはもうせ、おぬしが京屋敷へ出頭い
たさねばならぬいわれはなかろう。道に迷うまいぞ。すまぬが夕飯の仕度だけととのえて
おいてくれまいか——」
自分の身を気遣う浄円の声をききつつ、三良はともに寺町筋までもどり、そこでかれと

別れた。

諸国の人々が憧《あこが》れるこの町を独りで歩き、三良は自分をよくみつめてみたかった。これからどうするか。本当のところ、自分は小平太のなにをうらやましく思ったのかなどを、しっかり考えたかったのである。

一旦《いったん》、三良は寺町筋を下り、二つ目の辻《つじ》、仏光寺通りを当てもなく西にむかった。町辻をいくつかすぎたとき、左手に立派な伽藍がのぞいた。

通りの由来となる「仏光寺」だった。

それを仰ぎながら、三良はなおも歩いた。

さまざまな想《おも》いやゆれが、つぎつぎと胸に去来した。

そんなかれの足がふと止ったのは、屋根に「諸道具目利《めきき》 櫟屋《くぬぎや》」の看板を上げた店を認めたからであった。

諸道具目利——とは、鑑定とその売買をいい、古美術商を指していた。

宝永五年版の『京羽二重』には、「古筆目利」「刀目利」「絵目利」を専門とする人々の存在が記されている。

櫟屋は間口五間、二階の一部が虫籠《むしこ》窓になっており、出格子があるものの、一目で店内《みせうち》がわかるように短《みじか》暖簾が軒下に掛けてあった。

大垣藩でもと勝手方掛（納戸役《なんどやく》）として茶道具や書画を扱ってきただけに、三良はそこに並べられた品々になつかしさを感じたのである。

かれは立ち止ったまま、店の中と道に面して置かれた壺や徳利《とっくり》、積まれた雑多な皿類を一瞥《いちべつ》した。そしてつぎに、三良の目が一つの黒茶碗《ちゃわん》に釘付《くぎづ》けになった。

当の茶碗は、店先に並べられた安物の中にひっそり置かれていた。

だがそれは三良の目に際立《きわだ》って映っていた。

——これは本阿弥光悦《ほんあみこうえつ》の黒茶碗ではないのか。

三良は頭をくらっとさせ、わが眼を疑った。

本阿弥家は始祖妙本《みょうほん》が足利尊氏《あしかがたかうじ》に仕え、以来、刀剣の鑑定、磨礪《とぎ》、浄拭《ぬぐい》を家職としてきた。光悦は家職にすぐれたほか、時代の潮流として必要視された茶湯《ちゃのゆ》を、織田有楽斎《うらくさい》や古田織部《おりべ》に学んだ。そして侘茶《わびちゃ》の盛行にともない、すぐれた美意識にもとづき、手捏《てづく》ねの茶碗を造った。

かれのひねった茶碗は、群碗のなかで傑出していた。

大垣藩戸田家に、光悦作の黒茶碗が二つあり、三良はおりにふれそれらをみてきた。惚《ほ》れて鑑賞してきただけに、光悦のすぐれた感覚や品格、作陶技術についてもよく知っていた。

目前の黒茶碗は半筒形。全体にかけられた黒釉《こくゆう》は、工合よく熔《と》けて艶《つや》があり、黒釉のところどころから土肌《つちはだ》がのぞき、それが一つの景色をつくり出している。

わが眼を疑ったまま、三良は店内の帳場に坐る主らしい人物にひょいと会釈《えしゃく》を送り、黒茶碗を摑み取った。

そして見込みから茶溜《ちゃだま》りをのぞきこんだ。

茶溜りに、銀七匁《もんめ》と書いた値札が無造作に置かれていた。

――この光悦茶碗がたった銀七匁だと。

かれの胸は妖《あや》しく波立った。

鼓動が自分の耳にもとどいてくるほどであった。

ときによれば何百両、もしくは千両にもなる茶碗だったからだ。

念のためかれは、黒釉の工合や光悦茶碗の特徴とされる高台の削り方を丹念に調べた。

高台はほぼ正円に篦《へら》で鋭く削り出され、光悦の茶碗に間違いなかった。

本阿弥光悦は生涯のうち、茶碗を十数個しか造らなかったと伝えられている。だがそれは有名伝説の一つで、多くの茶碗が時代の中に埋もれていったと考えられる。

銀七匁なら三良だけではなく、たったいま後ろを通りすぎていった小僧にも買える額だった。懐《ふところ》が乏しいだけに、三良の胸はまた騒いだ。

これを売却して金にすれば、五年十年の旅ができるからであった。

ところがかれは波立つ気持をぐっと抑え、黒茶碗を両の手で大切に持ち、帳場につかつか近づいていった。

「おいでやす。毎度おおきに――」

帳場で三良の動きをうかがっていた主が、立ち上がってきた。

かれは通りがかりの侍が、安物の茶碗を買うぐらいにしか思っていないようすであった。

「そなたはここの主か――」

「へえ、七郎兵衛いいますけど」

「この黒茶碗、銀七匁とあるが、それはまことか」

「おおきにお侍さま、それ買《こ》うてくれはりますのか」

七郎兵衛は値引きの相談だと思った。

「そなたさえよければ、わしが買わぬでもない。されど表に上げた看板には諸道具目利とあるが、この黒茶碗、そなた誰のものと心得ているのじゃ」

三良の質問に、七郎兵衛は口をぽかんと開け、かれの顔を眺《なが》め上げた。

「お侍さま、そら諸道具目利いうたかて、なにもかも古い物がわかるわけではおへん。あの看板通りに考えられたら困りますわいな。たった銀七匁の茶碗に文句をつけて、半値で買うたろいうような了見どしたら、買うてもらわんでもよろしおすえ」

「主、いや七郎兵衛ともうしたな。物事を悪く取ってもらっては困る。この茶碗を誰のものと心得ているのだとたずねたのは、わしはこれをまぎれもなく本阿弥光悦の黒茶碗とみたからじゃ」

「本阿弥光悦さまの黒茶碗でございますと——」

七郎兵衛の顔が硬直した。

「わしがみるところそれに相違ない。万に一つ、いや目違いなら、腹をかっさばいて詫びてもいいくらいじゃ」

「お、お侍さま。な、なんともうされます。わ、わたしは新出来の黒茶碗やとばかり思うてましたけど、これが光悦さまの黒茶碗とは。ど、どないしまひょ」

「そなたがいくら目利でないにしたところで、店先の看板は看板、諸道具の商いをいたしておれば、光悦の黒茶碗がいかほど高価なものかは知っておろう」

「へ、へえ、それくらいは存じております。はい」

七郎兵衛は悪戯《いたずら》を咎められた子供のように、泣き出しそうな声で答えた。

「それがわかっていたら、わしはそれでよいのじゃ」

三良は黒茶碗を七郎兵衛の膝元《ひざもと》にそっと置き、身体をひるがえしかけた。

「お、お侍さま、ちょっと待っとくれやす。こんな店先で光悦茶碗の話なんかしてられしまへん。どうぞ上にあがって、奥の部屋でうちの話もきき、相談にのっておくれやすな」

光悦の黒茶碗だときかされ驚いたが、こんな無欲で正直な侍も世の中にはいるものか。

七郎兵衛はあわてて立ち上がり、三良の袖をつかんだ。

第五章　見えない橋

一

新しい畳、襖も貼《は》り替えられていた。

「三良、なんじゃこれは。いくら居心地が悪うても、銭がないためわしは我慢して住んでおったが、いきなり何事じゃ。畳屋や表具師に払う銭など、わしは持っておらぬぞ」

雪まじりの風に吹きさらされ、浄円が寺町松原の浄願寺にもどってきた。

かれは庫裏《くり》の部屋を見るなり、赤々と燃える炭火に手をかざしている岩間三良に一喝《いっかつ》をくらわせた。

かれが手をかざす木造りで銅張りの火桶《ひおけ》も、浄円には見覚えのないものだった。

見馴《みな》れた小さな火桶は消え失せている。

それにしても、いつもは火の気もなく寒々しい部屋の中が、むっとするほど暖かく、居心地がよさそうだった。

「銭がないのはわしも同じじゃ。だからこそ、こうしておぬしの許に転がりこんできたのじゃ。されどわしとおぬしのため、計ろうてくれるお人が現われたら仕方あるまい。わしとしてはただ黙って見ているだけよ。あすから大工と左官が入り、とりあえず庫裏だけを修繕いたすそうじゃ。払いなどわしの知ったことではないわい」

三良は浄円に嘯《うそぶ》いたが、表情はいたずらっぽく笑っていた。

「あすから大工と左官がくるだと――」

「庫裏や台所の壁に穴があいたり崩れたりしておる。大工に応急の手当てをさせ、改めて修繕いたさせるのじゃそうな。浄円、まあ坐って火に当れ。わけはこれからゆっくり話す」

うながされた浄円は、満更でない顔で火桶のそばに寄った。

台所の土間に炭俵が五つ、米俵が二つ積まれているのを、かれはすでに目にしていた。

「外はさぞかし寒かったであろう。飯の仕度はととのえておいたが、まずは茶でも飲まぬか。身体が温まるぞ」

これも新しい土瓶《どびん》から、三良が茶をいれた。

「誰か知らぬが、こんな貧乏寺に寄進をしてくれるとは、世の中には妙な人もいるものじゃて。米や炭の施物はともかく、畳を替えたり襖を貼り替え、さらには大工や左官までとは驚いた。もっともわしにはなんの覚えもないが――」

「なくてあたりまえじゃ。わしとて少々驚いておる」

「少々驚いたともうすかぎりは、寄進と施物の主《ぬし》に心当りがあるのだな」

「あるにはあるものの、あまりに大仰すぎる。わしには奇特としかいいようがない」

「奇特は奇特としてありがたくもうし受ける。だがわしはこれでも浄願寺の主《あるじ》、お施主どのはどこのなにさまか、三良、その名をわしにきかせい」

「お施主どのは仏光寺烏丸《からすま》西の櫟屋《くぬぎや》七郎兵衛、ただの道具屋じゃ」

「仏光寺筋の道具屋櫟屋七郎兵衛どの――」

浄円は宙に視線を浮かせ、胸裏で町辻《まちつじ》をたどってみた。櫟屋の看板を上げた道具屋を、おぼろげに記憶していた。

「いかにも」

「おぬし、その櫟屋になにか売り払ってきたのか」

「いや、なにも売っておらぬ。そなたも知っての通り、わしは身一つのありさまで、おぬしの許に転がりこんできた。先祖伝来の刀さえ、松江城下で売却しておる。道具屋に売り払うものを、持ち合わせているはずがあるまい」

「いわればうなずける。さればなぜ櫟屋七郎兵衛は、浄願寺にかような寄進をいたすのじゃ。おぬしには覚えがあろう。おぬしまさか櫟屋に、年季奉公をいたすと約束してきたわけではあるまいな。なにしろおぬしは以前、お納戸役として城中のお道具類を扱っていたからなあ。道具屋の番頭か手代ぐらい十分勤められる。もっともこれはわしの冗談だが」

無精髭《ひげ》をのばしたままの浄円は、からからと笑い、三良が土瓶から注《つ》いだ茶をすすった。

夕飯のおかずは油揚げと大根の煮付け。竈《かまど》の残り火で暖めたものを土鍋《どなべ》のまま運び、二つ膳を向い合わせてすぐ夕餉《ゆうげ》についた。

「お茶け(酒)をいただけるとはありがたい。わしは長年の習わしで冷やがよいで」

三良が首をつまんできた徳利を眺め、浄円はすっと湯呑《ゆの》みをつき出した。

そして一口酒を口にふくみ、片膝を立てた。

「なかなか旨《うま》い酒だ。こんな美味な酒を飲めるとは冥加《みようが》につきる。今夜は本堂の阿弥陀《あみだ》さまもさぞかしお寒かろう。ちょっと一杯、御前にお供えしてまいる」

かれはあわただしく台所に立って行き、湯呑みを持ってくると、徳利からなみなみと酒を注ぎ、本堂の方へ消えていった。

南無阿弥陀仏、南無阿弥陀仏——の声がひびき、鉦《かね》の音ががんと鳴る。

鉦の余韻を身体にまといつかせ、再びかれは急いで部屋にもどってきた。

「さて三良、改めて酒を飲みながら、寄進の仔細《しさい》をきかせてもらうとするか。ついでに無心じゃが、どうせ寄進していただくなら、台所の壁などどうでもよい、お施主さまに安物でかまわぬゆえ、阿弥陀さまのお廚子《ずし》を新調してもらえまいかなあ。傷《いた》みがひどいのよ。いささか厚かましい頼みじゃが」

かれは久しぶりに幸せな気分に浸っていた。

「よいよい浄円、それくらいなら櫟屋七郎兵衛に頼んでとらせる」

「おぬしはわしに、まだ肝心なことをもうしておらなんだな」

徳利をつかみ、浄円はとくとくと湯呑みに酒を注いだ。

「実はなあ、小平太に会うておぬしと別れたあと、わしは寺町筋を下り、仏光寺通りとやらを西にむかったのよ。仏光寺の大きな伽藍《がらん》を眺めて歩き、ふと右の町並みをみると、諸道具目利櫟屋の看板が上っていた。もとの役目が役目だけに、店先に並べられた壺や皿の類になんとなく目が行ったのじゃ。そしたらなあ、なんと安物ばかりの中に、とんでもない高価な黒茶碗が、ぽつんと置かれているではないか。値札には銀七匁とある。貧乏なまのわしでも買える値段。おぬしでも本堂の賽銭《さいせん》をかき集めれば、易々《やすやす》と買えるほどじ

てきた。

三良の話がただ事でない様相をおびてきただけに、浄円の顔つきが変り、膝を乗り出し
「その黒茶碗、していかがしたのじゃ」

や」

酒を飲んだせいだけではなく、顔が熱をおび赤らんでいた。

「その顚末《てんまつ》をたずねられると、いささかわしは困惑いたす。ばかばかしいことをしたと思わぬでもなく、いやこれでよかったのだと、思い直したりしている次第じゃ」

三良は懐中の銭を払って黒茶碗を取得し、高く売却して自分のために役立てるべきだったのではないかと、いまも幾分、悔む気持を抱いていたからであった。

あの日、櫟屋七郎兵衛は岩間三良を奥の座敷に招き上げ、その茶碗がどうして光悦作の黒茶碗なのかを、微に入り細をうがってたずねた。ついでかれの身分と現在止住している場所をきき出し、黙って深くうなずいた。

当日から年の瀬と松の内をはさんで、半月余りがたっていた。

「おぬしがなにを思おうと、そんなことはどうでもよい。わしが知りたいのは高価な黒茶碗の行方じゃ」

「浄円、わしはあっさり櫟屋七郎兵衛に、それが光悦手捏《てびね》りの黒茶碗で容易ならざる名品、

稀代《きだい》の代物《しろもの》じゃと教えてやったのよ。だがあの黒茶碗をわしが入手して、おぬしを通じて本山の知恩院にでも持ちこんでもらい、金持ちの数寄者《すきしゃ》に見せれば、堅いところ三、四百両にはなった。それだけの金子《きんす》があれば、すぐにでも江戸にむけて旅立てたにと、後悔がやはりなくもないのじゃ」

三良の述懐を、浄円は目を丸くしてきいていた。

「ばかばかしい。おぬしはまことにお人好《よ》しのど阿呆《あほ》じゃ。その茶碗が誰の作であろうが、物としてはただの売り物。わしなら余分な話をべらべらもうさず、黙って銀七匁を出し、自分のものにしてくれる。おぬしは自分がどれだけお人好しで下手をうったか、よくわかっておらぬ。このありさまでは、いつまでも加奈どのと佐四郎の奴を探し当てられぬどころか、家中にあっても出世などおぼつくまい。だが考えてみれば、そこがおぬしの美点であり、武士たるもの、さようであらねばならぬわなあ。銭の話をきいて思わずかっとなったが、櫟屋七郎兵衛はおぬしのその正直なところに惚《ほ》れ、浄願寺にこれだけの寄進をしてくれたのだろうよ。わしもおぬしの陰徳にありついておる」

最後に浄円はおだやかに微笑し、大根を箸《はし》でつまみ、歯の欠けた口に放りこんだ。

「そなたがもうす通り、結果はこれで大いによかった。ともうすのはなあ、今朝、そなたが知恩院に出かけたあと、櫟屋七郎兵衛が恵比寿《えびす》顔でここに訪ねてきてなあ。光悦茶碗をどこに売却したかは明かさなんだが、四百三十両の大金で売れたと報告してきたからじゃ。そしてこんな次第になった」

かれは部屋の中をつくづく眺め破顔した。

櫟屋七郎兵衛はそのとき、切り餅《もち》二つを袱紗《ふくさ》の上にひろげ、三良に納めていただきたいともうし出た。

四角い紙に金子を包んだものを、俗に切り餅といい、二十五両が納められている。二つで五十両であった。

「七郎兵衛どの、わしはいま牢人《ろうにん》にひとしい暮しを余儀なくしておる。されどこれでも、自分では歴《れっき》とした武士のつもりじゃ。刀の腕で得たものなら遠慮なく頂戴《ちょうだい》いたすが、わずかな知識を少しのべただけで、かような大金をいただくわけにはまいらぬ。この京で始まり、多くの商人《あきんど》の心の支えとなった石田梅岩《ばいがん》先生の石門心学は、商人が利を得るのは、武士が禄《ろく》を得るのと同じだと説かれておる。店屋を構えるかぎり、そなたが金子を儲《もう》けて当然。わしはいまのところ藩家から禄を頂戴しておらぬが、世間から一応、武士として遇されており、この金子はいただきかねる」

むっとした表情で、かれは袱紗包みを七郎兵衛の膝元に押し返した。

七郎兵衛が驚いた目を三良に注いだ。

田舎侍にしても、こんな武士は初めてだった。七郎兵衛の知っている京詰めの武士や寺侍たちは、わずかな買い物でも値引きを迫った。

「瘦《や》せても枯れても武士は武士」とは、かれみたいな人物を指す言葉なのだろう。

石田梅岩は江戸中期の人、丹波桑田郡に生れ、京都の商家黒柳家へ奉公に上った。士農工商の身分制度のなかで、経済的に社会の主導権をにぎりながらも、商人は常に卑《いや》しめられていた時代だった。

こうした考えを否定し、商人の立場や価値の論理を学問として確立したのが石田梅岩。かれは商家の奉公人だけに、すべてが独学だった。

『倹約斉家論《せいかろん》』で梅岩は、利益を得るのは商人の道、利益をとらないのは商人の行為にはずれたことであり、商人の売利は士の禄と同じである――と、商行為は正当な社会的行為だと主張した。つぎに正直と倹約は、石田心学の重要な倫理的徳目だと説いた。商人の道がかれによってはっきり示され、商人たちは勇気づけられた。

得銭の正当性は、庶民教育や学問の域まで高められた。武士の支配は名目だけ、人を支配し社会を動かすのは経済であるとの考えが、明確に認識される時代が到来したのであった。

「岩間さま、石門心学いうたら商人の心得どすわなあ。せやけど銀七匁のもんが、金子四百三十両になったんどす。法外な儲けどすさかい、あんまり堅いこといわんと、受けとっておくれやすな」

それでも七郎兵衛は切り餅二つを引っこめなかった。

「これ七郎兵衛、ばかをもうすではない。武士が一旦断わった金子を、さればといい懐に入れられるか」

三良は目前の金子に蠱惑《こわく》されながらも、声を荒らげた。

自分は正直ではない。家中の武士たちと同じく、本音と建前をつかい分け、体面ばかりにこだわっている。三良は自分の偽善を唾棄《だき》したいように感じた。

「さ、さようでございますか——」

七郎兵衛は渋い視線を切り餅に落した。

自己嫌悪《けんお》が三良の心を苛《さいな》み、かれは不機嫌《ふきげん》であった。

「それでは岩間さま、こうしまひょうな。うちは岩間さまにどえらく儲けさせていただきましたけど、うちの言い分をきいてくれはらへんのどしたら、仕方ありまへん。その代り、幼馴染《おさなな じ》みの坊さまが止住してはるこの寺の庫裏や台所だけでも、修繕させとくれやす。それに岩間さまが京にご逗留《とうりゅう》中は、うちにお世話をさせてほしいのどすわ」

「おぬしはこの寺が貧乏寺で、見るにみかねるともうすのか」

「滅相もない。うちは寄進させていただきたいというてるだけどすがな。岩間さま、こういうたらなんどすけど、怒り顔でいわはるのはあんまりどっせ。少しはうちの身にもなっとくれやす。そら五十両の金子を突き返さはって、岩間さまの方はご気分がよろしゅうおすわなあ。せやけど、こっちの気分はどないなります。そこのところを、ちょっとはお考えになっておくれやすか。これは寄進、うちはお施主どす。うちかて少しはいい気分になりとうおます。それにお世話させとくれやすいいましたけど、できるんどしたら岩間さまに、店の商いの相談に乗ってほしいのどすわ」

「なんじゃと、わしに商いの相談に乗れと。おぬしはわしに前掛けでも結ばせるつもりか――」

「とんでもない。岩間さまにそんなことさせられますかいな。ご承知のように、うちら諸道具目利《めきき》の看板を上げてますけど、なにもかもわかって、看板を上げてるわけではおまへん。目利できるのはごくわずか。その道を極めてきたお人には、とてもかないまへん。そやさかい、光悦の黒茶碗を雑な新出来のもんと見違いましたのやがな。そこで相談いいますのんは、うちがわからん品物を、岩間さまに目利してほしいのどすわ。書画、やきもん、岩間さまがうちの店の目利を承知してくれはりましたら、櫟屋は鬼に鉄棒《かなぼう》、これからええ道具を見逃すことはありまへん。それに目利ができるご自分の能力を、生かさなもったいのうおすえ。哀れを知るが誠の武士いいますやんか。ここは櫟屋七郎兵衛を哀れとお思いになり、ひと肌脱《はだ》いでおくれやすな。お頼みもうしますわ」

七郎兵衛は手前勝手な俗諺《ぞくげん》を引っぱり出し、かれをくどいた。

自分の生活《たつき》の方法を考えての提案だとは、三良にもよくわかっていた。人間、名誉や意地だけでは、実際のところ生きていけない。その二つに固執し、無理な現在の自分は特にそうだった。

「櫟屋七郎兵衛、わしが悪かった。おぬしのもうし出、よろこんで受けさせていただく。武士の意地や見栄も、おぬしの率直さにかかるとなんの用もなさぬわい。商人のなかにも、おぬしみたいな人間がいるとわかり、わしはほっといたした」

「岩間さま、お言葉をおききしてましたら、なんや商人は悪人ばかりみたいどすな」

「いや早まってくれるな。決してそんなつもりでもうしたわけではない。わしが見てきた御用商人は、藩家の要職に賂《まいない》を贈り、金のためならなんでもいたす不埒《ふらち》者ぞろいだったからの言葉と思うてもらいたい」

三良はきっぱり七郎兵衛に低頭してみせた。

本心をいえば、かれのもうし出には花も実もあり、いまの自分にはうれしかった。

「率直いうたら、岩間さまの方がずっと上どすわいな。人間誰でも欲があり、ああはいきまへん。そこを正直にも高価な黒茶碗やと教えてくれはりました。そしたら岩間さま、これから仲良くさせてもろうてようございますなあ」

「わしの方こそよろしく頼む」

「それではさっそく、懇意の畳屋と表具屋をここにこさせますさかい、部屋を綺麗《きれい》にさせとくれやす。大工や左官にも入ってもらわないけまへんなあ。それに寒いのは、うちみたいな年寄りにはこたえますわ。炭俵と米俵も昼から運ばせていただきます」

小さな火桶に埋めたわずかな温もりに手をかざし、七郎兵衛は了解をもとめた。

「なるほどなるほど。お施主どのはたいした商人じゃ」

三良から七郎兵衛との話をきき終えた浄円は、満足そうな顔でいった。

浄願寺や自分のためではなく、浄円は三良のためを思いうなずいたのである。

親の敵であれ女敵討ちであれ、相手に憎しみを抱き、討ち果す目的だけで辛苦の歳月を重ねるのは、あまりに虚しすぎる。仏は慈悲や許すことの大事、勇気を説いているからだ。

いま三良は、自分の新しい生き方に目覚めかけている。憎しみや怨《うら》みを忘れ、いっそその道で生きていってくれたらと、浄円は思っていた。

「三良、わしはおぬしの知恵や陰徳にありついておる。酒も飯もまことに旨い」

「わしとておぬしと同じじゃ」

畳を替え、小ざっぱりした庫裏の部屋は暖かかった。

外は本降りの雪になっていた。

「ところで三良、そなたがここにまいってから、どれだけになるかのう」

俄《にわ》かに浄円はとぼけた顔でたずねた。

「去年の十二月半ばより、かれこれ一カ月になる。わしはおぬしが京でかような寺に止住していてくれ、まことに助かった」

「毎朝、わしが叩《たた》く鉦の音がうるさいともうしていたが、鉦の音にも馴れたのじゃな」

「馴れた馴れた。すっかりそれにも馴れたわい。鉦の音が低いと、おぬしがどこぞ病んでいるのではないかと、かえって心配いたすほどじゃ」

「それは結構。だがなあおぬし、わしとともに起きて、阿弥陀仏に手を合わせた朝は、一度もなかったのう」

かれの言葉に、三良はぐっと声を詰まらせた。

自分の病巣、心の病んでいる部分や、神仏に手を合わせる余裕すら失っているのを、ずばっと指摘されたからであった。

「三良、わしは苦情をもうしているわけではないぞ。人にはそれぞれ癖や好き嫌いがあるでなあ。だいたいおぬしがわしとともに起き出し、本堂で勤行をするなど無気味でかなわぬ。さようなことを口にしたわしが間違っていた。気にいたすまい。だが時には坊主というより、坊主になった幼友達の話に、耳を傾ける気にならぬか。わしは十四歳で大垣を離れ京にまいり、老師の教えをさんざんきかされてきた。そのかたわら、諸宗が信奉いたすさまざまな教典を、一通り読んできた。釈迦《しゃか》はもうすにおよばず、諸宗の教祖とあがめられる人々の教えには、一つひとつ思い当り、うなずかされることが多いぞ。わけても浄土宗の開祖法然上人《ほうねんしょうにん》さま。また法然上人さまの教えをうけ、浄土真宗の開祖になられた親鸞《しんらん》上人さまの教えは平易で、修行の足らぬわれら坊主はもちろん、一般の庶民にもわかりやすい」

浄円はじろっと三良を眺《なが》めてつぶやいた。

「おぬしがもうす通り、思い返せばわしは当寺に身を寄せながら、一度も南無阿弥陀仏と唱えてこなんだ。心に余裕がないとはもうせ、いわれてみれば慚愧《ざんき》のいたりじゃ」

「なにをもうす。おぬしがさように気付いただけで、阿弥陀さまはおぬしをお救いくだされよう。法然上人さまは、むつかしい経典を読んだり、凡俗の人間ができない難行はどうでもよい。南無阿弥陀仏と一声だけでも唱えれば、百悪をなした人間でも、阿弥陀仏は浄土にお導きくだされると説かれた。易行《いぎょう》がこれじゃ。人間はあらゆる物に執着する心を持っている。また平気で嘘《うそ》をいい、都合が悪くなればころっと激変する。だが幸か不幸かはともかく、常はなく無常であると、親鸞上人さまは説かれている。執着、激変、無常、わしはこの三つを考えるたび、いつも人間が内にかかえる本質を、よくもいい当てられたと感服するのよ」

飯は一碗《わん》だけを食べ、浄円は冷酒をまたあおった。

「親鸞上人さまのそのお言葉の三つ、わしはどこかできいた覚えがある」

「自分も他人もそうだと認識してこそ、人間はまっとうに生きる覚悟が得られるのではないかな。自分もいつかは必ず死ぬものだと深くはっきりわかれば、どう生きたらよいか、明らかになってくるはずだ。怒りは地獄界、貪欲《とんよく》は餓鬼界、愚痴は畜生界、諂曲《てんごく》は阿修羅《あしゅら》界《かい》、喜びは天界、平静なるは人界。日蓮上人さまの『観心本尊抄《かんじんほんぞんしょう》』には、こうして人の面上には、六道界のすべての相が現われていると説かれておった。六道の性相ともうすそうじゃ」

浄円は三良の顔に目を注いだまま、ほっと溜《た》め息をついた。

「おぬしは子供の時分から理屈の多い男だったが、坊主になりこうして仏法の話をきかされると、なおさらの思いがいたすわい。もっとも、おぬしがわしになにをいいたいのかはわかっているが」

三良は肩を落して赤い炭火に目を這《は》わせた。

浄円は自分に、果てのない無益な旅をやめろと婉曲《えんきょく》にいっているのだ。

「いやに冷えこんできた」

浄円は自分の下手な長広舌に羞恥《しゅうち》をおぼえたのか、ひょいと立ち上り、貼《は》り替えたばかりの障子戸を開いた。

本降りだった雪はいくらか小止《こや》みになっていたが、外は一面、白浄の世界であった。

「三良、大変な雪じゃ。一尺ほども積もっておろうか」

「この分なら大垣のお城下も、大雪となっているな。根尾谷筋ではなおさらじゃ」

「毎年わしは、雪を見るたび昔のことがあれこれ思い出されてならぬ。わしの家は微禄の足軽、寒い冬でも炭火一つなかったからなあ。それにくらべると、今宵《こよい》はまこと極楽じゃわい」

がっしりした背を三良にむけ、浄円はしみじみとした声をもらした。

炭火で温《ぬく》まった部屋に、寒風が入ってくる。

三良もかれの肩越しに、黙って雪を眺めていた。

虚しい女敵討ちの旅路。この寒空を妻の加奈と大隅佐四郎は、どこでどう過しているのか。二人とも寒さに震え、飢えているのではあるまいか。前から少しずつ兆《きざ》していたが、このとき二人の道行きを不憫《ふびん》に思う気持が、かれの胸裏にわっと突き上ってきた。

「三良、寒ければ障子戸を閉めるぞ」

「いや戸はそのままにし、行灯《あんどん》の火を消して雪見をいたそう」

「それもよいが、いまわしは真新しい襖を見て、小平太の奴《やつ》に襖絵を描かせたくなった。少々下手な絵でもよい。小平太にやらせてみるか」

浄円は、なぜか顔に苦渋の色をにじませる三良にたずねかけた。

「どうしたのじゃ——」

「いやなんでもない。雪をみてなにやら心が洗われた気がいたしたまでよ。小平太に襖絵を描かせる相談、わしに異論は全くない。浄円、よくぞ思いついてくれた。あ奴の励みにもなり、わしからも厚く礼をもうす」

三良が軽く低頭したとき、庫裏の屋根から雪がばさっと落ち、寒夜の静寂をゆるがせた。

二

連日、寒い日がつづいていた。

京都の冷えこみの厳しさは、美濃大垣《みのおおがき》領のそれとは比較にならなかった。

足元から這いのぼってくる厳寒は、根尾谷筋の最奥《さいおう》に匹敵するぐらいだろう。

京都の人々は言葉を雅《みや》びにあやつる。

この冷えこみを比叡山《ひえいざん》の比叡にかけ、〈比叡こみ〉ともいっていた。

比叡山がぼんやり雪雲にかすみ、やがてそこから雪が、銀閣寺に近い白川筋や市中に流れてくる。

降雪のときはまだ暖かいといえるが、ただ冷えるだけの日は、〈京の底冷え〉として、初めて冬を過す人は、衣服を何枚重ね着しても胴震いするほどであった。

だがそれも二カ月ほどの間で、すぐ梅がほころびかけ、ときどき春めいた陽射《ひざ》しが、町屋の屋根を明るく照らした。

毎朝、岩間三良は浄円を知恩院に送り出したあと、襷《たすき》がけで台所を片付け、つぎに狭い本堂や庫裏の掃除を果した。

本堂の阿弥陀如来《あみだにょらい》立像のまわりは、特別、丁寧にはたきをかけた。お厨子《ずし》は櫟屋《くぬぎや》七郎兵衛の寄進で、真新しいものに変っている。

浄願寺は屋根瓦《がわら》も葺《ふ》き替えられ、庫裏も台所もすっかり綺麗になっていた。

「浄円さまに連れられ、わたくしが大垣から初めてこの寺にきましたとき、季節のせいか草がぼうぼうと生え、無住の寺かと思ったほどでございました。でも三良さま、少し手が入るとこうまで変るものでございますか。これなら浄円さまのお住いらしい立派なお寺どすやんか」

四条富小路の松村景文屋敷から、浄願寺まではほんのわずかな距離だけに、小平太は使いの帰りや寸暇をつくり、ちょいちょいやってきた。

かれは浄願寺にくるたび、大工や左官が仕事をしているさまを飽かずに眺めた。直し普請が終了したときには、三良と本堂の屋根を見上げ感嘆の声を放った。

京都にきて二年余り、小平太は自分の絵修行や生活態度、また言葉遣いにも厳しい掟《おきて》を課したとみえ、粗野なところを全く消し去っていた。

もっとも、松村景文の許に入門を果した一カ月後、三つ年上の内弟子《うちでし》を撲《なぐ》り、景文屋敷から姿をくらませたことがあった。そして浄願寺の本堂にひそんでいたところを浄円に発見され、詫《わ》びを入れて屋敷にもどったと、三良は浄円からきかされていた。

「庫裏の襖がすべて貼り替えられているのを見たであろう。押し入れの二面を入れて全部で十面。浄円がそなたに、あの襖に絵を描かせたらいかがであろうと提案したゆえ、わしも賛成じゃともうしておいた」

三良は小平太と庫裏にもどりながら明かした。

かれが「えっ」と小さく叫び立ち止った。

「三良さま、浄円さまがわたくしに襖絵を描かせると仰《おお》せられたのですか」

「わしはありがたいと礼をのべておいた」

「と、とんでもございませぬ。わたくしはまだ十五歳、襖絵を描くほど巧《うま》くなっておりませぬ」

小平太は滅相もないと断わった。

「絵の上手下手はどうでもよい。いい襖絵を考えるなら、景文先生や高弟衆に頼めば造作なかろう。櫟屋に一声かければかなえられる。じゃが今度《こたび》の襖絵はな、下手でもよい、そなたが描くことに大きな意味があるのじゃ。もっとも浄円の奴が、そなたに画料を払うつもりがあるのか否《いな》か、それはきいておらぬが」

「画料の問題ではございませぬ。三良さま、わたくしは自分に襖絵が描けるかどうかをもうしているのです。小さな画幅ならまずまず仕上げまするが、襖絵ともなれば、生やさしい腕前ではかなえられませぬ。これは最初からおかどちがいの相談どすがな。わたくしは甘い言葉にのせられ、人に侮《あなど》りをうけるような絵を描きたくございませぬ」

ちらっと小平太は、負けず嫌いの片鱗《へんりん》をのぞかせた。

「小平太、それほど堅苦しく考えまい。これは浄円がそなたに期待をよせての話じゃ。先にもうしたごとく、上手下手の問題ではないのよ。なんなら景文先生やそなたに好意を持たれる高弟衆に、相談してから返答をしてもよいぞよ。返事次第で、浄円の奴は五年でも十年でも待つともうすかもしれぬがなあ」

三良はなりゆきを見通していった。

おそらく小平太は頑《がん》として襖絵の揮毫《きごう》を拒否するだろう。あげく松村景文や高弟の横山清暉《せいき》、岡本豊彦といった絵師たちのいずれかが、ならば自分たちが加勢してとらせると、いい出すに相違なかった。

結果は三良の思った通りになり、松村景文が直々監督に当り、鮮やかな花鳥画を得意とする高弟第一の横山清暉が、小平太の描絵を手伝うことで決着した。

「直し普請の寄進をいたされたお施主どのが、小平太にはもうすまでもなく、四条派一門にしかるべき画料を払うといわはるからには、わしらかてお受けせなあかんわなあ。これもなにかのご縁、画題は小平太に決めさせなはれ」

今年五十六歳になる景文が話をしめくくり、制作の都合もあり、浄願寺の襖絵は三月になってから揮毫されると決定した。

三良は、一カ月ほどあとから始められる襖絵の制作に期待をよせ、毎日をすごしている。

浄円の目から見て三良に変化が現われたのは、髷《まげ》を崩して後ろで束ねたことや、外出するにも脇差《わきざし》を帯びない点などから明らかであった。

本尊にたむける蠟燭《ろうそく》や香炉の灰滓《はいかす》に、三良が両手を合わせたあとがはっきりうかがわれた。

かれはそんな用をすませてから、一日置きぐらいに、ぶらっと烏丸仏光寺西の「櫟屋」へ出かけた。

七郎兵衛から使いがきて行くときもみられたが、だいたい三良の方から赴く日が多かった。

急な使いはいつも丁稚《でっち》の民吉だった。

「岩間さま、うちの旦那さまが今日の正午《ひる》すぎ、目利《めきき》にお出まし願いたいというてはりますけど、ご都合はどうどっしゃろ」

かれは十六歳、近江の高島村から奉公にきたときいていた。

「民吉、七郎兵衛どのに必ず時刻にはまいると伝えてくれ。なにがあるかわしも愉《たの》しみじゃ」

民吉に答えたあと、三良は急にいそいそと用を片付け、小袖《こそで》に筒袴《つつばかま》姿で出かける。

脇差を帯びていないため、かれは誰の目にも武士とはもう見えなかった。

櫟屋に着くまでの途中、三良は武家姿に出会うと、意識して顔をそむけた。

浄円は二条富小路の大垣藩京屋敷に近づくなと注意をあたえたが、それには訳があった。

敵を探す当人が、江戸や京・大坂の藩邸に立ち寄ったり、また身内以外の藩士に会えば、その行動が家中へ筒抜けになり、敵に内報される恐れがあるからである。

ましてや大垣藩京屋敷留守居役野原久太夫は、大蔵奉行大隅太兵衛の昵懇《じっこん》。太兵衛の息子佐四郎が起こした不埒《ふらち》な事件からとはいえ、かれの蟄居《ちっきょ》閉門に同情をよせているはずであり、佐四郎に味方する者といっても過言ではなかった。

三良はそれを警戒していたのであり、藩邸に立ち寄ったため当人の所在が知れ、敵とねらう相手から返り討ちにあった不幸も、実際に起こっていた。

ゆえに仇討《あだう》ちを果そうとする武士は、何事か突発しないかぎり、藩邸には絶対立ち寄らなかった。

「岩間さま、早うきてくれはらへんかと、気をもんでいたところどすわ」

櫟屋では七郎兵衛がにこにこ顔で出迎えることもあれば、丁稚の民吉を連れて出かけたまま、まだ店にもどっていない日もあった。

座敷に通され、内儀のお豊が入れてくれた茶を飲んでいると、表に大八車の車輪の音がひびき、七郎兵衛の声がとどいてくる。

「岩間さまはお出ましやろうなあ」

妻のお豊にたずねる声がきこえ、座敷にかれの姿が現われた。

店の表では、民吉が大八車にかけた縄を解き、荷物を土間に運びこんでいた。

屏風《びょうぶ》箱など大きな物になれば、三良も民吉や七郎兵衛を手伝った。

かれらが息を喘《あえ》がせ荷物を運ぶにつれ、狭い土間や帳場のまわりがいっぱいになる。

揃《そろ》いの皿を納めた木箱、書画の軸箱、茶碗箱、枕屏風など、道具といえるものは大方あった。

「これらの品、どこから運んできたのじゃ」

最初のとき、三良は七郎兵衛に質問した。

「そんなん決ってますがな。身上《しんしょう》仕舞いされた家か、家を普請《ふしん》しなおさはるお家《うち》から買《こ》うてきますのや。諸道具目利の看板を上げさせてもろうてますさかい、あっちこっちからいろんな口が掛かります。なかには賭場《とば》やお女郎はんの許に行くため、家の物を持ち出してきたと、はっきりわかる若いお客はんもいてはります。親御はんにお断わりやしたかとはきけしまへんさかい、黙って値をつけさせていただきますけど、この商売、意外に人の裏表が見えまっせ」

七郎兵衛は首筋の汗をぬぐって答えた。

普段の生活に用いられる品物や、狩野派、土佐派の絵、おもだつやき物などは、かれにもだいたいわかった。だがそれでも正確な時代となれば、すぐお手上げだった。

書画の類でも、桃山・室町・鎌倉と時代をさかのぼるにつれ、七郎兵衛の目利は怪しくなる。初めての荷物の中から、曾我蛇足《じゃそく》筆の「達磨《だるま》図」が出てきたとき、かれはもう困惑のありさまだった。

「曾我蕭白《しょうはく》さまどしたら、京都にお住みやしたさかい知ってますけど、蛇足とはどなたさまどすねん」

「曾我蛇足も知らずに、この商売をよくも図々《ずうずう》しくやってきたものじゃ。蛇足は曾我派の始祖、画僧周文《しゅうぶん》に学んで名を宗誉ともうす」

蛇足は室町時代の人、文明十五年に没した。人物花卉《かき》を得意とし、障屏《へだて》画も描いた。蕭白は奇想の画家といわれるが、蛇足の作品にはその萌芽《ほうが》がみられる。

「へえっ、するとこれは買い得品どすなあ」

「買い得も買い得。わしならこの達磨図一幅と、ほかの品全部とで、ほどほどの釣《つ》り合いとそろばんを弾《はじ》くわい」

「へえっ、これがそれほどの絵どすか」

「へえっではない。曾我蛇足の真筆はそこここにある品ではなし、おぬしがしかるべき客に持ちこめば、利も薄くはなかろう」

光悦の黒茶碗の一件があるだけに、七郎兵衛は三良の美術品に対する博識に、改めて目をみはった。

「さすがに京は都じゃ。幾度となく合戦にあい、近くは天明の大火で町の大半が焼け失《う》せたともうすに、かような名幅がひょいと出てくるところに、都としての奥深さがある」

三良は七郎兵衛が民吉をせかし、荷物の仕分けをするのを背にして、鴨居《かもい》に掛けた蛇足筆の「達磨図」に見入った。

「岩間さま、立派な塗り箱に納められてますけど、この織部《おりべ》の沓《くつ》茶碗、ええ物とちがいますやろか――」

七郎兵衛が極上の品ではないかと目を輝かし、土間から上がってくる。

箱の塗りはなるほど金がかかっていた。

仕覆《しふく》もそれなりな裂《きれ》が用いられ、一見、相当なものであった。

だが沓茶碗を一目見るなり、三良の興味は失われた。

「七郎兵衛、これは駄目じゃな。ちょっと見はよさそうじゃが、これは桃山期の織部茶碗ではない。土味は確かに美濃。だがこれは再興織部ともうしてな、古い時代の織部やきを興すため真似《まね》たものにすぎぬ。古びさせてはいるが、わしにいわせれば、まだ窯《かま》から出してぬくみが残っているほどの品じゃ。世の中にはこうした品に手をくわえ、古い織部ともうして暴利をむさぼる者がいて困る」

「商売柄《がら》、その手の人間がいるのは存じてますけど、そらそうどすわなあ。毎度毎度、大《おお》儲《もう》けのできる品物が手に入れれば、蔵がいくつも建ちますがな。世の中、そないに甘くありまへんわなあ」

光悦茶碗の妙味を再びと考えていたのか、七郎兵衛はわずかに落胆した。

「七郎兵衛、そなたが強欲な商人でないのはわかっているが、わしが目利をいたしたとて、品物がなければ、そうそういい儲けができるものではないぞ。光悦茶碗一つ見つけただけで、商売冥利《みようり》につきるともうさねばなるまい」

「岩間さま、あなたさまはお武家さまどすさかい、さよう簡単にいうてすませられましょう。けどうちみたいな商人は、そうはいきまへん。人間は一つあれば二つ、百あれば二百欲しゅうなるもんどすわ。商人ともなれば尚更《なおさら》どっせ。うちにかて商売仇《がたき》がおましてなあ。それに商人としての見栄《みえ》もございます。こんな仏光寺筋ではのうて、もっとええ場所に店を構えるのが、うちの夢どすわいな。光悦茶碗の儲けで、四条通りに店を出せんこともありまへんけど、店だけ立派でもどうにもなりまへん。店を構えるかぎり、それに似合うただけのええ品物がなければなりまへん。外面《そとづら》と内面《うちづら》、どうせならうちは、この二つともを立派に整えとうおますわいな」

「外面に内面か、意外にそなたは欲の深いことをもうすのじゃな。京都の商人は外面より内面の大事を重んじるときいていたが、実はそうではなかったとみえる」

「京都京都いわはりますけど、ここに住んでる者なんか、本当をいえば、他国から志を抱いて上洛《じょうらく》してきた者が多いのどっせ。この町内でも、五十年百年前から住んでるお人はほんの数軒、ほとんど一、二代前によそからきはったお人どすわ。丹波や丹後、近江、若狭《わか さ》から、京都の商家へ奉公にきた。そして京のお人にばかにされまいとしてあれこれ見栄を張り、無理算段のすえ、やっと小ちゃくても一軒の店を持ったとしまっしゃろ。そうしたらもう根っからの京都人面をして、人さまに対しますのやがな。ほんまの京都人は人に優しく、そら懐《ふところ》が深うおすわ。ところが俄《にわ》か仕立ての京都人は、意地が悪くて吝嗇《けち》、そのくせ見栄をはりたがり、ど根性が歪《ゆが》んでいてどうしようもありまへん」

「さようにもうすそなたはどうなのじゃ」

「はて、うちはどうどっしゃろ」

「どうだといい、答えをはぐらかすではない。生国《しょうごく》はどこかきかせぬか」

「生国は近江、民吉と同じ高島の生れどすわ。十五のとき、上京・間町《あいのまち》の道具屋へ奉公にまいりましてなあ。苦労の末、やっと四十すぎでこの店を持ちましたのやがな」

七郎兵衛は苦笑をまじえて明かした。

かれの京都人観は、的を射ていないでもなかった。

京都御所に近い二条室町上ル冷泉町《れいせんちょう》は京の中心地。鎌倉末から室町、桃山時代にかけ、扇屋・蒔絵屋《まきえ》・具足屋など手工業者が集住する町として栄えてきた。ここには天正から元《げん》和《な》（一五七三—一六二三）にわたる町組の記録「冷泉町記録」が残されている。当時の町屋は五十九軒。文禄二年十二月、京都所司代の前田玄以《げんい》が、家主衆に住民の職業、当町に住みついた年月、以前の居住地の書きつけをさし出させた。それによれば、最も古くから居住する三郎兵衛は五十年、以前は近江の石山に住んでいたといい、この冷泉町に住みはじめたのは平均で約十年、一、二代前にすぎなかった。

さらに京都の特殊な状況にふれて書いてみよう。人は京の着倒れ——を本当と思い、この地の女性文化を象徴するもの、さらには京都人の精神風土、気質などを端的に表現した成句と解している。

ところがこの言葉について、江戸時代中期の戯作者十返舎一九《じっぺんしゃいっく》は『東海道中膝栗毛《ひざくりげ》』で、「京の着だをれの名は、益々、西陣の織元より出」と記し、西陣の織屋が消費をうながすため、他国むけにいい出したことを暗に示している。

また京の悪口として普段用いられる「京の茶漬け」の言葉も、全く根も葉もないものである。往古、食料はどの地方でも大事だった。食事時、他家を訪ねるのは礼を欠き、客に茶漬けでもとすすめるのは、主の〈礼〉であり、辞するのもまた〈礼〉だった。

この地は蔬菜《そさい》類の名産地、漬《つ》け物がうまい。宝暦年間（一七五一—六三）に記された

『浄観筆記』には、「菜中第一《さいちゅう》の美味を用いるに、京の茶漬けはさらに美味なり」と記されており、京の茶漬けの言葉が京都人の吝嗇《りんしょく》と結びつけられたのは、京都への認識の誤りとねたみが、悪く作用したのだろう。京都人は確かに吝嗇だが、それは物を大切にする精神だと理解すれば、本質は一転するはずである。

「すると、意地が悪くて吝嗇、ど根性が歪んでいて見栄を張りたがるのは、自分も当然ともうすのじゃな。それにしては、わしに五十両の大金をくれようとしたのは何故《なぜ》かな」

「そら他国者《よそもん》にも出来不出来がありますわいな。十把《じっぱ》ひとからげにはいかしまへん。けど浄願寺さまの直し普請かて、岩間さまが折角の金子をお受け取りにならはらへんさかい、代りにしただけで、それにはそれでまたうちの計算がおますえ」

かれは白々しい顔でいってのけた。

「それくらいわしも承知しておる。第一はそなたの人柄のよさからの気持。第二にはわしを櫟屋《くぬぎや》の目利として縛りつけておきたい気持からであろう」

「岩間さま、うちがいわんかてようおわかりどすがな。それだけうちの気持をお察しどしたら、ほんまはもう一つ、役に立ってほしい仕事がおますのやけどなあ。ご無理どっしゃろか。そうしてくれはったら、店の儲けが多なるのは確実、外面も内面もようなりますのやわ」

七郎兵衛の目は、意味ありげな商人のものになっていた。

「もう一つ役に立ってほしい仕事だと」

「へえ、岩間さまがお持ちの目利の能力を、店の品物の仕分けだけにしておくのは、もったいのうおすさかいなあ」

「七郎兵衛、わしにどうせいともうすのじゃ」

三良はしびれをきらしてたずねた。

「ほな岩間さまが乗り気とみていわせてもらいますけど、うちに付きそい、道具屋が集まる市《いち》に、顔を出してほしおすのや。そこで売り買いされる物の中から、うちにええ品物を選んで買わしとくれやす。そうしてくれやしたら、やがて櫟屋の外面も内面もようなります。岩間さまにも決して金子にご不自由させしまへん。是非ともそうしとくれやす。この七郎兵衛、あなたさまを櫟屋の福の神とみて、一生のお願いどすわ」

早口でいうなり、七郎兵衛は座布団から退《の》き、三良に両手をついて低頭した。

かれには、光悦茶碗の一件で大金を得たときから、すぐにも頼みたい大事であった。

「わしに道具屋の市に顔を出してほしいのだと――」

下から自分の顔を掬《すく》い上げて見る七郎兵衛に、三良はたたみかけるようにたずねた。

「へえ、そうしてくれやしたら、櫟屋の繁盛は疑いありまへん」

ているのである。

かれは三良が持ち合わせている鑑識眼を、さらに仕入れにも役立ててほしいともうし出

小さくうめき、三良は腕を組み合わせた。

道具屋、書画屋、刀剣屋などは、それぞれ同業者だけが集まる市を、毎月何回か開いている。自分の店でさばけない物や、「蔵出し」してきた大量の品物を、同業者のこの市に出し、一挙に売りさばくのだ。

市の品物が多いとき、書画などは競り人《せ》によってさっと広げられ、これを猶予《ゆうよ》をおかず競り落さなければならない。相当の鑑識眼をそなえていれば、その書画の良否が瞬時にわかり、値をつけていけるが、そうでない場合、大魚でもみすみす釣り落すことになる。

書画にかぎらず、茶道具類でもこれは当てはまる。

かれらの世界では、資金の有無より、すぐれた鑑識眼がなににもまして宝であり、これさえそなえていれば、無から有を生じさせることもできた。

「なるほど七郎兵衛、おぬしはなかなか知恵者じゃのう。わしを丸めこむため、大金をあっさりくれようとしたり、浄願寺へ寄進を企《たくら》んだわけだな。いやこれは冗談。おぬしがそんな腹黒い人間でないことは、よく存じておる。だがなあ七郎兵衛――」

三良はあとの言葉を濁し、腕を組んだまま目をつぶった。

七郎兵衛が畳から上半身を起こし、そんな三良の姿におずおず視線を注いだ。
十二、三歳のころから父弥兵衛についたり、また家中の数寄者《すきしゃ》の許《もと》に通い、営々と養ってきた自分の鑑識眼を、櫟屋七郎兵衛は店の商いに役立ててほしいといっている。
家中《かちゅう》の役替えでお納戸役《なんどやく》から郡《こおり》同心となり、いまは女敵討《めがたき》ちの旅に出ているものの、三良は自分の能力は、藩家のために尽すべきだと長年考えてきた。それだけに腕を組んで黙考するかれの胸裏は、迷いと自嘲《じちょう》で激しくゆれた。

自分は藩家のために生きてきた。いまは急場をしのぐ目的から、その鑑識眼を活用しているだけで、それを専《もっぱ》らとすべきではない。いや、自分が備える能力は自分のもの。むしろそれを生かして、市井《しせい》の中で暮していくべきではないのか。

武士の姿を捨て俗体となり、腰に脇差《わきざし》さえ帯びなくなった三良の心は、正直、七郎兵衛の誘いに魅力を感じていた。かれは閉じた両目をゆっくり開いた。

己《おのれ》が妻の加奈と佐四郎を探し求める旅を、あきらめかけていることが、このとき三良にはっきり自覚された。

浄円も自分にそれを望んでいる。

武士であるゆえ課せられた報復の虚《むな》しさ。誰のためでもなく、自分と自分に好意をよせてくれる人々のために生きる。

三良の胸の中で、親の仇討ちや女敵討ちに出たまま、消息を絶った人々のぼんやりした姿が明滅した。

自分もその一人になればいいのだ。

そして京都の一隅《いちぐう》でひっそり生きる。

大垣藩の京屋敷には、自分が名乗らないかぎり、顔を見覚えている人物はいなかった。

「岩間さま、お気持を損じさせましたのやろか――」

七郎兵衛がおそるおそる機嫌《きげん》をたずねた。

「いやそうではない。商いの役に立つのであれば、わしは市に顔を出すのもかまわぬ。だがしばらくの間、それは待ってもらえまいか。こんな服装をしているとはもうせ、わしとて心に踏んぎりをつけねばならぬことがある」

三良の気持は、七郎兵衛の目利になると明らかに決めていた。しかししばしの猶予がほしかった。

「結構でございますとも。岩間さまからさようなご返事をいただいただけで、この七郎兵衛、大船に乗った心地がいたします。おおきにおおきに」

かれは大仰によろこんだ。

三良からなにもきかされていなかったが、かれが人には容易に明かせない事情を持ち、諸国を歩いてきたぐらい、七郎兵衛にも察しがついていた。

「ではそうしてくれ。わしとておぬしに長くは待たせぬつもりじゃ」

七郎兵衛にこうけ合ったのは七日前だった。

——今日は七郎兵衛の奴に、はっきり色よい返事をしてつかわそう。

本堂と庫裏《くり》の掃除をすませたあと、三良はこんな気持で昼すぎ、烏丸・仏光寺西にむかった。

どこからともなく、梅の匂《にお》いがただよってくる。

広い仏光寺の境内《けいだい》で、鶯《うぐいす》が鳴いていた。

やがて櫟屋の看板が見え、三良は暖簾《のれん》をはね上げた。

「ご免、わしじゃ。岩間三良じゃ」

かれは、店の床で背をむけ、画幅やさまざまな品物を改めている七郎兵衛に呼びかけた。

「おやおやこれは岩間さま、よくおいでくださいました。朝から同業者の集まる諸道具の市がございましてな。うちもちょっとだけ売り買いをさせてもらい、いま店にもどったところどす」

かれが目の前にしている画幅や雑多な道具類が、市で買ってきた品物らしかった。

「商いになるいい買い物ができたかな」

「いい買い物ができたかどうか、本当のところ、売れてみなわからしまへん」

七郎兵衛は自分を恥じるように苦笑した。

かれの膝元に茶碗《ちゃわん》の箱が二つ、書画を納めた箱が五つ、皿箱が三つほど積まれていた。

ほかにお盆や笄《こうがい》、むき出しの巻子があり、一振りの懐剣が三良の目に映った。

赤地の金襴《きんらん》に入れたそれが、かれの目を強く引きつけた。

見覚えのある金襴の袋だったからである。

「七郎兵衛――」

三良の声が思わず上ずっていた。

「い、岩間さま、な、なんでございます」

三良は荒々しく土間から床に上り、金襴の袋を手にとった。

そのただならぬ物腰に、七郎兵衛が驚きの声を発した。

「この袋の中味、改めさせてもらうぞ」

かれは手速く袋口をしばる紫色の紐を解き、中から一振りの懐剣を取り出した。

黒塗りの鞘《さや》と柄《つか》に、桜の蒔絵が七つほどほどこされている。

これはまぎれもなく母の遺品、三良が妻加奈にあたえた奈良鍛冶文殊四郎《かじもんじゅしろう》の懐剣。鞘をはらって改めるまでもなかった。

「七郎兵衛、この懐剣いかがしたのじゃ」

「いかがしたとはなんどす。今日、同業者から市で買《こ》うてきましたんどすがな。それがなにか——」

形相を変え、血走った目で懐剣の鞘をはらって刀身に見入る三良に、七兵衛は答えた。

「これをおぬしに売った同業者、どこの誰かわかるか」

「へえ、それどしたらはっきりしてまっせ。上京の松屋町で道具屋をやっている加賀屋仁助はんどすわ。なんでも近くに住む若い町女房から、買い取ったんやそうどすわ」

「若い町女房からだと——」

「へえ、その町女房が、加賀屋へ売りにきたんやそうどす。町女房にしては、物腰や言葉遣いが武家風、ちょっと妙には感じたといいますけど、近くの裏長屋に住んではるお人とわかったさかい、張りこんで買うたんやと、加賀屋はぼやいてましたが」

「そ、その話、確かじゃな」

妻の加奈はこの京都に潜伏している。

しかも懐剣を手離すほど金に窮している。

加奈と佐四郎は上京・松屋町の裏長屋で、いったいどんな暮しをしているのだ。彼女が佐四郎に強要されたと考えても、懐剣を道具屋に売りに現われるとは、よくよく困ってのことにちがいなかった。

加奈を哀れに思う気持が、三良の胸をじんとさせてきた。

「七郎兵衛、これをわしにくれまいか。それにもう一つ頼みがある。わしをその加賀屋に引き合わせてもらいたいのじゃ」

三良は短い抜き身を鞘にそっと納め、七郎兵衛に頼んだ。

懐剣をにぎりしめる手が震え、かれの顔から血の気が失《う》せていた。

三

古びた長屋だが、木戸門は構えられていた。

形だけ柱を二本立てたその木戸門をくぐると、右に井戸があり、南北に六軒、合わせて十二軒の棟割《むねわ》り長屋が並んでいる。

「ぼちぼち桜の蕾《つぼみ》がふくらんできたそうやけど、稼《かせ》ぐに追いつく貧乏神、今年も気楽に花見もさせてもらえしまへん」

「お竹はん、若いくせしてからに、なにを辛気《しんき》臭いことをいうてはりますねん。旦那《だんな》の稼ぎが悪うても、そんな愚痴は金輪際《こんりんざい》、旦那はんにきかせたらあきまへんえ。真面目《まじめ》に稼いでいてくれたら、そのうちきっとええこともありますわいな。毎日元気で無事にすごせ、たべるに困らないだけで、ありがたいと思わな罰《ばち》が当りますえ」

襷《たすき》をかけ青菜を洗う若い女房に、中年すぎの女が、釣瓶《つるべ》の水を盥《たらい》にあけながらいいきかせている。

彼女の視線がちらっと南に並ぶ六軒のうち、木戸門から数えて四軒目の家に這《は》わされたのを、岩間三良は見逃さなかった。

表の腰板障子が破れ、長屋のなかでも特に荒れた気配がのぞくその家に、妻の加奈と大隅佐四郎が、夫婦と名乗り住んでいる。

大垣城下から出奔するとき所持していた金子を用いて二人とも町人を装い、彼女はおきぬ、佐四郎は佐市と変名していたのである。

「おきぬに佐市か——」

三良は櫟屋七郎兵衛を伴い、すぐさま上京・松屋町の「加賀屋」仁助の許を訪ねた。そして文殊四郎の懐剣を取り出して売り主をたずねたところ、仁助が猪首《いくび》をうなずかせ、即座に名前を明かした。

「加賀屋はん、女子《おなご》はんだけではのうて、お連れ合いの名前までご存知だったんどすか——」

七郎兵衛が幾分、咎《とが》める語調でかれの返事をうながした。

「そら七郎兵衛はん、日暮《ひぐらし》通りは松屋町通りのすぐ西の町筋、同じ町内みたいなもんどすさかいなあ。それにうちは、ご夫婦が住んではる長屋の大家とは碁仲間、名前ぐらいきいてますわいな」

加賀屋の口調は、ほかにも二人について知っているといいたげな含みのあるものだった。

松屋町通りや日暮通りは、二条城や所司代屋敷のほぼ北に位置している。二つの町筋とも、豊臣秀吉の京都市街地改造により開通された町筋で、特に日暮通りについて書けば、北は東西にのびる一条通り、南は出水《でみず》通りまでをいう。『坊目誌』は、元和元年開通する所なり。（中略）相伝ふ聚楽第《じゅらくだい》の正面北街に当る。門の構造装飾極めて華麗にして、望見するもの日の暮るを知らずと。街名之《これ》に起る――と伝えている。

本通りに面する町は、中上町、須浜池町、天秤町《てんびんちょう》、分銅町《ぶんどうちょう》、櫛笥町《くしげちょう》など九つが数えられ、おきぬと佐市と名前を変えた加奈と佐四郎が住む長屋は、天秤町にあった。

大家は松屋町通り神明町の米穀商「金箔屋《きんぱくや》」新右衛門だと仁助はつづけた。

「米穀商の屋号が、金箔屋とは妙でございますなあ」

三良は逸《はや》る気持を強《し》いて押さえ、大家の屋号を話題にした。

「金箔を扱わへん米屋の屋号が金箔屋とは、誰でもおかしゅう思いますわなあ。そやけど謂《いわ》れをお話ししたら、納得していただけるのとちがいますか」

「どんな謂れがありますのじゃ。おきかせくだされ」

三良は武家言葉が出るのに気をつけ、仁助にたずねた。

櫟屋七郎兵衛は仁助にかれを引き合わせるとき、商品の目利《めきき》をお願いしている寺町浄願寺ゆかりのお人だと紹介していた。

髪をひとくくりにして後ろで束ね、筒袖《つつそで》に軽衫《かるさん》姿の三良だが、仁助も相手の物腰から、もとの身分は武士だとぐらい察しをつけていた。

「神明町で金箔屋が米屋をはじめたのは、いまの新右衛門はんから数えて三代前どすわ。屋形を普請《ふしん》してはったとき、土の中から仰山金箔瓦《がわら》が出てきましてなあ。こら縁起がええとして、屋号を金箔屋にしはったんどすがな。この辺りは太閤《たいこう》はんが聚楽第を構えはったと伝えられる場所で、昔からあっちこっちを掘ると、金箔瓦が出てくると噂《うわさ》されていました。そやさかいどすわ」

仁助はこともなげにいった。

豊臣秀吉は関白としての政治拠点をつくるため、天正十四年二月、五層の天守閣のある本丸、北の丸、西の丸などをそなえた聚楽第の建造をはじめ、翌年に完成させた。『太閤記』や『駒井日記』などの文献や屛風《びょうぶ》絵にしたがえば、聚楽第は「四方三千歩」「中四方千間」といわれる壮大な建物だった。

ところが秀吉は文禄四年、関白職を譲った甥《おい》秀次を自刃《じじん》に追いやったあと、同第を破却させた。京都御所の西に壮大な景観をみせていた聚楽第は、わずか九年余りでその姿を消したのである。

太閤秀吉が築いた聚楽第はどこにあったのか。江戸時代から遺構の所在はさまざまに論じられてきた。だが『坊目誌』などの記述は意外に正確なところを伝え、日暮通り界隈《かいわい》からは金箔瓦がときどき出土し、聚楽第を取り囲むようにして建っていた大、小名の屋敷にも、金箔瓦が用いられていたのではないかと、近年では推定されている。

「するとこの松屋町通りや日暮通りは、なにかと縁起のいい町内ともうさねばなりませぬな」

三良はなるほどといった顔でつぶやいた。

「そらそうどす。けど町筋二つの町内に住むみんなが、金箔屋はんのようにはいきまへん。げんに店子《たなこ》のお人が、奈良鍛冶文殊四郎の懐剣を、うちに売りにきはるぐらいどすさかいなあ。どんな訳があって身を落さはったかは知りまへんけど、あのおきぬはんいわはる女子はん、そら気の毒どすわ。もとはええ暮しをしてはったみたいに見うけられますけど、旦那の佐市はんはろくに働かんと、酒は飲む博打《ばくち》はうつ、その果ていまは、なんでも好きな女子が北野の鳥居前町にできはったそうどす。そやさかいおきぬはんを撲《なぐ》る蹴《け》る、かわいそうにおきぬはんは生傷がたえんいう噂どす」

加賀屋仁助には、文殊四郎の懐剣は目利したところ本物、相当の代価を払わねばならぬと説明し、十両の金子がすでに渡されていた。

だがいまの口振りでは、その一部を彼女に届けても、旦那の女遊びに費されてしまうといいたげであった。

三良が名刀の出所をたずねるため、櫟屋七郎兵衛と店に訪ねたと、勝手に思いこんでいるふしが仁助にはみられた。

七郎兵衛自身も、奇妙な経緯《いきさつ》から親密になった三良が、どうしてその懐剣に深くこだわるのか、その理由をきいていなかった。

懐剣を鞘から抜いて眺《なが》めあげたときの表情や、血の気を失せさせた顔、また明らかに苦悩するかれの態度などから、相当の事情がその懐剣にひめられていると察しがついた。

だが三良に、どうしてだとはただささないでいた。

強いてたずねれば、とんでもない重い話を告げられかねない。おそらく三良も決して本当の理由を明かさないだろう。

かれが加賀屋仁助から、なにかを巧妙にきき出そうとしていることだけは、七郎兵衛にもわかっていた。

「加賀屋はん、その北野の鳥居前町の女子はんとはなんどす」

「鳥居前町の女子とは、茶屋女のことどすがな。北野天満宮《てんまんぐう》の北東に茶屋があるのを、櫟屋はんもご存知どっしゃろ。もっとも身持ちの堅い櫟屋はんとは、別世界の話どっしゃろけど」

「いいえとんでもない。わたしが身持ちが堅いいうのんは、女房や世間さまの手前どすがな。加賀屋はんと二人だけやったら、またちがいまっせ」

七郎兵衛は背筋に汗をにじませ、仁助の話の穂をついだ。

北野天満宮は、俗に〈西陣〉と通称される地域の西に構えられる大社。祭神は菅原道真《みちざね》、非業な死をとげたかれの怨霊《おんりょう》を御霊《みたま》として祀《まつ》り、やがては学問神としてあがめられた。朝廷や幕府だけでなく、一般庶民からも広く信仰をあつめ、室町時代以降、特に隆盛をきわめた。

また歌とも結びついて、連歌所としても盛えたほか、慶長八年三月二十五日、同社頭で出雲《いずも》の阿国《おくに》が歌舞伎《かぶき》踊りを演じ、歌舞伎発祥地として芸能とも深く関《かか》わった。人々が多くあつまるだけに、当然、界隈に茶店ができてくる。有名な五番町遊廓《ゆうかく》は、上七軒や鳥居前町の茶屋（遊里）から、しだいに発展したものといえた。

ついでに記せば、一般に呼称される〈西陣〉の町名は正式にはない。ただそれとかぎられる地域だけが存在している。近世初期から中期にかけ、京を中心にして畿内《きない》の政治・経済・宗教などの諸相を伝える『京都御役所向大概覚書《たいがいおぼえがき》』の二十六「洛中町数并《ならびに》京境西陣西京之事」に、西陣、東ハ堀川を限り、西ハ北野七本松を限り、北ハ大徳寺今宮旅所限り、南ハ一条限、又ハ中立売通《なかだちうり》、町数百六拾八町——と記されており、加奈と佐四郎が住む日暮通り天秤町の長屋は、当然、〈西陣〉のなかにふくまれる。

おきぬ——と変名した加奈は近くの織屋から仕事をもらい、せまい長屋の一室で、出機《でばた》仕事をしているとのことであった。

大垣城下に住んでいたころ、加奈はときどき機を織っていた。微禄《びろく》の家士の妻女たちは、こうして織った布を藩の会所に持参して家禄半減の不足をおぎなっており、それなら彼女にもわずかながら稼ぎもできる。

「櫟屋はんもええ加減なわやをよういわはりますわ。まあそんな冗談はともかく、おきぬはんの旦那になる佐市はんは、天秤町の長屋にお住みやした初めは、下京の油問屋へ帳付けに通うてはりました。けどもともと気ままなお人とみえ、勤めていたのはわずか一カ月半ばかり、そのうちお店《たな》の手代はんと喧嘩《けんか》をして、ぷいとやめてしまわはりました」

「それからその佐市はん、どうしはりました」

「どうもこうもあらしまへん。あとは酒は飲む、博打はするだけの日々どすがな。初めにちょいちょい姿をみたころは、人柄《ひとがら》も育ちもよさそうどした。けど油問屋の仕事をしくじらはってから、人相が一変し、目付きも険しく、急に人柄も悪うならはりましたわいな。それでも小金を持ってはったのか、暮しに困ったようすはうかがえまへんどしたが、半年もたつとそうはいきまへん。おきぬはんは前から機屋の出機をしてはりましたけど、目に見えて暮しむきが悪うなってくるのが、誰にもわかりましたわいな。そのうち佐市はんがおきぬはんを撲る蹴る、大家の金箔屋はんが、うちにいつも、長屋の総代から苦情をきかされてどもならんと愚痴ってはりましたなあ。あのころ佐市はんは、鳥居前町の茶屋女と深間になりましたんやろ。そやないと、連れ合いが邪魔になるわけがありまへん。おきぬはんがうちへ初めて品物を売りに来はったのは笄《こうがい》、左の頬《ほお》にえらいあざをこさえてはりましてなあ。金蒔絵《まきえ》をほどこしたそれは、立派な品物どした。あんまり身にすぎた物やさかい、一応、出所をきいたところ、祖母から伝えられた大切な笄やと、顔を伏せ哀しい声でお答えどした。あとになってきくと、前日、鳥居前町の茶屋に居つづけていた佐市はんが、不意に長屋へもどってきた。そしてご飯の仕度ができてへんと怒り出さはり、おきぬはんがせっかく機に張らはった糸を、刃物で一遍に切ってしまったいいますがな。そのあげく金をこさえてこいと無茶をいい出し、うちの店に笄を売りにきはったんどすわ。その二分で買わせてもらいましたけど、その金もおそらく、鳥居前町の茶屋女のためにつかわはりましたのやろ。おきぬはんは口数の少ない上品なお人どすが、そんなお人がどうしてあんなだらしない男と、世帯を持たはりましたんやろ。長屋の者は、なんかわけのありそうな夫婦、ひょっとすると、どこか遠国《おんごく》から駆け落ちでもしてきたんかもしれんというてますわな。男の方はともかく、おきぬはんはなんとか世帯をしっかりやっていかならんとする姿勢が長屋の者にもありありとわかり、そらかわいそうでならんそうどす」

加賀屋仁助が、やっと一通りを語り終えた。

「文殊四郎を持ってはったんは、そんなわけありのご婦人どしたんかいな。この懐剣もおそらく、おきぬはんとやらの家に伝えられてきた重代の宝物、身を削る思いで手離さはりましたんやろなあ」

さすがに加賀屋も、佐四郎が通いつめる鳥居前町の店や茶屋女の名前までは知らなかった。

――わしはいかがすればよいのじゃ。

その日、日がくれてから、三良は憔悴《しょうすい》しきった姿で寺町の浄願寺にもどってきた。

自分がどこをどう歩いてきたかの記憶も定かでなく、早くに帰っていた浄円の目に、かれのようすが異様に映った。

「三良、どうかしたのか」

浄円にたずねられ、三良は口ごもりながら、今日の出来事を概略、かれに語ってきかせた。

「それで加奈どのと佐四郎を斬《き》るのか――」

眉をひそめた顔が、三良の返事をうかがった。

浄円の表情は、明らかにやめろといっている。当の三良もその逡巡《しゅんじゅん》のため、京の町を彷徨《ほうこう》していたのである。

「わしはかねてからもうしていた通り、無益な殺生はやめるべきだと思うている。二人を斬ったとてなにが生れよう。もっとも、決めるのはわしではなく、確かにおぬしじゃ。だが刎頸《ふんけい》の友として、意見をのべるだけの資格はわしにもある」

浄円の考えはやはり、仇討ちの中止をうながすものだった。

「わしとて加奈を殺したくはない。憎しみはあるものの、佐四郎の奴《やつ》とて同じじゃ」

三良は苦渋の声でつぶやいた。

「二人のことを心の埒外《らちがい》に置き、平静になれぬものか」

「そういたすには、わしが京から去るほかはない。ただ加奈が、駆け落ちしたかぎり佐四郎となんとしても添いとげたいと思い、なにかと励んでいるという。そんな話をきくにつけ、わしはそれがいじらしく、また哀れで放っておけぬ」

「三良、よくぞもうした。加奈どのに代り、わしがおぬしに礼をもうしたい。その心はまさに、おぬしが仏の慈悲を自ら体得いたしたというべきじゃ」

浄円が慈味にあふれた微笑をうかべ、三良の気持を称《たた》えた。

三良は眉根《まゆね》を翳《かげ》らせ、暗い顔を伏せている。

加奈と祝言《しゅうげん》をあげたとき、沖伝蔵が「高砂」を謡《うた》ってくれた声や、彼女の愛《いと》しい所作の一つひとつが胸に甦《よみがえ》ってくる。どうしてこんな事態になってしまったのか、三良は浄円の言葉とは裏腹に、神仏を怨《うら》みたかった。

大垣城下を出立《しゅったつ》し、諸国をめぐり二人を探し歩いた歳月の苦労など、すでにかれの記憶からきれいに消え失せていた。

出石藩の魚住右衛門や佐四郎の亡《な》き母が、腐りきったかれのいまの暮しぶりを知れば、さぞかし嘆くにちがいない。世間が二人を窮地に追いつめたとはいえ、一途《いちず》な加奈の性格を考えるにつけ、三良は彼女の不幸が哀しくてならなかった。

かれらが幸せに暮していれば憎しみがわき、ためらいもなく討ち取る気持にもなれるものをと、やがては自分の気弱さが呪《のろ》わしくもなってきた。

憎しみや哀れさ、自分のことながら、辛《つら》く重たいものが三良を打ちのめし、その夜、かれは悶々《もんもん》と反転して、半刻《はんとき》も満足に眠れなかった。

もちろん、加賀屋仁助には堅く口止めしてきた。万に一つ、自分の動きが大隅佐四郎にもれ、返り討ちにあう事態を考え、外の気配に意識をやり、用心だけはおこたらなかった。

そうして翌日の払暁《ふつぎょう》、かれはともかく自分の目で二人のようすを確かめるため、日暮通り天秤町に出かけた。長屋の木戸門の近くをぶらつき、そっと見張りにかかったのである。

初日のきのう、佐四郎は終日、家を留守にしているのか、夕刻までなんの動きもなかった。

三良の服装は小袖に軽衫《かるさん》、髪はやはり後ろでひとくくりにして、腰に脇差《わきざし》も帯びていない。ただ懐中に文殊四郎の懐剣だけをしのばせていた。二人を討つためではない。強いていえば、加奈に対する哀れさや愛しさからで、彼女の手にこの懐剣を返し、佐四郎との人生をもう一度やりなおせと、意見をくわえたい気持だった。

――わしはどうかしている。大垣藩家中の身内や親友の沖伝蔵なら、血迷った逡巡、わしらしくもない怯懦《きょうだ》、未練と叱責《しっせき》するにちがいない。

――いや、いまのわしに、遠く離れた郷党の思惑などどうでもいい。藩家の扶持《ふち》から離れるつもりでいるかぎり、これは自分たち夫婦と大隅佐四郎だけの問題。自らの心のままにいたせばよいのじゃ。人生たかだか五十年、自分に扶養せねばならぬ身内がないだけに、加奈と佐四郎の人生を新たにやりなおさせる。それで二人への憎しみや怨みに自ら結着をつけ、あとは市井《しせい》に埋もれて気ままにすごす。そう決めてなんの悪いことがあろう。

さまざま自問自答をくり返したうえ、あとが三良の結論であった。

長屋をうかがうといっても、一定の場所でじっと見張っていれば、人から不審がられる。近くの住人を装い、四方に気を配り、長屋の界隈を逍遥《しょうよう》した。

夕刻、井戸端に長屋の女房たちの姿がないとき、加奈が家の中から現われ、さっと米を洗っていった。

加奈——と声をかけ駆け寄りたい気持に突き上げられたが、粗末な服装とひどいやつれようを遠くから眺め、三良は辛《から》くも思いとどまった。

すぐあと、風呂敷《ふろしき》包みをかかえた呉服屋の手代らしい男が、長屋の木戸門をくぐってき、障子紙の破れた腰板の表戸に声をかけた。

加奈はいま、呉服屋から縫仕事をもらい、賃稼《かせ》ぎをしているようすであった。

「急ぎの注文どすさかい、四日で仕上げておくれやっしゃ」

呉服屋の手代は、表戸の前で彼女に念を押し、闇《やみ》の這いかけた中立売通りの方へもどっていった。

夜になれば、町廻りに訝《いぶか》しがられる。

大隅佐四郎の姿を一目見たかったが、三良は逸《はや》る気持をなだめ、寺町の浄願寺に引き返してきた。

そして今日は二日目。昨夜、遅くもどってきたのか、佐四郎の在宅がはっきりわかった。井戸端に姿をみせた加奈の物腰が緊張しており、ときどき彼女にあびせる男の罵声《ばせい》が、家内からとどいてきたからである。

──あ奴が一日中、家にこもっているわけがない。外に出てきたらあとを付けてみよう。かれがどんなふうに変っているか、三良はそれを確かめたうえ、処置を決めるつもりであった。

長屋の井戸端から、中年すぎの女と青菜を洗っていた若い女房の姿が消えてしばらくあと、加奈の家の表戸ががらっと開いた。

外の気配をうかがい、表戸を開けたようすであった。

「おまえさま──」

切迫した加奈の声が、粋《いき》な縞《しま》のきものを着た男の背にかけられた。姿は町人だが、まぎれもなく大隅佐四郎だった。

「うるさい。おれがどこへ行こうが、おれの勝手だ。おまえからつべこべいわれたくねえ。あのとき、おれも血迷ったものだ」

かれの言葉つきはすっかり町人、しかもならず者めいていた。

あのときおれも血迷ったものだとは、いったいなにを指しての科白《せりふ》だ。三良は方策を決めかけていたが、胸の底から怒りが噴き上がってくるのを覚えた。佐四郎が表戸をぴしゃっと閉めるのを、物陰にかくれじっと見守った。

大垣藩の家中で悪評されていたとはいえ、かれは大蔵奉行大隅太兵衛の四男、少し身持ちをつつしみ、相手を選ばなければ、それなりな養子先が得られたかもしれない。その自分が人妻の閨《ねや》寂しさに迷ったため、こんな境涯《きょうがい》に落ちたとでもきけそうな科白だった。

町辻《まちつじ》はすっかり春めいてきている。

三良は日暮通りを上り、つぎに中立売通りを左に折れた佐四郎のあとをそっと付けた。

町辻に人の往来は多く、かれに気付かれるおそれは全くなかった。

佐四郎と同じく、三良の風体も全く別人になりきっており、脇差さえ帯びていないことが、誰にも警戒心をいだかせなかった。

佐四郎は中立売通りを足速に西へと歩いていく。そして千本通りを通りぬけ、つぎには北東に建つ「愛染堂《あいぜんどう》」の石垣《いしがき》を右に折れた。御前通りを上《かみ》にむかったのであった。

これをまっすぐ進めば鳥居前町に達する。

かれがめざしているのは、深い馴染《なじ》みの茶屋女の許にちがいなかろう。

三良は荷車の後ろに隠れるようにして、かれにつづいた。

やがて今出川通りにさしかかった。

左手に鬱蒼《うっそう》とした森がみえ、大きな石の鳥居が、低い町屋の上にのぞいた。北野天満宮であった。

今出川通りを突き切り、佐四郎はさらに道を北にすすみ、ひょいと町辻を今度は左に折れた。

町の眺めはここから一変した。

軒先に短暖簾《みじかのれん》を下げた格子《こうし》張りの茶屋が、棟《むね》をつらねているのである。

これらの茶屋は、茶屋渡世の免許で営業していたが、実際は遊女（茶立女）を公然と置き、世間では「色茶屋」の名で呼ばれていた。

当時、京都の茶屋は、北野、祇園、八坂、清水と全域におよんでいた。そのため、古くから有名な島原遊廓《ゆうかく》は、ひどく衰退していた。劣勢を挽回《ばんかい》するため、北東に一カ所しかなかった廓門を、東西にも設けて通行の便宜を許ったり、女性にも廓中の見物を許した。

また江戸中期以前まで、遊里の営業は昼間だけにかぎられていた。だが不況を打開するため、享保《きょうほう》十年、京では月の半分に当る十五日間の夜見世営業が許され、職人やお店者たちが容易に女遊びができるようになった。

それでも幕府は遊里支配の原則として、表向きは島原遊廓のみを唯一公《ゆいいつおおやけ》に認め、他の色茶屋は島原の出稼地との認識の形をとっていた。

三良は加賀屋仁助から、佐四郎が通いつめている茶屋の名前まできいていない。佐四郎は軒を並べる色茶屋の一軒に躊躇《ためら》いなくすすみ、暖簾をはね上げた。

「はりまや、播磨屋か——」

三良は嫖客《ひょうかく》を装い、顔を右にそむけて店の前を通りすぎた。

「佐市の旦那、またのお越し、おおきに」

色茶屋の若い男の愛想声を、三良はききもらさなかった。

自分が佐四郎につづいて播磨屋の客となれば、茶屋の中でばったりかれと顔を合わせることもあり得る。

三良は茶屋のはずれまでゆっくり歩み、そこで立ち止った。

遊里に初めてやってきた客は、どの店に入ろうかと物色するもので、三良の姿はさして人の目に立たない。かかりの店先で、自分を手招きする老婆《ろうば》の姿がみかけられた。

——これからいかがいたそう。ここにいつまでも立ってはおられぬ。

三良が自分の動きを思案しかけたとき、播磨屋の店内から、再び佐四郎が現われた。

かれはもときた道に身をひるがえした。

――ともかくわしは播磨屋の客となり、佐四郎と馴染みの茶屋女にさぐりを入れてみるべきじゃ。

決断をつけると、三良は播磨屋にむかい足を速めた。

すでに町辻から佐四郎の姿は消えていた。

「おおきに、おいでやす」

先ほど佐四郎に愛想声をかけた店の若い男が、客を迎える笑みをうかべて三良に近づいた。

「おまえはこの茶屋の手代か」

言葉をくだき、相手の微笑にたずねた。

「へえ、まあそんなもんどす」

「わたしはこの店は初めて。いい女子がいるときいてきたのだが」

三良は店の暖簾をくぐるまえに用意した一分金を、素速くかれの手ににぎらせた。

「これは旦那はん、お見それいたしました。へえ、この播磨屋はええ女子をそろえていると評判の店でございまして――」

安物の客だと踏んだかれの態度が、一分金をにぎらされがらっと変った。

「まあ女子の話は、部屋に通ってからきかせてくれ」

「ごもっともな段取りで。旦那はん、さあさあお上りやしてくんなはれ」

かれは横の控え部屋から顔をのぞかせた女に、眉を寄せて引っこませ、自分で三良を奥の上《じょう》部屋に案内した。

小さな坪庭があり、床に美人画が掛かっていた。

「手代、これはなかなか粋《いき》づくりの部屋じゃな」

「お褒《ほ》めいただくほどではございまへんけど、お気に召していただけたら幸いどす。うち安吉いいますねん。これからもずっとご贔屓《ひいき》にしとくれやす」

服装は並みより劣るがその人品や物言いから、播磨屋の手代安吉は、三良を気ままを好むしかるべき身分の人物と見てとった。

「わしの名は伝蔵、おぼえておいてくれ」

「伝蔵の旦那はん――」

「いかにもじゃ」

「身をおやつしなされての女子遊びでございますか」

「おぬしの目にはさようにに映るか」

「いいえ、どういうてええやら」

安吉は次第に言葉を改めた三良の態度に、威圧を感じてきた。ただ色好みからふらっと立ち寄った客ではなさそうであった。

「安吉とやら、おぬし銭は欲しくないか」

三良は懐中から二枚の小判を取り出した。

安吉がかれの手許を眺《なが》め、ごくりと生唾《なまつば》を飲みこんだ。

「そら欲しゅうおますけど――」

「であれば、わしのたずねることに答えてもらいたい。それを取っておけ」

かれが膝元《ひざもと》に並べた二両に、安吉はさっと手をのばした。

「な、なんでもたずねとくれやす」

「安吉、さように堅くなるな。たかが二両ではないか」

「そうどすけど、旦那はんには端金《はしたがね》でも、うちらみたいな者には大金――」

「さればきくが、先ほど店から出ていった佐市ともうす客、あの男が通いつめている女子とは、どのような女子だ。また佐市はなにゆえ、播磨屋を少し訪れただけで、すぐまたいずこかへ出かけていったのじゃ」

「旦那はんは、佐市はんのことをお知りになりたいのどすか」

安吉は両刀こそ帯びていないが、目前の客が武士だとやっと気付いた。

「佐市はんなら、うちの店の於雪《おゆき》のお馴染みはんどすわ。なんでも日暮通りの方にお住いやときいてますすけど、三月《みつき》ほどまえから於雪にえらい入れあげようで、店の女たちの噂《うわさ》によれば、そのうち身請《みう》けするというてはるそうどす」

「身請けじゃと――」

三良は吐気をもよおす気持で反問した。

自分から加奈を奪い、それではあまりに勝手すぎる。やはり斬るべきである。

「旦那はん、どうかしはりましたん」

安吉が、数瞬、視線を宙に浮かせた三良にたずねた。

「いやなんでもない。佐市が於雪を身請けするともうしているのだな」

「へえ、さようでございます」

「奴が身請けすると血迷うている女子、それはいかなる女子じゃ」

耳朶《じだ》の奥に加奈の嘆き声がきこえてきた。

「それが美人ではございまへんけど、気立てのええ女子でございましてなあ。播磨屋へ身売り奉公にきて、約二年になりまっしゃろか。せやけどまだ三十両の借金は、ほとんど返してまへんさかい、佐市はんに於雪を身請けするだけの金ができるはずがおへん。身請け話は所詮《しょせん》、二人の夢どすわな。さっき佐市はんが店をのぞかはったんは、於雪が風邪を引いておりますさかい、薬をとどけにきただけどす。そのあとはきっとどこかの賭場《とば》にでも行き、賽子《さいころ》の目を血眼《ちまなこ》でにらんではりますのやろ」

「博打で於雪を身請けいたす金子を稼ぎ出す気なのか」

「そんな大金、ど素人《しろうと》が稼げしまへん」

「いかにもだが、佐市はその女子によほど執心いたしているのじゃな」

「風邪を引いたときけば、薬を持ってくるほどどすさかい、そらご執心どすわ。互いに好き合《お》うてる工合どすさかい、店では心中でもされたらかなわんと気い配ってます。けど旦那はんは、あの佐市はんのなにをお知りになりたいのどす」

「安吉、おぬしその二両をわしに返したいのか」

「いいえ滅相もない」

「さればなにもきかぬがよい。ましてやわしがおぬしになにをたずねたかを、人には決してもらさぬことじゃ。もうせば命がないものと思え」

「か、かしこまりました」

かれは急に肩をすぼめてうなずいた。

三良が放つ殺気めいたものにおののいたのである。

「再び話をもとにもどすが、その女子の年季が明けるまで、あと何年じゃ」

「そらまだ十年近うございますわいな。ほんまをいえば、気立てがええだけに気の毒どすけど、北野の色茶屋へ身売り奉公にきたかぎり、決して生きては出石《いずし》の田舎にもどれしまへんやろ。やがては精も根もつき果て、無縁仏になるのが落ちどすわ」

このときだけ、安吉は沈痛な声になった。

「おぬし、いま確か出石ともうしたな」

「へえ、於雪の田舎は、但馬《たじま》・出石領内の出合村やそうどすけど」

三良は、安吉のそれからあとの言葉をもうきいていなかった。

出合村は小谷の関所の近くであった。

その女に佐四郎は、またもや生母の面影《おもかげ》をみたのではないのか。三良は憤《いきどお》りと同時に、人の世の哀《かな》しさと人間の業《ごう》をひしひしと感じた。

小鳥のさえずりがきこえてくる。

庭の石をにらんだまま、三良はじっと庫裏《くり》に坐《すわ》っていた。

「三良、いかがいたすつもりなのじゃ」

昨夜、かれから一部始終をきかされた浄円が、心配のあまり、かれの去就についてただした。

椚屋《くぬぎや》七郎兵衛が知恩院を訪れ、岩間三良の身許やその目的を浄円にたずねたのは、昨日であった。浄円は七郎兵衛にすべてを明かした。

「さような深い仔細《しさい》がございましたんかいな。ちっとも知らんこととはいえ、えらい難儀なめにお会いなされてからに。すると文殊四郎の懐剣は、奥方さまご所持の品やったのでございますなあ」

かれの驚きぶりが、浄円の瞼《まぶた》の奥に浮んでいた。

「浄円、いかがいたすとたずねられても、わしにはもう選ぶべき道がない。強《し》いてもうせば、両者を別れさせ、わしが加奈を引き取らねばなるまい」

「されば二人を討たぬのだな」

「心の離れた二人を討って、いまさらなんの意味がある。わしは唾を吐きかけたいほど醜い出来事の後始末を、腹をすえていたす考えじゃ」

「おぬしは幼いころから、さような損な役割ばかりを果す男であった。人がいいともうすか、気が弱いともうすか。だが松村景文さまの許に弟子入りさせた小平太の例もあるほどに、おぬしのやさしい気持は、決して無にはならぬと思うが。三良、そう覚悟をつけたからには、本日、わしが天秤町の長屋に同道してとらせる。これでも僧侶なれば、殺生を戒め、仲裁役のつもりでの同道じゃ」

「さようにいたしてくれ。誰か確かな者が側《そば》におらねば、わしとてなにをしでかすかはなはだ心もとない。おぬしがいてくれれば、危ういわしの心の重しとなろうで」

「なればすぐにでも出かけるか。あとは櫟屋七郎兵衛に相談いたせばよかろう。七郎兵衛なら悪くは計らうまい」

それから二人は、日暮通り天秤町の長屋に着くまで、一言も口をきかなかった。

「この長屋の四軒目だな」

浄円が編笠の紐を解き、長屋の木戸門を眺めて三良をふり返った。

「大隅佐四郎がおればよいが」

「まだ四つ（午前十時）をすぎたばかり。佐四郎の奴、まさか昨夜から播磨屋に居つづける銭もなかろう。博打で負け、ふて寝を決めこんでいるやもしれぬ」

かれの右手で錫杖《しゃくじょう》が寂しく鳴った。

三良は懐中にしのばせた文殊四郎の懐剣をそっと手で確かめた。二人の許に押しこみ、なにが起るかわからない。用心のため、錦袋《にしきぶくろ》から懐剣だけを取り出していた。

「結構なお日和《ひより》でござる。わしは知恩院の僧、佐市どのをお訪ねもうす」

浄円は井戸端から立ち上がった長屋の女たちに、如才のない言葉をかけ、三良のあとにつづいた。

　昨日、三良がみた中年すぎの女が、二人を驚いた顔で見つめた。

　訳ありげな夫婦がこの長屋に住みはじめてから、呉服屋の手代は別にして、最初のまともな訪問者だったからである。

「ごめんなされ。拙僧《せっそう》は知恩院の浄円ともうす坊主じゃが、主どのとご妻女どのに御意を得たい」

　家の中に言葉をかけたのは、浄円であった。

　かれの挨拶《あいさつ》につれ、家内《いえうち》で人が動き、僧侶の訪《おとな》いを訝しがる気配がとどいてきた。

　三良が肩を並べ、凝然と立っている。

　自分をぐっとこらえているようすが、浄円にはありありとうかがわれた。

　躊躇《ためら》いながら、人が表戸に近づいてくる。

　加奈にちがいない。三良の胸にこみ上げてくるものがあった。

「知恩院の僧で浄円ともうす」

　浄円が表戸のむこうに改めて挨拶を伝えた。

「当家は佐市の住居、わたくしは妻女のおきぬともうしますが――」

　明らかに知恩院僧の訪問を訝しがる加奈の声であった。

「その佐市どののとおきぬどのに、お目にかかるため参上いたしました」

おだやかな声が、加奈の不審をふと解いた。

「主はただいま家を留守にいたしておりまするが、女房のわたくしで用がすみますれば」

加奈がいい、履物をひろうかすかな気配につぎ、内側から表戸がひそっと開かれた。

「ごめんつかまつる――」

間髪《かんぱつ》をいれず浄円が土間に踏みこみ、三良もかれにつづいた。

「ご無体な、なにをいたされまする」

戸惑った加奈の抗議を無視し、三良が後手で表戸をぴしゃっと閉めた。

「無体はなにもいたさぬ。おきぬともうされたが、その実は美濃・大垣藩家中の加奈どの。拙僧と連れの顔をよくご覧めされよ。加奈どの、わしは飯盛惣助、連れはそこもとの夫岩間三良どのじゃ」

加奈の眼《め》が、三良の顔にすでに釘付《くぎづ》けになっていた。

「ひえっ。あ、あなたさま――」

悲鳴に似た声が、加奈の口から奔《はし》り、彼女は奥へ身をひるがえしかけた。

「加奈どの、お待ちなされい。三良どのはそなたと大隅佐四郎を討つために参られたのではござらぬ。加奈どの、おなつかしゅうござるなあ」

彼女の袖《そで》をつかんでいう浄円の眼から、熱いものがあふれ出ていた。

「あ、あなたさま、どうぞわたくしをお斬り棄てくださりませ。こ、こんな日がいつかきっとくるものと、覚悟だけはつけておりました」

彼女はへたへた土間に坐りこみ、両手で顔を覆《おお》った。指の間からもれてくる激しい嗚咽《おえつ》の声が、凝然と立ちつくす三良の胸を哀しくゆすりたてた。

「か、加奈どの、三良どのは決してそなたを討つために参られたのではござらぬ。見ての通り、腰に寸鉄も帯びておられぬ。込み入った話もござれば、土間での相談もなるまい。大隅佐四郎が留守なら留守で、部屋に上げてはいただけぬか」

浄円の説得にしたがい、土間に坐りこんでいた加奈は、ふらふらと立ち上がった。

「むさ苦しい所ではございまするが、どうぞお上がりくださりませ」

彼女は三良の視線を避け、浄円にむかっていった。

「では遠慮なく上がらせていただく」

浄円は古びた壁に錫杖を立てかけ、編笠を部屋のかかりに置き、三良にあごをしゃくった。

二人の前で加奈がうなだれた。

やっと激昂《げきこう》がおさまったのか、嗚咽の声は小さくなっていた。

「加奈、随分やつれたではないか。この二年、わしはそなたの身を案じつづけていた」

これが自分に背いた妻にかけた三良の最初の言葉であった。

背信者へのあたたかい言葉、大粒の涙が、加奈の両頬《りょうほお》を新たにぬらした。

「あなたさまにはお変りのないごようす。祝着にございまする」

「いや、変りないどころか、この服装を見ての通り、わしはすっかり人が変った。大垣城下でともに心を合わせ、幸せに暮していたころとちがい、いまでは二人とも別人になってしまったのよ」

陰鬱《いんうつ》な三良の言葉で、加奈の喉《のど》がごくりと鳴った。やつれた顔が蒼白《そうはく》になっていた。白い頬にほつれた髪の毛が、また三良に哀れをさそった。

「浄円さま、どうしてここがおわかりになったのでございまする」

加奈は京都の知恩院に仕える浄円が、自分と佐四郎の隠れ家を探し当てたのだと思いこんでいた。

「いや、この長屋を突きとめたのはわしではない。岩間三良じゃ」

上眼づかいに、加奈はちらっと三良の顔を眺めた。

「わしは数日前からこの長屋を見張っていた。大隅佐四郎が北野・鳥居前町の色茶屋播磨屋の於雪にいたく入れ上げ、身請けをいたすため、金子の算段にふけっていることも存じておる」加奈を見すえて告げた。

「さような事情まで、すでにご承知でございましたか。佐四郎は昨夜から、その播磨屋にまいっておりまする」

加奈は憔悴《しょうすい》しきっていた。

「この懐剣、覚えがあろう。そなたがこれを松屋町の加賀屋に売り払ったゆえに、そなたの居所がわしにわかったのじゃ」

かれは筒袖の懐《ふところ》から、文殊四郎の懐剣を取り出し、自分と加奈の膝元に置いた。

このとき、彼女の眼がきっと釣《つ》り上り、自分が手離した懐剣に鋭く注がれた。

「それで三良――」

「浄円、わしになんじゃ」

三良が浄円に顔をむけたわずかな隙《すき》に、加奈の手がさっと懐剣にのばされた。鞘《さや》から引き抜かれた鋭利な刃が、彼女の白い喉をぐいと掻《か》き切った。

「ぎゃあ――」

悲鳴が迸《ほとばし》り、鮮血が激しくしぶき、ざっと三良と浄円の顔にふりかかった。

「か、加奈、なにをいたすのじゃ」

いくつもの顔が、加奈と三良の姿をうかがった。

「だ、誰か医者を連れてきてくれまいか」

浄円が土間に並んだ女たちに呼びかけた。

若い女が無言でうなずき、外に飛び出していった。

「あ、あなたさま、あのころ見た花や空は、まこと美しゅうございましたなあ。なにもかもわたくしの心得ちがいで、見えるものが見えなくなってしまいました。な、何卒《なにとぞ》、このわたくしをお許しくださりませ。あ、あなたさまの腕に抱かれ、こうして死ねるのだけが、わたくしに残された唯一《ゆいいつ》の幸せでございまする」

息をあえがせ、加奈はかろうじて言葉をつづけ、ごぼっと生ぬるい血を吐いた。

光を次第に失っていく眼が、じっと三良の顔を仰ぎ、大粒の涙がまた頬にすっとこぼれた。

「加奈、なにをもうす。気を確かにもつのじゃ。浄円がいま医者を呼びにやらせた」

「わ、わたくしは、もう駄目でございまする。なにも見えなくなりました」

三良の二の腕を堅くつかんでいた加奈の手から、不意に力がぬけ、ひゅっと再び息が吐かれた。そして両の瞼が静かに合わされた。

「か、加奈――」

自分の腕のなかでたったいま息を引きとった彼女に、小さい声で呼びかけ、三良は血にまみれた妻の遺骸《いがい》を、黄ばんだ畳の上にそっと横たえた。

「浄円、ならびにお長屋の衆、岩間三良、暫時《ざんじ》あと始末をお願いもうす」

かれはゆっくり立ち上がっていった。

「やい三良、おぬしいずこへ参る気じゃ」

「わしはこれから鳥居前町の播磨屋へ出かける。大隅佐四郎にこの旨《むね》を伝えねばならぬ。さらには——」

ひと息つき、三良は歯を食いしばった。

「さらにとはなんじゃ。構えて殺生はいたすまいぞよ」

「わかっているわい。さらには一言、もうしきかせたい仕儀があるのみじゃ」

加奈の手から奪いとった懐剣を鞘におさめ、三良は浄円の前にそれを突きつけた。

「血糊《ちのり》をこれで拭《ふ》いてまいれ」

浄円は手をのばし、墨染めの下に着た白衣の袖をびりっと引き裂き、三良に渡した。

「ありがたい。すぐにここへもどる」

顔から首筋をぬぐい、かれは血濡《ちぬ》れた鬢《びん》の毛をかき上げた。

筒袖も軽衫《かるさん》も紺色、血に濡れていたが、人目にそれとはわからない。三良は声もなく立

た。

つぎに三良を手招きして、奥の土間に案内した。

土間には炉がつくられ、小さな火が焚《た》かれていた。煤《すす》けた梁《はり》天井から自在が下げられ、鉄瓶が湯気をたてている。ちょっと見には、三良が半年前まで親しんでいた本巣の地方役所や、根尾谷筋の日当《ひなた》御用所の光景と同じだった。

「岩間どの、まあおかけ召されよ」

かれは炉に添えた長床几に、三良をうながした。

すぐ小者が湯呑《ゆの》みを二つ運んできて、かれらに自在の鉄瓶から渋茶を注《つ》いで差し出した。

「かたじけない――」

三良は小者と清兵衛にいい、手甲をつけた両手で湯呑みを受け取った。

見知らぬ他国で、親切な言葉をかけてくれる身許のはっきりした人物に出会うのは、なにより心強いことだ。

旅には絶対心得ておかねばならないさまざまがあった。旅籠に泊るにしても、いざという場合を考え、明るいうちに東西南北を見定め、宿のようすやまわりの地形を胸に刻んでおく。旅嚢や着衣は身体のそばに置き、他人と食べ物や薬のやり取りはしない。道端の作物に手を出さない。腹がへっても道中での飲食はひかえ、足が疲れたときは、足の裏に塩

「いかにも、そのつもりで回国しておりまするが、腕のほどは容易に上達いたしませぬ」

三良は陽焼けした顔に寂しい笑みを浮べた。

「みどもは出石藩士多田清兵衛ともうす。岩間どの、この手形を拝見いたせば、ご貴殿は国元を出てまだ半年ほどではござらぬか。武芸のご修行にしたところで、まだまだこれからでござろう。気をしっかり張って旅をいたされることじゃ」

多田清兵衛と名乗った五十歳前後の関所役人は、長年にわたり街道横目を勤めているとみえ、通行手形を一読するなり、相手の素懐がただごとでないことに気付き、声を和らげて三良を励ました。

「あたたかいお言葉をたまわり、胸がいっぱいになりまする」

「なにを気弱をもうされるのじゃ。出石城下まではあと約三里。陽暮れには着きまするほどに、さしてお急ぎでなければ、ここで一休みいたされてはいかがじゃ。渋茶でも一服進ぜまする」

多田清兵衛は岩間三良を一目見て、その人柄《ひとがら》にすがすがしいものを感じたのか、床几から立ち上がってすすめた。

「ご厚情のほど、ありがたくお受けつかまつりまする」

三良が一礼すると、清兵衛は奥にむかい声を上げて下役を呼び、関所改めをもうしつけ

三良が跳ね飛んで叫んだ。

素速く加奈の利《き》き腕をつかみ取ったが、文殊四郎の懐剣は、彼女の頸動脈《けいどうみゃく》を深々と切り裂いたあとだった。

「なんたることをいたしたのじゃ」

丸めた頭から顔にふりかかった血を、掌《てのひら》でつるりと拭《ぬぐ》い、浄円がうめいた。

加奈の左の首筋から、血がごぼごぼとあふれている。

血の気を失った口から、息がひゅっともれ、彼女の胸が切なくあえいだ。

「加奈、なぜ早まったことをいたした。わしはそなたの前に、自刃《じじん》いたせと文殊四郎を置いたわけではない。そなたと祝言をあげたあと、わしたちは夢や希望をもっていた。四季、あのころに見た花は美しく、空も木の葉も青かった。二人でともに手をたずさえ、彼岸に架けようとしていた橋が、確かに見えていた。それが見えない橋となりながらも、わしはそなたさえ承知してくれたら、なおともに見たいと思っていた気持を、どうして察してくれなかったのじゃ。加奈、加奈——」

三良は滂沱《ぼうだ》と涙をながし、両手で抱きかかえる彼女の身体《からだ》をゆすりたてた。

加奈が息をあえがせるたび、傷口から鮮血があふれ出てきた。

家の中から突然ひびいてきた絶叫をききつけ、長屋の外は騒然となっていた。

まいっておりまする」

「さような事情まで、すでにご承知でございましたか。佐四郎は昨夜から、その播磨屋に

てお る」

三良は加奈を見すえて告げた。

加奈は憔悴《しょうすい》しきっていた。

「この懐剣、覚えがあろう。そなたがこれを松屋町の加賀屋に売り払ったゆえに、そなたの居所がわしにわかったのじゃ」

かれは筒袖の懐《ふところ》から、文殊四郎の懐剣を取り出し、自分と加奈の膝元に置いた。

このとき、彼女の眼がきっと釣《つ》り上り、自分が手離した懐剣に鋭く注がれた。

「それで三良――」

「浄円、わしになんじゃ」

三良が浄円に顔をむけたわずかな隙《すき》に、加奈の手がさっと懐剣にのばされた。鞘《さや》から引き抜かれた鋭利な刃が、彼女の白い喉をぐいと掻《か》き切った。

「ぎゃあ――」

悲鳴が迸《ほとばし》り、鮮血が激しくしぶき、ざっと三良と浄円の顔にふりかかった。

「か、加奈、なにをいたすのじゃ」

ちすくむ長屋の人々に背をみせ、足速に木戸門を外にくぐっていった。

北野・鳥居前町の播磨屋まで、かれの足で四半刻とかからなかった。

「これはきのうの旦那はん」

暖簾《のれん》をはね上げ、いきなり現われた三良を、播磨屋の手代安吉が驚いた表情でむかえた。

血の匂《にお》いを安吉はぷんと嗅《か》いだ。

三良の形相が明らかに変っている。

「手代の安吉じゃな」

「へ、へえ」

「へえではない。佐市、いや佐四郎が於雪の許にきているはず、案内いたせ」

「佐市はんはおいやすけど、だ、旦那はん、そ、それだけはできしまへん」

「なにをもうす。いまわしの指図にしたがわねば、そなたのちほど町奉行所からお咎《とが》めを受けねばならぬぞ。それでもよいのか」

かれの言葉はただの脅しではなかった。

大垣藩から三良に与えられた仇討《あだう》ち免許状をつきつめれば、そうなった。

「お咎めなんぞかないまへん。ご、ご案内いたしますがな」

安吉は理由がわからないまま、三良を奥の一室に導いた。

「ここでございます。於雪はん、お相手の佐市はんにお客さまどっせ」

安吉が部屋に呼びかけるとすぐ、部屋の襖が中からさっと開かれた。

「だ、だれがきたんやな」

部屋に備えられた褞袍《どてら》を着た佐四郎が、ぬっと顔をのぞかせた。

煙管《きせる》でたばこを吸っていたとみえ、狭い部屋の中に紫色の煙がこもっていた。

「大隅佐四郎、わしは大垣藩の岩間三良じゃ。すなわち加奈の夫、どこかで見覚えがあろう。いかがじゃ」

三良は鋭い眼と声で佐四郎に迫った。

「岩間三良、確かに岩間三良どのじゃ。さ、さてはわしを討ちにきたのだな」

狼狽《ろうばい》して佐四郎は、一旦《いったん》、後ろに退《の》いたかにみえたが、右手ににぎった煙管を、三良にむかい荒々しく振った。

「ええい見苦しい。佐四郎、まだ目が覚めぬか――」

叱咤《しった》の声と同時に、煙管は三良の手に奪われ、佐四郎の身体は部屋の中に叩《たた》きつけられていた。

そのかれの上に、於雪がさっと覆いかぶさった。

「ど、どなたさまかは存じませぬが、お許し、お許しくださりませ」

紅色の肌着《はだぎ》の上に、粗末なきものを羽織った於雪が、立兵庫《たてひょうご》に結った髷《まげ》の櫛《くし》を飛ばして叫んだ。

器量はさほどではないが、見るからに人の好《よ》さそうな色白の女であった。

「おお、そなたが出石藩領の出合村から、身売り奉公にまいったともうす於雪じゃな」

「は、はい。出石のお武家さまにございまするか」

「いや、わしは大垣藩士の岩間三良ともうす。そなたを身請けすると戯言《たわごと》をたたいている佐四郎に、妻を寝取られた男じゃ」

「それでは、あ、あの話は、やはりまことでございましたか」

彼女は佐四郎からすべての経緯《いきさつ》をきかされているようすであった。

「岩間三良どの、わしが悪かった。わしはそなたさまにどう斬られても文句はいえぬ。だが女子たちは別。どうぞこの於雪と加奈どのだけは許してもらいたい。勝手をもうすが、この通り、この通りじゃ」

大隅佐四郎は於雪をはねのけ、両手をがばっとつき三良に哀願した。

両肩がかすかに震えていた。

もはやこれまでと、覚悟をつけたようすだった。

三良はそんな佐四郎を、激しく幾度も足蹴《あしげ》にした。佐四郎の鼻孔から血があふれ、調度品が部屋に散乱した。

「佐四郎、わしの思いのたけはこれですんだ。そなたにもうしきかせるが、わが妻加奈は、すでに長屋で自刃して果てたわい。そこでそなた、腐り切った根性をこれから厳しく改め、その出石の女子と、新たに生きてみる気にはならぬか。相思相愛の仲なれば、二人で手をたずさえれば、必ず生活《たつき》の道も開けよう。ましてや死んだ気になれば、何事もなせるはずじゃ。命は助けてとらせる。身請けに必要な金子も、死んだ加奈の供養《くよう》として、わしがとのえてやる。そなたとその女子には、これから心掛け次第で見える橋がきっとあるにちがいない。わしはさように信じたい」

岩間三良は佐四郎をにらみつけていった。

ばかばかしく哀《かな》しいが、自分はなにかに酔いしれている。

人がいいのでも、損な役割ばかりを果してきたわけでもなく、これが自分に負わされた宿業なのであろう。

かれには、浄円の手で剃髪《ていはつ》し、ほころびた墨染めの裾《すそ》を寒風にひるがえし、どこか遠くへ歩いていく自分の姿だけが確かに見えていた。

初刊本あとがき

この作品『見えない橋』は、今年一月下旬から書き始め、四月上旬に脱稿した。六月に刊行される予定だったが、日本経済新聞社側から期日変更のもうし入れがあり、九月の刊行となった。

橋——は通行するだけのものではない。ここには人間のさまざまな出会いや別れがあり、人生の寓意《ぐうい》が濃厚に凝縮されている。

私はこれまでに『虹の橋』『もどり橋』（ともに中央公論新社刊）と、〈橋〉を題名に置いた長編小説を二編刊行してきた。日本経済新聞社の出版期日変更は、『虹の橋』が松山善三監督の手で映画化されるため、映画の上映期日に合わせたもので、私の〈橋〉に托《たく》す思いを描いた作品が、少しでも多くの読者の手にとどくようにとの配慮からだと私は解している。

架橋の言葉があり、人の一生は、理想や希望といった彼岸に橋を架けることに擬してもよかろう。私が小説を書くのも人生の架橋の一つ。私はまだこれから〈橋〉を題名に置いた長編を書き、全部で五部作としたいと考えている。

五年ほどまえ、私は夫と大阪の天王寺に出かけた。通天閣を目前にする大阪市立美術館に所用があったのだ。美術館のそばに天王寺公園がひらけ、そこで私は若い父親が、四、五歳ぐらいの女の子の手を引き、疲労困憊《こんぱい》した顔で歩いているのを見かけた。

女の子の顔は薄汚れ、疲れと不安がつぶらな眼に強くうかがわれ、夫が心配のあまり言葉をかけた。若い父親は、大阪へ働きに出かけた妻を探すため、新潟から上阪して、すでに半月になると答えた。手紙を出しても妻からは何の返事もない。一児の母親でも、彼女はまだ若い女性に決っている。彼女の身に別の男の影がちらつき、父子から姿を晦《くら》ましたにちがいないと、私たちは推察した。大阪の街は広く、どこかにもぐりこめば、その所在はわからなくなる。

父子が野宿して探す母親が、すでに大阪から去っているかもしれない。夫は女の子のため、故郷に帰ることをしきりに勧め、私たちは哀《かな》しい思いを抱いて別れた。私が『見えない橋』で描いた一組の夫婦や、周辺にちりばめた人物、その動きなどは、時代の様相こそちがえ、実は現代でも私たちのまわりにありふれて起っている物語である。

この作品を書き終え、私は自分が代表作だと自信をもっていえる『花僧』『遍照の海』『虹の橋』など、作品発表の舞台を、いつもととのえてくださった中央公論社の編集者佐藤優氏との連絡が、半年ほど途絶えていることに気付いた。『虹の橋』映画化進行の報告もあり、同社に電話をかけた。そしていきなり、同氏の訃報《ふほう》をきかされた。同氏は数年前から、人工透析をうけておられるときいていたが、その最中、脳梗塞《のうこうそく》となられ、人事不省のまま数カ月が経過し、三月六日、他界されたのだという。周囲の深慮と混乱から、京都に住む私に知らせが届かなかったのだ。

礼を失する言葉になるが、編集者も人間だけに、知識の深浅や感性の濃薄をそなえておられる。故佐藤優氏は、私があまり人に知られていないテーマを提示しても、すぐ理解を示され、前記の作品をつぎつぎに書かせてくださり、いつもお手紙で、良い作品を書いてくださいと励ましてくださった。

この『見えない橋』が半ばほど出来上っていたとき、同氏は卒しられたわけである。私は作家として良き伴侶《はんりょ》（名編集者）を失った哀しみと愛惜の気持を、日本経済新聞社の編集者小林俊太氏に打ち明け、同氏のご冥福《めいふく》を祈り、併《あわ》せて今後も精進をつづける覚悟を伝えるため、このあとがきを書かせていただいた。

平成五年夏

澤田ふじ子

解説

大野由美子

新婚当初、夫婦は将来に向けてのさまざまな夢を抱く。子どもは何人にしようかとか、どう育てようとか思い描き、笑い声溢《あふ》れる楽しいわが家を作ろうと希望に胸をふくらませる。だが歳月が経つにつれて、当初の夢はしだいに色あせてくる。そして、ちょっとした気持のゆきちがいが重なり合い、やがてとりかえしのきかない溝を生むことさえある。『見えない橋』は江戸後期を舞台に、若い武家夫婦の気持のすれちがいが大きな悲劇を生む様を綴《つづ》り、その後の夫の苦悩に焦点をあてた力作である。

時は天保の世、大垣藩の藩士・岩間三良はいいなずけの加奈との祝言の直前、これまで励んできた勝手方掛下役から郡奉行配下への役替えを申し渡される。いずれ藩政に参与したいという希望をもちつつ拝命した彼は、精勤しながら新婚生活を送るが、郡同心ともなれば農地農村を歩き、出先での宿泊も多くなり、妻との約束を違えることもでてくる。そのうえ根尾谷筋の猪垣の補修という大仕事が出来《しゅったい》したことが原因となり、加奈はちょっとした親切を示してくれた大隅佐四郎という大蔵奉行の庶子に官能の火をともされ、二人は逢瀬《おうせ》を重ねるようになる。二人の不義の噂《うわさ》はまたたく間に城下に広がり、ついには脱藩、そして三良には女敵討《めがたきう》ち、つまり姦夫姦婦を探しあて、討ち取ることが命じられることとなる。

女敵討ちは鎌倉時代から存在し、戦国時代に確立したと言われているが、これは親兄弟の仇を討つ敵討ちと異なり、本懐を遂げて帰藩しても、皆に尊敬されるわけでもなく、どこまでも惨めさがつき伴う。だが考えれば、国や藩の掟《おきて》が家庭にまで入り込むとは、家庭さえもがプライベートなものではなく、藩という組織に組み込まれていることを示す。

三良は好むと好まざるとに拘《かかわ》らず、二人を追って果てのない旅に出なければならなくなるが、こうした立場に立たされた人間の常として、これまで自分がいた社会の価値観を顧みる必然に迫られる。それは武士としての体面や意地のために、脱藩した二人を追ったとて何になるだろうかという懐疑だ。二人がひっそりと暮らしているのならば、それを破壊したところで虚しさしか残らないではないか。けれども二人を見逃すということは、自分が永遠に故郷に帰れないことをも意味し、組織の中で生きることを捨て、個人として生きなければならない過酷な運命を選択することにつながる。

脱藩した二人は組織の決まり事から抜け出てしまったが、彼らを追う三良は個人としてではなく、藩命によって動くことになり、さらには家の名誉をも背負っている。「自分は藩家のため、郡同心のお役目に励んできた。それはひいては自分のため、加奈のためだと信じて疑わなかった」とあるように、彼は家と藩をそのままリンクさせ、個人として妻と対峙《たいじ》してきたわけではなかったのだ。妻と自分は一体だから、自分にとってお役目に励むことが大切ならば、加奈もそうだろうと信じていた。けれども加奈は夫に家を守る女としてではなく、かけがえのない一人の女として対峙してほしかった。そしてそのことをはっきりと言えないままに亀裂が広がってしまったのだ。

夫が非番の際、楽しく過ごす方法をあれこれ考えていた加奈が裏切られ、上役の急な呼び出しに応じる三良が彼女をたしなめる場面は秀逸で、現在でもこうしたすれ違いを経て少なくない夫婦が崩壊していくのだろうと納得させられる。互いに相手を思いやる気持がないのではない。ただそれを十分に相手に伝える術《すべ》を怠ったというだけで、今も昔もいかに多くの夫婦が危機に陥っていくことだろう。

そんな男が人の弱さを知り、人間の本質を理解していくのが後半部分だが、それは同時に彼が個として生きることを選択してゆく過程でもあり、さらには加奈の中に家を守る妻としてではなく、違った面を発見しようとする旅でもある。

出石藩を経て京へ出、幼馴染《おさななじみ》の浄円が止住を命じられている浄願寺に転がり込んだ三良は、かつて自分が絵の修業ができるようとりはからってやった小平太や美術商の櫟《くぬぎ》屋七郎兵衛に出会い、自分には武士としての生き方以外の道が拓かれていることを知るが、その平安も長くは続かない。加奈の居場所が明らかになり、再び現実と対峙しなければならない時が訪れるのである。佐四郎はすでに余所《よそ》の女に気を惹《ひ》かれており、加奈はいまさら三良のもとにおめおめとは戻れない。そうするとひとりぼっちになった彼女が選ぶ道は数少ない。発狂するか死ぬか仏門に入るかである。

一方の三良もまた組織からはぐれる道を選ぼうとするが、加奈との大きな違いは、気持をわけあう人々がいたということだ。彼には伝蔵や浄円といった心の支えになる人々がいたし、己の才能で巷間《こうかん》に埋もれていた名品を世に出し、小平太の才能を眠らせることもよしとはしなかった。人の役にたち自分の生計を立てる方法も得ていたのである。

心を許せる人間と生計の道が、人が組織を離れて生きてゆくために必要だということは、作者が現代に強く発するメッセージのひとつである。

澤田ふじ子が武士を中心に据えた作品を描く際、彼らの多くは藩を、つまりは組織を離れる。『はぐれの刺客』にしろ『霧の罠』にしろ『大蛇《おろち》の橋』にしろ、有能な若者たちがその有能さゆえに嫉視《しつし》を受けて陥れられ、あまつさえ彼らが大切に思う者までが不幸に突き落とされる。そのため彼らは脱藩して自分たちを苦しめた者に復讐《ふくしゆう》を果たすのだが、元来鋳型《いがた》に収まりきらない青年像を描くのが澤田ふじ子の特徴といえる。

武士は町人と比べ、その縛りはあまりにきつく、組織の中にきっちりと組み込まれていて、抜け出すことは容易ではない。だからこそ作者が彼らに個としての強い自覚を促そうとすれば、脱藩や敵討ちという過酷な形をとるしかないのだ。言い方を替えると、縛りがあるからこそ敢えてそれを破ってまで手にする彼らの自由と孤独が際立つことになる。

それは職人を中心人物に据えた作品と比べる時、明らかとなるだろう。『幾世の橋』で庭師を目指す少年にしろ『天空の橋』で京焼きの腕を鍛える少年にしろ、その多くが生まれに拘らずに、職人としての才能を伸ばす過程が主眼とされるのに対し、武士の多くは自由の代償に多くのものを失うのである。近作の『雁の橋』でも武士がいかに理不尽さを強いられるかがくっきりと記されており、武家の息子は料理人としての腕を磨くことになる。

組織の中で腐敗しながらぬくぬくと生きていくことに違和感を覚える者は、組織から弾き飛ばされ、代わりに強靭《きょうじん》な精神力を得てゆくこととなるわけだが、はぐれた者が孤独地獄に陥らないためには、気持をわけあう人が必要となることも作者は見逃してはいない。『はぐれの刺客』や『霧の罠』、『大蛇《おろち》の橋』でもまた組織から離脱せざるをえなくなった者たちを理解し、協力する人物たちがいるが、それははぐれ者たちが生きるために は最低限必要なことだからである。

考えてみると仇討ちへと旅立ち、行方が知れなくなった人々のうち、かなりの人は体面を重んじる武士というものが馬鹿馬鹿しくなり、どこかの地で、己の才能をささやかながら発揮して生きていたのかもしれない。そしてその傍らには彼らを愛し、受けいれる人がいたはずである。

三良はラストで自分が法体姿《ほったい》になるだろうことを予想するが、そこには加奈に対する贖罪《しょくざい》の意味と、彼女の魂を鎮魂する意図、さらには所詮負わされた宿業からは逃れられないという虚無がある。けれども人間の弱さも愚かさも十分に知った彼は、今後出会うさまざまな人々を通して自分の生きる道が見えてくるはずである。

現代の日本人もまた小説前半の三良のように、組織に忠誠を尽くすことが家族の幸せにつながると信じ、忙しさのあまり家族を顧みなくても、妻子はわかってくれるだろうと楽観してきた者が多かった。その結果が家族との溝の深まりとなり、多くの不幸を生んできたのである。

この小説が日本経済新聞杜より書き下ろし刊行されたのは一九九三年であり、バブル崩壊後とはいえ今ほどの不況ではなかった。そのため当時の読者の多くは仕事のために家庭を顧みない三良を、己と重ね合わせたに違いない。だが、不況が企業の情け容赦ないリストラを正当化し、組織など信じるに足らないという現実が明らかとなった今日に読んでみると、小説中からくっきりと浮かび上がるのは、組織を離れ、小平太や櫟屋七郎兵衛と新しい関係を作っていった三良の姿である。

普遍的な小説はそれぞれの時代に応じた真実を写し出してくれることを『見えない橋』は証してくれている。

なお三良が出石藩で生け花の未生流《みしょう》について聞く場面があるが、未生流は武士を捨てて放浪した未生庵一甫が起こした流派で、その生涯は『天涯の花』に詳しい。不自由な生き方を捨てて新たな生き方を模索する一甫の姿は、三良の今後とも、さらには新しい生き方を摸索している現代人とも重なるであろう。

二〇〇三年四月

澤田ふじ子　著書リスト（平成15年5月15日現在）

1	羅城門	講談社	78年10月
		講談社文庫	83年1月
		徳間文庫	01年9月
2	天平大仏記	角川書店	80年5月
		講談社文庫	85年11月
3	陸奥甲冑記	講談社	81年1月
		講談社文庫	85年5月
4	染織曼荼羅	朝日新聞社	81年2月
		中公文庫	86年8月
5	寂野	講談社	81年4月
		講談社文庫	87年3月
		徳間文庫	99年12月

6	利休啾々	講談社	82年2月
		講談社文庫	87年12月
7	けもの谷	講談社	82年5月
		徳間文庫	90年5月
		光文社文庫	01年3月
8	淀どの覚書	講談社	83年2月
		徳間文庫	87年3月
		ケイブンシャ文庫	01年7月
9	討たれざるもの	中央公論社	83年3月
		中公文庫	85年10月
10	修羅の器	朝日新聞社	83年11月
		集英社文庫	88年12月
11	黒染の剣	講談社	84年2月
		徳間文庫	87年9月
		ケイブンシャ文庫	00年11月
		幻冬舎文庫	02年12月
12	葉菊の露（上・下）	中央公論社	84年10月

中公文庫　87年8月

13　**染織草紙**
文化出版局　84年12月
広済堂文庫　90年11月

14　**七福盗奇伝**
角川書店　85年1月
徳間文庫　88年10月
広済堂文庫　99年8月

15　**夕鶴恋歌**
講談社　85年3月
徳間文庫　89年1月
光文社文庫　01年11月

16　**蜜柑庄屋・金十郎**
集英社文庫　85年6月
徳間文庫　00年8月
「黒髪の月」に改題

17　**花篝　小説日本女流画人伝**
実業之日本社　85年10月
中公文庫　89年5月
光文社文庫　02年7月

18　**闇の絵巻（上・下）**
新人物往来社　86年4月
徳間文庫　89年7月

光文社文庫　03年3月

19　森蘭丸　講談社　86年7月
徳間文庫　90年9月

20　花僧（上・下）　中央公論社　86年10月
中公文庫　89年11月

21　忠臣蔵悲恋記　講談社　86年12月
徳間文庫　91年12月
新版　徳間文庫　98年10月

22　千姫絵姿　秋田書店　87年6月
新潮文庫　90年9月
ケイブンシャ文庫　02年3月

23　虹の橋　中央公論社　87年9月
中公文庫　93年8月

24　花暦　花にかかわる十二の短篇　中央公論社　88年4月
広済堂文庫　97年9月

25　覇王の女　春日局波乱の生涯　光文社　88年7月
広済堂出版　92年5月

26　聖徳太子　少年少女伝記文学館　講談社　88年9月
「江戸の鼓　春日局の生涯」に改題
27　天涯の花　小説・未生庵一甫　中央公論社　89年4月
中公文庫　94年12月
28　冬のつばめ　実業之日本社　89年10月
新選組外伝　京都町奉行所同心日記　新潮文庫　92年9月
徳間文庫　01年5月
29　もどり橋　中央公論社　90年4月
中公文庫　98年4月
30　空蟬の花　池坊の異端児大住院以信　新潮社　90年5月
新潮文庫　93年8月
中公文庫　02年10月
31　空海　京都宗祖の旅　淡交社　90年6月
32　火宅往来　日本史のなかの女たち　広済堂出版　90年8月
広済堂文庫　93年2月
「歴史に舞った女たち」に改題
33　嫋々の剣　徳間書店　90年10月

徳間文庫　95年5月

34 親鸞　京都宗祖の旅　淡交社　90年10月

35 神無月の女　禁裏御付武士事件簿　実業之日本社　91年1月
徳間文庫　97年5月

36 村雨の首　広済堂出版　91年2月
広済堂文庫　01年7月

37 闇の掟　公事宿事件書留帳　広済堂出版　91年7月
広済堂文庫　95年7月
幻冬舎文庫　00年12月

38 女人の寺　大和古寺逍遥　広済堂出版　91年10月
広済堂文庫　02年4月

39 流離の海（上・下）私本平家物語　新潮社　92年6月
中公文庫　00年8月

40 遍照の海　中央公論社　92年9月
中公文庫　98年9月

41 木戸の椿　公事宿事件書留帳二　広済堂出版　92年10月
広済堂文庫　96年7月

42	有明の月　豊臣秀次の生涯	幻冬舎文庫	00年12月
		広済堂出版	93年1月
		広済堂文庫	01年1月
43	朝霧の賊　禁裏御付武士事件簿	実業之日本社	93年5月
		徳間文庫	97年10月
44	遠い螢	徳間書店	93年7月
		徳間文庫	98年3月
45	見えない橋	日本経済新聞社	93年9月
		新潮文庫	96年10月
		徳間文庫	03年5月
46	女人絵巻　歴史を彩った女の肖像	徳間書店	93年10月
47	意気に燃える　情念に生きた男たち	広済堂出版	93年10月
		広済堂文庫	01年11月
		「風浪の海」に改題	
48	拷問蔵　公事宿事件書留帳三	広済堂出版	93年12月
		広済堂文庫	96年8月
		幻冬舎文庫	01年2月

49 絵師の首　小説江戸女流画人伝　新潮社　94年2月
広済堂文庫　99年3月
「雪椿」に改題

50 海の蛍　伊勢・大和路恋歌　学習研究社　94年2月
広済堂文庫　98年3月

51 閻魔王牒状　朝日新聞社　94年8月
瀧にかかわる十二の短篇　広済堂文庫　98年9月
「瀧桜」に改題

52 冬の刺客　徳間書店　94年10月
徳間文庫　99年8月

53 京都知の情景　読売新聞社　95年4月
中公文庫　00年3月
「京都　知恵に生きる」に改題

54 足引き寺閻魔帳　徳間書店　95年7月
徳間文庫　00年5月

55 竹のしずく　ＰＨＰ研究所　95年9月
幻冬舎文庫　00年4月

56　狐火の町　広済堂出版　95年9月
広済堂文庫　00年3月
中公文庫　03年2月
「木戸のむこうに」に改題

57　これからの松　朝日新聞社　95年12月
徳間文庫　99年4月
「真贋控帳　これからの松」に改題

58　重籐の弓　徳間書店　96年4月
徳間文庫　01年1月
「将監さまの橋」に改題

59　幾世の橋　新潮社　96年11月
新潮文庫　99年9月

60　天空の橋　徳間書店　97年6月
徳間文庫　02年1月

61　奈落の水　公事宿事件書留帳四　広済堂出版　97年11月
幻冬舎文庫　01年4月

62　高瀬川女船歌　新潮社　97年11月

新潮文庫　00年9月
幻冬舎文庫　03年4月

63　女狐の罠　足引き寺閻魔帳　徳間書店　98年4月
徳間文庫　02年5月

64　惜別の海（上・下）　新潮社　98年4月
幻冬舎文庫　02年2月

65　天の鎖　新人物往来社　98年10月

66　背中の髑髏《どくろ》　公事宿事件書留帳五　広済堂出版　99年5月
幻冬舎文庫　01年8月

67　螢の橋　幻冬舎　99年11月
幻冬舎文庫　02年8月

68　はぐれの刺客　徳間書店　99年11月
徳間文庫　02年9月

69　いのちの螢　高瀬川女船歌　新潮社　00年2月
幻冬舎文庫　03年4月

70　奇妙な刺客　祇園社神灯事件簿　広済堂出版　00年4月
中公文庫　01年12月

71　聖護院の仇討　足引き寺閻魔帳　徳間書店　00年4月
　　徳間文庫　03年1月
72　霧の罠　真贋控帳　徳間書店　00年11月
73　ひとでなし　公事宿事件書留帳六　幻冬舎　00年12月
　　幻冬舎文庫　02年6月
74　大蛇《おろち》の橋　幻冬舎　01年4月
75　地獄の始末　真贋控帳　徳間書店　01年7月
76　火宅の坂　徳間書店　01年10月
77　夜の腕　祇園社神灯事件簿二　中央公論新社　02年3月
78　にたり地蔵　公事宿事件書留帳　幻冬舎　02年7月
79　大盗の夜　土御門家・陰陽事件簿　光文社　02年7月
80　雁の橋　幻冬舎　02年12月
81　王事の悪徒　禁裏御付武士事件簿　徳間書店　03年1月
82　宗旦狐　茶湯にかかわる十二の短編　徳間書店　03年3月
83　銭とり橋　高瀬川女船歌　幻冬舎　03年4月

また他に、埼玉福祉会から刊行された大活字本シリーズとして『寂野』『石女』『討たれざるもの』『蜜柑庄屋・金十郎』『虹の橋』がある。

この作品は1993年9月日本経済新聞社より刊行されました。

徳間文庫をお楽しみいただけましたでしょうか。どうぞご意見・ご感想をお寄せ下さい。
宛先は、〒105－8055　東京都港区芝大門2－2－1　㈱徳間書店「文庫読者係」です。

徳間文庫

見《み》えない橋《はし》

2003年5月15日 初刷

著者 澤《さわ》田《だ》ふじ子《こ》

発行者 松《まつ》下《した》武《たけ》義《よし》

東京都港区芝大門二―二―二〒105―8055

発行所 株式会社 徳間書店

電話 編集部〇三(五四〇三)四三五〇
販売部〇三(五四〇三)四三二四

振替 〇〇一四〇―〇―四四三九二

印刷 凸版印刷株式会社

製本 ナショナル製本協同組合

〈編集担当 吉川和利〉

ISBN4-19-891887-2 (乱丁、落丁本はお取りかえいたします)

徳間文庫の最新刊

銀行恐喝　清水一行
銀行の旧弊な体質と闇社会との関わりを白日の下に晒した傑作長篇

黒豹スペース・コンバット［上］
特命武装検事黒木豹介
門田泰明
黒豹が宇宙へ！　壮大なスケールで展開するアクション巨篇第一弾

回路　黒沢　清
加藤晴彦主演、大ヒット映画の原作。監督自身による書下し長篇！

蟻地獄　勝目　梓
濃密で刺激的な性の悦楽とその代償を描く傑作官能情事アラベスク

火の乱戯　北沢拓也
ホストクラブで焼死した社長令嬢の淫らな私生活。官能サスペンス

武術を語る
身体を通しての「学び」の原点
甲野善紀
奇跡の復活をした桑田投手に古武術を伝授した著者が語る身体操法

ビートたけしの黙示録　ビートたけし
老若男女から国と社会までめった斬り。沈没日本を最後の世直し！